徐志摩佚作集

# 远山

陈建军 徐志东 编

商务印书馆
创于1897 The Commercial Press

2018年·北京

涵芬楼文化 出品

徐志摩

徐志摩于克拉克学院求学期间留影

徐志摩与张幼仪

徐志摩（左二）陪同泰戈尔访日期间留影

徐志摩（后排左三）与绿波社诸君合影

王正廷（前排右三）、胡适（前排右一）、徐志摩（前排右二）、陆小曼（前排右四）等参加交大、复旦辩论会后合影

# 序

我一直认为，拾遗补缺，是一项基本的学术训练。一个学者，有这种训练，跟没有这种训练，是不一样的。

这样说，当然是因为我有过这样的训练。这话还可以往前推一步，那就是，拾遗补缺，是一项高尚的学术事业。

对徐志摩佚文的搜集者，又有着一份特殊的敬意。

这主要是因为，徐志摩的作品，越来越被人们喜爱；徐志摩的人格，越来越被人们敬重。其佚文的收集，也就分外地不容易。比如遗墨，为人之珍惜，已到了视若拱璧的地步。据我所知，有位收藏家，因早年认识不足，在香港嘉士德拍卖会上，遇上了而未能拍得徐志摩的一幅书法，至今都不能原谅自己。另有一位收藏家，收有徐志摩与陆小曼合作，送给胡适的一个条幅，我劝他拿出发表，竟一口回绝了。

且不说还有掩埋在岁月长河里的遗珠，仅仅这样的社会心理，就知道徐志摩佚文的搜集，会是多么的艰难。也该知道，《徐志摩全集》的那个“全”字，什么时候，都不过是编者的一厢情愿。

不管怎么说，几十年来，各种各样的《徐志摩全集》，还是出了又出。

有一点是可以肯定的，越是后出的，收的作品越多。

有一点也是可以肯定的，没有收入全集的作品，越来越少了。

而在这样的时际，陈建军和徐志东两位先生，搜集到的佚文，竟可以编为一本书，怎不教人惊异，怎不教人敬佩！

这些诗文，有的是他们自己搜寻下的，有的是从他人书里汇集的，裒为一书，名之曰《远山——徐志摩佚作集》。

《远山》是集中一篇的名字，取了作书名，给我的感觉，似乎寓有他们的一点感慨。徐志摩这座“远山”，何日能真的走近、真的登临！

承二位学者高看，让我写个序放在前面。

我还是那句话，拾遗补缺，是一项基本的学术训练，也是一项高尚的学术事业。

韩石山

2017 年 4 月 6 日于潺湲室

# 凡例

一、本书所辑录的，皆为已版各种《徐志摩全集》所失收的作品。

二、疑似徐志摩的作品，如缺乏足够的证据，本书一概不收。

三、书中所收徐志摩佚作共141篇（首），大体分为诗歌、散文、日记、书信和其他等五类。其中，诗歌7首（含译诗1首），散文36篇，日记1种，书信76通，其他21篇（含演讲记录稿7篇、翻译记录稿10篇、启事2则和戏曲曲词、唱词整理稿2篇）。此外，本书还收录徐志摩摄影作品5帧。

四、各类作品一律依时间先后编次。凡已刊载者，均以发表时间为序；未刊手稿，以写作时间为序；发表时间和写作时间均不详者，则列于各类之末；书信类以收信人为单元，按首通信件的写作时间依次排列。

五、已发表之作品以原刊为排印底本，未刊作品以原稿（复制件）为排印底本。

六、原竖排改为横排，繁体字改为简体字，异体字改为正体字；通假字、假借字和“的”、“地”、“底”等部分用字，不做改动。同一篇文中，如有用字不一致者，尽量统一。外文译名，一仍其旧。明显的讹字、衍字、脱字分别用〔 〕、〈 〉、

（ ）并以小一号字标出所改正者。所据底本有缺漏或无法辨识之文字，以□标示。收信人不详者，以××代之。

七、标点符号尽量保留原貌；篇名书名，均加书名号；原文为句读或无标点，则按现行国家标准所规定的用法重新标点。

八、所有作品均加“题注”，主要著录发表、署名、题目、标点、记录者、翻译者、整理者、辑校者、底本来源等信息。

九、正文中的可疑之处，本书编者所推断的时间，均一一加注说明。外国人名、书名等，择要随文出注。保留作者原注，并于注条末标以“——作者原注”。

十、附录收入11位徐志摩佚作发现者的考释性文章14篇。

# 目 录


序 / 韩石山 1

凡例 3

**诗歌**

题小曼山水画 3

热带风（近埃及） 4

埃及 6

南洋星夜 8

想像你的句 10

远山 11

海涅诗 12

**散文**

祀孔纪盛 17

记骆何堃全谊事 18

春游纪事 21

渔樵问答 23

卖菜者言 25

论臧谷亡羊事 27

说发篇一 29

送魏校长归国序 32

沪江春秋 33

贪夫殉财烈士殉名论 35

征人语 37

敬奉父母照片之题字 39

社会主义之沿革及其影响 40

《乐土康庄》 72

《自由国家之社会》《国际联盟之要义及其实施》 74

赠蒋廷黻 *Economic Liberty* 上的题字 77

赠张歆海 *FAUST* 上的题字 78

附来函 79

大家要实行不合作主义 81

为什么不? 84

"生命经济" 87

团城的玉佛 94

《西湖记》照片题字 99

赠胡适 *Marius The Epicurean* 上的题字 101

快雪同志会记　102
苏俄这是什么话！　104
赠张幼仪《志摩的诗》上的题字　106
《幻梦》更正　107
梁先生病院谈话记　108
小言　111
新年漫想　115
《萤火虫》附注　119
陆小曼日记批语　120
《寐叟题跋》题跋　121
《海外仙山记》序　122
“徐家甓”汉砖砚题铭　123

## 日记

结婚日记　127

## 书信

致韩慕孙（一通）　133
致麦尔维尔（四通）　134
致北京大学教职员全体及诸同学（一通）　142
致奥格登（六通）　145

致张东荪（一通） 159
致泰戈尔（二通） 160
致胡适（四通） 163
致丁文江（四通） 166
致陆小曼（一通） 170
致刘海粟（五通） 172
致彭浩徐（一通） 178
致沈性仁（四通） 179
致陶孟和、沈性仁（一通） 182
致江绍原（一通） 183
致万维超（五通） 184
致《罗宾汉》主撰（一通） 187
致蒋梦麟（一通） 188
致舒新城（二十二通） 189
致中华书局编辑（一通） 202
致景平（一通） 203
致刘湘山（一通） 204
致高植（二通，片段） 205
致郭嗣音（一通） 206
致刘荣恩（一通） 207
致李平（一通） 208

致陶孟和（一通）　209
致李祖韩（一通）　210
致 ××（一通）　211

## 其他

太戈尔杭州讲演之开场致辞　215
泰戈尔真光剧场讲演前之发言　217
文学与美术　219
现代中国文艺界　227
徐志摩的漫谈　232
关于印度　238
在全国美展闭幕典礼上的演说　246

太戈尔在上海各团体欢迎会上的讲演　247
太戈尔在南京东南大学的讲演　249
泰戈尔在济南教育界欢迎会上的讲演　251
泰戈尔游杭之感想　254
泰戈尔在北京雩坛的讲演　257
泰戈尔对北京青年的第一次讲演　260
泰戈尔高谈佛理　263
太戈尔在山西太原的讲演　265

恩厚之在山西太原自省堂的讲演　268
国家的组织（National Organization）　269

徐志摩启事　273
志摩小曼启事　276

昆剧曲词　277
《汾河湾》唱词　287

**附录**

徐志摩致奥格登英文书信的发现及其价值 / 刘洪涛　291
关于徐志摩的一封信、几条佚文及其他 / 陈学勇　306
关于徐志摩、陆小曼的佚文 / 丁言昭　312
徐志摩书信尚需重新整理 / 陈建军　317
徐志摩的佚诗《远山》/ 张慧　324
陆小曼佚文《萤火虫》和徐志摩“附注”/ 张慧　331
徐志摩的佚诗与佚简 / 赵国忠　338
徐志摩与《天籁》/ 陈建军　342
《政治学报》中的徐志摩佚文 / 陈建军　349
音乐会奇缘 / 陈子善　355
徐志摩：怎样做艺术家 / 肖伊绯　366

诗心一颗归何处 / 金传胜　373
偶遇徐志摩 / 黄仕忠　383
徐志摩致胡适三封佚信考释 / 徐志东　389

编后记 / 陈建军　403

# 诗歌

埃及之金字塔（刊《红玫瑰》1929 年 2 月 12 日第 5 卷第 1 期）

# 题小曼山水画[1]

蛮姑老笔气清苍，
无限江山入混茫。
曾向鸥波窥画诀，
毫端截取郭河阳。

志摩

1 据王双强《民国来信及百年名人墨迹》（学林出版社 2015 年 3 月版）。题目和标点符号系本书编者所加。

## **热带风**（近埃及）[1]

热带的凉风，我颂美你！
这不是蜜般的指儿，疏松地
　撩拂鬓丝眼睫吗？
这不是温腴的玉臂，温存地
　将头项搂住吗？
这不是香脂般的口唇，
　面额上颊上款款地迎吻吗？
这不是煖玉样的酥胸，
　向怀里涨歇地熨贴吗？

热带的凉风，我赞扬你！
这不是希腊当年屋林别克的盛会吗？
否则何以这些天女似的美侍，
　喜笑地用香油替你遍体摩擦呢？
阿塔兰塔[2]呀！我有的是“金苹果”，
　你来与我赛跑吧！
这一襟一袖的春风，足抵得
　玫瑰丛中的梦意，蓬莱岛上的琼膏。

---

1　据中国社会科学院近代史研究所胡适档案所藏徐志摩手稿。未署名。

2　原稿此行下边空白处有“Atalanta”，为希腊神话中一女英雄之名。

绒似稠密，羊脂似滑润的凉风呀，——
你们曾经缭绕过海伦[1]的香踪，
曾经吹拂过雪勃后[2]的香裾，
曾经摩挱过克利后[3]的香鬓，
难怪你们满储着媚意魔力，
　又稠密，又滑润，又香甜！

沉酣的通畅！风呀，我醉了！
单纯生存的欢畅，人间希有的光阴，
经了这凉风的香浴，连梦也会甜些！

1　原稿此行下边空白处有“Helen”，为希腊神话中一美丽女子之名。
2　原稿此行下边空白处有“Queen of Sheba”，为《圣经》中一位女王之名。
3　原稿此行下边空白处有“Cleopatra”，即“埃及艳后”克利奥帕特拉七世。

# 埃及[1]

泊赛到了；
船在绿玉似的水面上，稳稳地滑进了海口，
夕阳正在西沉，像一大盆炽炭上腾的火焰。
舟人指点，右转便是苏彝士。
一岸只是欧式高房，不见一些本地风光。
就是那些紫姜面色戴高圆帽的回教徒，
　也一体地穿欧式制服口操英语法语。

那面一座高峻的石像，背着夕阳，特立在海上，
　在暮霭中只是海天间一个硕大的“西罗霭德”。
他就是那开苏彝士运河，人工巧断两洲联三海的莱赛泊[2]。
他昂藏的石像——平拓右臂，手指运河，——
　似乎表示他成功的自矜模样。
他做了半世圣西门[3]的理想梦，
　跟着安封丹[4]想实现大自由博爱的境界；
却不道结果运用他的奇才绝智，

---

1　据中国社会科学院近代史研究所胡适档案所藏徐志摩手稿。署名徐志摩。

2　Ferdinand de Lesseps（1805—1894 年），19 世纪 50 年代间任法国驻埃及领事。

3　Saint-Simon（1760—1825 年），法国空想社会主义者。

4　Barthélemy Prosper Enfantin（1796—1864 年），圣西门弟子。

来助皮工斐尔爵士[1]完成了
大不列颠帝国的春梦，
岛旗永被阳光的理想；
结果在原来已不平和的世界上，
平添了无数的纷争决斗扰攘，
结果西欧商业兼宗教的帝国主义，
又发现了到远东的一条简捷路径；
结果西方杀人的兵，劝道的教士，
贸利的商人，鬼域的外交家，
益发像白蚁搬家似地，向无辜的东方陆绎进取，
你看我们多少的美宇广厦，
都让他们蛀啮得烂枣腐蚕一般！
莱赛泊，休矣！
你还昂什么首，坦什么臂，
还来居什么功！
通运！地理上的淤塞，可以用科学来开凿，
如今到处只见人心人智之瘀结，
到处只须要开心河智路的莱赛泊——
通运心灵的工程师呀，你几时才能集股开工哪！

1 Benjamin Disraeli，第一代比肯斯菲尔德伯爵（1804–1881 年），英国政治家，两度出任英国首相（1868 年、1874–1880 年）。

# 南洋星夜[1]

星夜，满天星的夜，是天地间最闳穆神丽之一景。哲学家如康德，诗人如高柳列奇[2]，皆尝专言其超越特殊之美。然我国诗人多有目而不能视者，且决不敢冒露寒出门来细味星天，所以我国诗虽迹近自然，其实自然之真美，除李白屈原外知者绝少。

星夜尤以初秋为最美，此次我由欧归过南洋，得见热带初秋的星夜，此景直不可以言语比语，有令人魂精交泄之感动力。

天蓝之纯粹，星之莹彻净明，真如佛顶佛身之舍利璎珞，放射神奇的光彩；寻常看星，但见其表，然于此直睹其精圆玲珑之全体，恍如千万颗理想的夜明珠，悬缀在天大一块浅蓝色透明的丝绒上；此神伟之鲜明屋顶，又恰好罩住一个风浪莽苍的大海。临此景时，我觉身心无限扩大，几于充塞宇宙，智慧之灯顿明，照见三世一切，佛家所谓神通，我竟身感之矣。右[3]诗实未能曲传我当时感觉之神伟，然真大境界又岂文字所能模拟哉？

且不问人生是媸是妍，
且不问天外有佛与仙，

1 据中国社会科学院近代史研究所胡适档案所藏徐志摩手稿。未署名。

2 S.T. Coleridge（1772–1834 年），英国诗人。

3 “右”，原稿如此，疑为“左”之误。

在这浪岩岩的海中榷，

在这风黯黯的夜半酣，

仰首见绚爛的满天星，

镶嵌在净明的蔚蓝顶，

任男女老幼，愚智凡圣，

谁能不感伟奥的音韵，

神秘的光明；谁能不感

精神境界之宏，静，全，真？

罪！罪！罪！是文明，是智慧，

还是人类运命之制裁，

湮塞了（可怜！）群生万汇，

同本共创自然之泉源？

## 想像你的句[1]

想像你的句
如同一支饱餐着风
开向海天澄碧处的
航船；

运用你的字
如同一只蝴蝶
在花香与露气间
舞动他的粉翅。

夜深听雨时写此即以奉贻　志摩

1　载《天津国民日报》副刊《文学周刊》1932 年 6 月 14 日第 5 期，诗题下署“徐志摩先生遗作”。诗前有编者按语：“这首诗是志摩先生写来送给一位友人的，大约是他在未故前的那个五月里。道歉是必需的，因为诗人已经不在，不能得到他发表的地方和时候的同意。但我们以诚恳来给世界上一点美。志摩先生的友人们，不以为我们唐突吧！”

# 远山[1]

远山上有一抹的停云，
紧偎着个玲珑的尖峰？
那尖峰是你在我的心中，
我的恩情是偎着你的云。

江天里激起一柱的惊涛，
在风光中翻成晶莹的珠雨，
那江水是我那风和光是你，
我为你翻飞为你嘶啸。

1 载南京《中央日报》副刊《中央公园》1933年7月6日革新号，署“徐志摩遗诗”。

# 海涅诗[1]

从碧色的长空，
堕下了一颗星来，
这是爱情的星儿，
流动着闪烁的光彩。

从苹果的树上，
花和叶飘下了很多；
这时来了啕气的风儿，
飞舞在半空一片婆娑。

在湖中长鸣着的天鹅，
时时低头唱着清歌，
来回来去的游动，
浮泳荡漾于水波。

天色是这样的幽静！
花叶全都飘零，

1　载《西北风》1936 年 6 月 16 日第 4 期，署“徐志摩遗译”。末附编者按语：“上诗我得之于友人林君处，据说是从志摩先生给他的信里录出来的，原信或亦可在本刊下期发表。”

群星早经散去，

天鹅也早听不到歌声。

# 散文

牛群（刊《上海画报》1929 年 3 月 18 日第 448 期）

# 祀孔纪盛[1]

维中华民国四年三月十有七日，恭届

宣圣祀期。昧爽，浙江巡按使，洎群官、执事、有司，罔不莅止，咸尸其事。太牢具，笾豆陈，钟鼓始严。薪燔于庭，爇香迓神，乐始奏止。弦匏笙簧，合守拊鼓。宫商谐，夷则和。管磬羽籥并响，啴缓慢易，廉直经正。乐已，击特磬戛敔，帛始献，维恪恭哉！于是行初献之礼，乐作舞兴，弦哥干扬，允协节度。洋洋乎！雍雍哉！厥礼维三献，维乐奏雝和、熙和、渊和之章，跻跻跄跄，将事维慎哉！三献既成，乃致福胙、撤馔、送神。礼毕，诸官、执事、有司咸退。维时晨曦趴趴，稀雾蒙蒙。圣德休哉！圣德休哉！

1 载沪江大学校刊《天籁》1916年3月第4卷第1号"杂俎"栏，署名徐志摩。原刊文为句读形式，标点符号系本书编者所加。

# 记骆何堃全谊事[1]

吾友骆子，亢节厚谊，意气如云。辛亥，入入伍生队。半载，未有将遣。骆子独与鸳湖王君相得。天下大定，醳散入伍生队。命有志戎伍者，入湖北军官预备学校。于是愿往者百人，骆子与王君与焉。时五月中，即须到校，专轮送去。船既彭，诸生博。骆子、王君独促膝纵谈，以诸生行毋状，意蹙蹙恶之。骆曰："投笔入伍，冀得裹尸为荣，今蹉跎未遂。"王曰："我无兄弟，千里背家，父母念何如！"有顷，王君烦颇偁不适。骆子问得毋病暍而痧乎，无药奈何！王益不支而卧。骆趣走出见船长，问有药也不。曰："叱嗟安得！即晚，我船檥于鹚乡，容可办。"骆子归房，见王君色大变，汗蒸淫，呼吸甚促，则稍稍惧，坐为之抚摩。时则江涛訇隐匈礚，船舠起落。博者呗叫咥嗔，声不一致。骆子独在房伴王君，镫焰荧荧，被风欲息。病者鼓唇努吻，如有所语，而微不可辨。因俯而听之，言吃吃断续，意谓："病凶，虑不起，父母爱予深，不意为鬼漂泊。"语时洴泪狼戾，不可止。又曰："相知惟君，幸为敛骸骨归故乡，孤魂不相忘也。"骆子闻言，大戚忧悲，卒毋以为慰。斯

1　载沪江大学校刊《天籁》1916年3月第4卷第1号"杂俎"栏，署"前人"（即指徐志摩）。原刊文为句读形式，标点符号系本书编者所加。

须，王君神气益耗，狂欧喘息，持骆手，哕哽言曰："无爽属。"骆子悽然，曰："即有短长，惟力是视，不敢负属。"王闻言似慰，弛卧而瞑，竟死。骆不暇悲，亟出示船长，语以状。曰："毙邪，则委之江耳。"执不可，必全其尸。曰："无已，其即舁而陆，污船不利。"因问即此间棺敛，费几何。曰："率百许。"骆子计卒无以为办，于是义胆陡张，趍博所，夺具投之江，怒目眦尽裂，泪忽忽承颊，责曰："同学死，若知之乎？犹且快乐！"博者兴正豪，见梗甚愤，暴者詈，且辱之。骆子慨然曰："为友即死何伤！骆某独念王君客死堪怜，又重负其属，窃愿诸君念同学情，视力佽助，俾某得措办为归骸骨。藉令某撄诸君怒，即死某，某得于王君有辞矣。"于是众皆感愧。有涕泣者，集资成数。时且薄莫，船止，雇艇为渡。舟人俗讳死，骆子以毡内尸，抱出。顾两船高下距数尺，骤不能下，乃问畴肯相右也。有瓯人愿为辅，相举下舟，诡称病者。舟欹手脱，落于舷，毡展开，尸赫然见。舟人大譁，赂之乃已。登岸，天色晦冥，星斗微耀，而自江畔及镇以里。骆子因谓瓯人前觅涂，已则举尸加肩，抗而行。幸素纠健，未为累。到镇，瓯人为视尸，骆子行且咨是乡人孰任镇务也。语诘诎，骤难谕。既乃导之至一家门，曰："是矣。"骆子遂入，谒一老者，言如此。且曰："人地疏阔，祈为即晚摒挡葳事，俾得诘朝早登程。"老者仁慈人也，亦敬骆子多义，慨诺，即为集走棺敛，送入山，掊一方土瘗之。骆子因树一子桑其上，杯酒奠之，拜祝之曰："幸且安此。"恸哭而去。事已黎明，骆子因谢老者，偕瓯人归舟往鄂。明年，骆子归，卒为输其柩抵鸳湖。

志摩曰：挽近俗弊，友道无闻久矣。骆子独高义皦皦，信其然诺，正言格顽，莫夜负尸，于古鲜覯，况于今乎？诗云：“恺悌君子，四方为则。”此之谓矣！

# 春游纪事[1]

昔司马迁氏好游天下名山大川，故其文有奇气。吾谓不特行文为然。人之气节孤拔者，得山水凌峭之气也；为人之桀迈者，得山水雄薄之气也。北方山川瑰伟，故其人多慷慨笃厚之士；南方山川妩丽，故其地产英智挺睿之姿。地灵人桀，固有以也。志摩好游而不择，非必名山川是践，即荒陬穷谷，人迹杳阒之处，志摩辄裹糇粮披荆棘而迁。当风啸吁，观化为乐，岂尝恶肘柳而悲黍离也哉！岁时更新，春和草发，爰启游志，以有虎跑之行。虎跑者，相传有虎跑地，泉遂涌出，故云。虎跑去杭城二十里而遥，晨发而午到。入竟，便闻水声。榆柳抱道，有风寥寥，衣泉并响。泉来自山，荟为二潭，大者方丈，小者方尺，澄碧晶滢，针芥晰焉。水不足深，而汲之终晁不竭，不汲亦不盈，其量未易测也。寺僧曰："泉水质厚，满盌以水，投之百钱不益。"验之果然。始吾尝疑物之名于世者，非必异于众也。不然，山水会而成泉，泉之亚于虎跑者夥矣，而虎跑独以名泉偁，斯非其幸与？或曰："虎跑之水，质厚可贵。"倘非所谓幸而偁者，抑世之实而不名，名而不实者，往往而是。

1　载沪江大学校刊《天籁》1916年3月第4卷第1号"杂俎"栏，署"前人"（即指徐志摩）。原刊文为句读形式，标点符号系本书编者所加。

虎跑之得名，犹是虎跑之幸也与！客岁夏，余曾来此间。有老僧号觉世者，既古稀而精神矍铄，白须发彪彪，言滔汩不能休。以问，既大觉，为之抚然。人生晁莫，时乎不再。今不著鞭，噬脐无及矣。寺他方又一院落，亦有池一方，危楼特耸，济公之像陈焉，欹形丑儿，拄杖趺坐，展铺莞尔。吾闻济公者粱肉酗酒，锄恶务尽，不惜艰辛。其行为类古豪侠流，倘非所谓仙佛者与，抑济公秉性经正，见义勇为，显行释氏福善祸嫋之谊，阴吻儒家救民水火之怀，不忮不求，无偏无颇。斯其证果成佛，正自有道，岂与彼持斋讽经，同其缁流者哉！志摩素不佞佛，独敬济公之佛，非敬其佛，敬其为民戮力也。今谒其像，不禁躬身而祝之曰："天地晦冥，大道胥沈。侧目滔滔，民生不聊。愿假佛力尽歼佞人，庶民其苏，维公之德。嗟乎！世无健者，以拯民困，不得已而吁援于无稽之佛。"志摩为此言，而心胆碎矣。寺僧出茶享客，曰："此龙虎茗也谓龙井虎跑，祛疾摄神。"既而言曰："衲等闻尘世鏖争甚苦，衲等乃不知专制，遑论共和。甘泉洗心，青山濯景。晁讽梵呗，莫坐蒲抟。铲欲绝虑，与佛为徒。烦娆众生，阛阓名利，何日财可觉悟哉？"莫鼓晨钟，当头棒喝，则亦不敢辨，唯唯而已。虎跑之游既已，更历石屋、烟霞诸胜而归。古人云："酒可百日不饮，不可一饮不醉。"吾谓山水可百日不游，不可一游而不畅。是日之游，可谓畅矣！尤不能忘情于虎跑之泉味，与夫寺僧之禅语，以故记之特详也。

# 渔樵问答[1]

北海之渔人，与西山之樵父，解逅于孟诸之野。渔人曰："吾闻南冥有鱼，吞舟不琵颚，其厖莫得而度也。吾试往钓之，而子何为焉？"樵夫曰："子徐行，方今秦鹿复纵，天下彷徨，白刃交挥，蝮虵满道。吾樵于深山，不得片庐而托处焉。遗儋弃樵，徒跣而逃。遘子于此，请得席地而谭邹衍之天，且子试言其数矣。"渔人曰："古之善钓者詹何，以芒针为钩，绕茧丝于荆条，临百仞之渊，而掇盈车之鱼。毋它，其志专，其神壹，扫百虑而惟钓之是知。匠石之运斤也，宗载之学射也，斯钓之圣矣。蟠溪之钓则殊矣。身寄渚湄之间，而内怀宇宙之观，目不出乎清波，志有存于王佐，临江持竿，旷日无一鱼之获，而熊飞既协，青简传尚父之名，钓而不钓，斯天下之大钓也。淮阴之钓，所以鸣侘傺也。韦衣之钓，所以寄闲情也。夫渔一也，而所以为渔贰矣。自我为渔人十五年，吾迹甚恢，河海之大，涧流之细，无不历焉。多识于鳞介贝鳍之族，嗷而上不敢窥娟环之数，旁亦无古人之怀，吾是以耻也。"樵夫曰："嘻，子休矣！乌用是高淼为哉！今吾语子以伐木之道。吾自

1 载沪江大学校刊《天籁》1916年6月第4卷第2号"杂俎"栏，署名徐章垿。原刊文为句读形式，标点符号系本书编者所加。

童稚之年，首笠足屩，儋亏肩斤于背，披荆棘，跋峗崕。至于贯深林昏暗不可睹物，或有所犯，流血甚楚，间猛兽来袭，我赖矫捷得不死。归家惨惨请亏长愿它从事，曰：‘童子毋嗽，即谓樵采苦邪。世涂崎岖，不若山径之平敭。人情险巇，有加狼豹之爪牙且予向，不为樵填沟洫久矣。于是余终岁在山间，迄于今数十年。昔之所苦，今也乐之。志怀清洁，不介外物。俛卬啸歌，我乐天趣，峭壁可得而援也，虎豹可得而弄也。嗽转而视人，怵然顾却，康庄不足坦，王侯不足傲。吾其依山终矣，夫孰知黪黪云雾，荒陬如髦，漉池竭泽，毒徧神州。’吾是以捐儋去樵，徒跣而逃也。”渔人曰：“虽然，子且奚适哉?”曰：“吾行苍苍，不禔焉往？吾跙人而恶世，吾其求无人之乡而荐身矣。”渔人曰：“吾岂长耐此浊世虖？子其遁首阳而吾蹈东海矣。”

# 卖菜者言[1]

长安之市有异人焉，髯舞发鬇，面目焦黧，衣弊肤见，肘绝踵决，何儋而行，歌且啸曰："昔南风之薰兮，解吾民之忧愠。今飕飕之疾兮，苦元元以不得息。予既颁白之叟兮，何时衣帛苏吾负。晨鸡叫，我起床。恂恂视吾圃，苗长曾未央。拔菜洗之，枯者舍之。实满吾筐，载歌载熙。晁出莫归，售菜傷米。无老妻，其谁依？"全真子异之，就而问焉，曰："若何怀而歌悽其？女其接舆与？"丈人睨之，不答，复歌曰："子不见夫春华虖？子不见夫秋蓬虖？子不见夫兰池之骋兮，人生㬰露且遂乐兮！"全真子曰："旨婉而音转，必君子也。"趋而揖之，曰："聆夫子之謌，盖有道人焉。何为以贱役自污哉？"于是丈人捝其何，理其髯，溘噭而笑曰："姬鱼语女，而未尝至于海若之门虖？何言之鄙也。今夫天下尽卖也，子卖其亲者有之，妻卖其夫者有之，弟卖其兄者有之，奴卖其主者有之。分灭礼失，而上下交卖不计矣。信绝恩断，而朋友交卖不耻矣。浸假至于客虎狼、引盗跖以蚀其里，曰惠我而已矣。夫何往而非卖也，彼其所徼觊利也。其所卖去义也，而吾独以卖菜全吾义。众人

1　载沪江大学校刊《天籁》1916 年 6 月第 4 卷第 2 号"杂俎"栏，署"前人"（即指徐章垿）。原刊文为句读形式，标点符号系本书编者所加。

以亏形为辱，吾以亏义为辱。吾长于圃，习于圃，尻处于圃，衣食于圃。吾无妻子，爱圃似妻，视菜似子，灌之溉之粪之抉之。年齿耄矣，而知不外圃。因得自糊，不拙不贮，饱食鼓腹而歌乌乌。吾颂唯黧，吾怀唯莹，吾衣则弊，吾真未弛，吾须发蓬蓬而念虑清寂于中，莫能以己之皭皭容物之混污。夫我见黄金之镐铄，琨瑶之晶霞，间未尝不瞿瞿于心也。反而顾吾筐之青青，则非分之想逝矣。今夫志鹄而扞弓，则二五之数不计矣。非二五之计难也，欲鹄之心乱之也。今之人岂不采于义哉？噉而卖之者，好利之心汩之也，向使利绝而义完矣。惟利之中人甚深，斯人之卖其家国，并及其身而弗自觉也。悲夫！且吾尝于卖菜而获言矣。彼茁者葭，薅其莠而培其菁。将之似赤子，则秀发而充肥，不及市而罄。藉令疏护持，简粪洒，虽亦生长，枯焦萎弊，其味苦涩，抑贾不售也。今人之于世亦噉矣。顺其性而陶育之，无贼其天，无累于物，斯足以全谊于俗流，树节于季世矣。今吾窥人之心，窈然洞黑，如胶如漆，性失不可复还，义卖不可复得。故行人世，如游鬼市，顾瞻周道，中心怛兮。子不常窥吾圃虖？秀发充肥者，弥望皆是也。噉以觇人，何枯焦萎弊者之多也。休矣，子无长盗吾言也。”揭儋大步歌而去。

# 论臧谷亡羊事[1]

至人有名利，无有哉？有可以全真者，无有哉？见蝮虵而骇惕，赴汤火而趑趄，谓其足以戕吾身也。嗟乎！孰知名利之攫性，固有甚于蝮虵汤火也哉！童子徒袒而歌，距奋以跃。盲乎毋所窥，浑然未有知。斯其性完而真全也。落马首，穿牛鼻，而后介倪诡衔，窃辔闉扼。人事兴而天下嚣嚣，至德之世，未始有是也，未始有非也。是非黑白，相与反覆，莫揆其极，乱滋惑豕，不可止矣。因其所然而然之，则万物无不然。因其所非而非之，则万物无不非。瞽者不誉文章之观，聋者不偁钟鼓之音。北人擅驰骛，南民矜操舟，执有便宜取舍殊也。《淮南子》曰：载哀者闻歌声而泣，载乐者闻哭声而笑。哀可乐者，笑可哀者，载使然也。是以贵虚。夫水激则波涌，气耗则智惛。智惛不可以为政，波水不可以为平。使乌桓陡引牛尾，尾殊力殚，牛不为动。五尺童子引其棬，则恣其所之。是故蹲循自然则治，决剔彼是则淆。天下平而毋故矣，恶用多骈枝旁之道为哉！今夫人得毋弛其真，毋汨其性，此亦乐之至矣。奚为沉溺名利，皇皇乎若揭鼓以求亡子也哉！将短绠以汲

1　载沪江大学校刊《天籁》1916年6月第4卷第2号“杂俎”栏，署“前人”（即指徐章垿）。原刊文为句读形式，标点符号系本书编者所加。

深，左矣。将小褚以怀大，难矣。将枉自然以殉是非，悖矣。将贼性真以渍名利，垫矣。恢乎皇哉，蒙叟之义也。牧羊而亡其羊，养生而残其生，因是非而观之，读书得矣，即亡其羊何伤？死名善矣，即丧其生何伤？因自然而观之，轨迹既同，愆慝一齐，不循其本，骈言枝义，何为哉？

# 说发篇一[1]

发[2]，《说文》从弓，从癹声，射也；癹，从殳，从癶。癶，《六书本义》："两足张，有所拨除也。"《玉篇》训发，"进也"。《广韵》训发，"舒也"。《释诂》训发，"举也"。曰射，曰进，曰舒，曰举，其义不外迈致阐辟，引覆去蒙。《阴符经》曰："天发杀机，移星易宿；地发杀机，龙蛇起陆；人发杀机，天地反覆；天人合发，万变定基。"夫机，隐微难见，参于天地，窥道之根，玄牝之门。机之动，主于变，致理阐微，真原乃见，更名易位，道心是睎。天地不自发，待人以发之，匪天地之发，以发人之发。即人之发，以发天地之发，然后旁通无碍，匣物超色，莫之夭阏。《经》云："一人发真归元，十方虚空，尽皆销殒。"而况参天地之变，荟精一之神，以致知而明性也哉！

人盗万物，万物亦盗人；人贼万物，万物亦贼人。何以言之？物在外，因色以引意，即相以牵识；人在内，揽物以充虚，积妄以昧真。疽发于体，时决而溃，火生于木，祸动必克。身为造业之体，心为起祸之门。人心惟危，道心惟微。业滋惑遂，畔道离真。何以拯之？是在能发。何以成发？言挹其

1　载沪江大学校刊《天籁》1916年11月第4卷第3号"文录"栏，署名徐章垿。原刊文为句读形式，标点符号系本书编者所加。

2　"发"，其繁体为"發"。

机，尘垢塞虚，发以见真。惟机玄妙，索之毋形，是在求先天之知。何谓先天？谓心超于天地未生之先，出色远相，晶莹无染，能发此心，五贼毋碍。五贼者，五尘也：色、声、香、味、触。因缘自外，着心生障。物未掣心，心自累物。故见贼之元者，其性自明；眩贼之表者，胥溺其真。是以绝利一源，用师十倍，三返昼夜，用师万倍，是善发之功也。何以言之？破妄显真，杀贼锄盗，舒而汰之，举而灭之。何谓昼夜？昼喻明达，烛奸之资；夜喻阒寂，定以敛神，动静相辅，以导发机。《楞严经》云：当初发心，方左我相，中见何胜相，顿舍世间恩爱。胜相，道也。恩爱，物也。舍物趋道，惟在能发。发之大者，足以穷造化之极，化物我之限，大用见前，人莫能测；发之小者，亦足以免物累，宅中正，毋惑于是非，毋屈于境遇，为人之道尽之矣。夫子之赞颜回也，曰："退而省其私，亦足以发。"一志凝虚，止止善悟，发之道尽之矣。

尝试论之，发之反为蒙，真之背为讹，悟之对为惑，性之敌为物。日月之明，浮云蒙之；精神欲发，娆思遏之；良心将见，欲气塞之。失其元常，认贼为子，今人之病，在于蒙而不发，讹而不真，惑而不语，暱物以远性。所以致其然者，惟心之用。夫方寸灵台，玄妙天一，芒芒乎，窈窈焉，律历所不能契。然至于极，则以之为神圣，为善人，为奸慝，为魑魅。世之庸人从而赞之曰：圣贤之心如此也，奸宄之心如彼也。此亦一心也，彼亦一心也。是举天下而有无数等量之心也，是岂知言哉？今有千百镜于此，其为形或大或小，或圆或方，或明净或尘蔽，或光洁或粗阇，是以其所照形，亦复不相等侔。夫镜所以照形，其不同者，盖人为之也；心所以制物，其不同者，亦人为之也。今镜有所蒙，则发其垢而已矣，奈何人心之郁垮，而不谋所以发之者邪。养心制物，惟圣人能之；束心远物，常人所可几也。今人操物自染，而忘其真，视而可见者，形与色也；听而可闻者，名与声也。形色之不遂，谋所以发之；名声之不至，谋所以发之，而独忽于心。譬之斫根而求枝叶之茂，绝源而望流泽之长，倍本丧元，乌可得哉？且夫得失之顷，真伪之际，直一息之间耳。黄帝遗玄珠于赤水，离失喫诟莫能索，而象罔得之。玄珠者，元知也，知昧于内，匪可求于形以外。使象罔者，明相妄也，一念之聪，而玄珠在抱。是玄珠固未尝有得失，而人自为其得失尔。悲夫！世人以形色名声，为足以得彼之情。夫形色名声，果不足以得彼之情，在在以自蒙自惑，而卒无以自发也。浑沌以浑沌而生，七窍既凿而死。多见夫自凿以趣死者矣，未闻自发以求生者也。全真子间眊目世变，窃窃然忧曰：是乌可众醉而独醒也，群盲而辟支也。憀为木铎之发，瞆作《说发篇一》。

《说发篇一》既竟，志摩自读其文，为声调铿锵也，窃又疑曰："余之言，佶屈而厖杂，骤无可揭其领，间作释氏玄空之说，或为老庄浮妙之谈，而毋所实践。"窃恐今之学子，读吾文而河汉之，嗤笑之，曰是妄人之言尔，弃之不为意，则志摩且释卷傗俩，自悲其用心孤诣，而于人毋所启发，抑又悲人之性真胝殒，揽殷鉴而罔窥，蔑忠告为腐言，为可痛惜也。虽然，世岂无复知音，志摩竢之而已。抑志摩言便便如此，而自慎陨越毋所发，则是深愿与诸君子共勉共进者也。

# 送魏校长归国序[1]

去乡土万里，越重洋来异国，诲人不倦，毋惜辛苦，卷利己之心，抱救人之念。斯其德音之在人，不以深夀。况于叔世颓风，道德洶洶，曾有狂澜莫挽之叹。乃有君子者，砺身作则，热血感人，前弊务尽，树德务滋，如吾魏校长者，足以当之而无愧矣。先生温温长者，望之也威，接之也和，讷然如不能言，而情意昫摰，循循善诱，虽不良亦已化矣。始先生未来是土，荒滨草原，浪涛溅渍，沙鸥海鸟，时复出没，星芒渔火，相与辉照。先生独劳心焦虑，施意经营，数年之间，竘然美备，广厦连迻，学子兴来，建始有方，守成兼理。所成者岂独开辟荒陬除草莱之功邪？拨盲心而涤污思，治璞冶金，括垢磨光，大德在人，可胜量哉！今先生且归国，稚乌依母，不胜恋系之忧。先生爱我，其将有以益吾后进未已也。

1　载沪江大学校刊《天籁》1916年11月第4卷第3号“文录”栏，目录页署“前人”，正文署名徐章垿。原刊文为句读形式，标点符号系本书编者所加。

# 沪江春秋[1]

**送别** 魏博士且归国，作送别会。学生曼歌，不胜恋恋。先生训之辞，其言谆谆宛挚。学生感喻奋作，复歌洋洋盈耳也。越十五日，先生首涂，举校送之。为之挽车，徐歌而行。诗曰："泰山岩岩，鲁邦所瞻。"斯之谓矣。

**欢迎** 博士既去，承其乏者董景安先生，和易勤挚，众望是孚。乃举会以欢迎之。笑语骈臻，以殷以洽。既见君子，德音孔胶。

**展览** 青年会设肆，斐然成章，以利用也。

**辩驳** 休业前一夕，举行常年辩驳会，题为"中国应采用保护贸易制度"。反辩得焉。胜辩槃槃，大言炎炎，足以概一时之盛已。平议者余先生日章、朱先生友渔及青年会之罗格马先生。

**卒业** 预科卒业者九人。致辞者江苏黄教育长、美领事。仪式竘然，跻跻跄跄，维其盛哉！

**交谊** 新雨联来，言切友谊。雅歌妙谑，俱陈并奏。复有嘉果，忻然美厌。贶我者谁？青年君子。

1 载沪江大学校刊《天籁》1916年11月第4卷第3号"纪事"栏，署名徐章垿。原刊文为句读形式，标点符号系本书编者所加。

**教席** 葛先生离吾校而往白下，耆先生自美国来归。一失一得，一忧一喜。更有李特先生，相得益彰矣。

**新厦** 李先生住宅告成。

**医院** 本校谋建医院，济穷利众。美国善士捐来五千元，又向校友筹措千元。现既匀工从事，今冬可以落成。主院事者，雷医生也。

**悼逝** 谢洪赉先生，一代名人，吾华国士，中年崩逝，梁木竟摧。吾侪敬仰先哲，特为开会追悼。请青年会李启藩先生，演述先生历史。闻者悲喟，益叹天之将丧斯文也。

**国庆** 吾华共和，死而复苏。元凶既逝，家国之祜。爰用提灯，以志庆祝。欢呼胜天，民国永固。懿其休哉，共和万岁。

# 贪夫殉财烈士殉名论[1]

鄙啬耆利，好得毋厌，谓之贪夫。刳体摩顶，舍生市名，谓之烈士。鱼相忘于江湖，禽摩虚而翔空，便习也。人之汩于名利也亦然。虽有圣贤俊乂，莫能拔于此。故孔子至人也，而有骄气多欲熊〔态〕色淫志。鲍焦立槁，申徒投河，夸名而戕其生。邓通瘐毙，石崇膏斧，拥财而死非命，名利之中人，有如此者矣。虽然，天下旆烈士而贱贪夫。伯夷死于首阳，而孔子赞之。盗跖死于东陵，而君子贬之。后世感之，相与标榜名节，矫饰邀誉，削性斫真，树奇自显。天下翕然，相率伪讹。好利之风，且复滋长。天良澌泯，惟利是求。上下交征，狠戾恣肆。道德不讲，义理永弃。嗟乎！得名者显，获利者昌。名利名利，乱是用始。尝试论之，令天下乱者名利也，令天下合者亦名利也。向使无名利以维世，则员颅方趾之俦，亦昧昧自营其生，漫散毋可纠集。抑何自有数千年灿烂光怪之史乘，以成此妍丽完好之景象，则是名利之中人益淫，而世间事物之构会亦愈密，而令道德谊理，亦复隳队式微，不为刿目悲悼者也。抑又论之，达者蒙叟之为言也，天下尽殉也。奚必死名之

1　载沪江大学校刊《天籁》1916年12月第4卷第4号“论衡”栏，署名徐章垿。原刊文为句读形式，标点符号系本书编者所加。

是，而死利之非乎？其于残生伤性均也。夫彼溺名利而不知返者，何殊乎举锥自凿其性？持色以涂白缣，形存而神亡，体在而真失。丧其元矣，遗其本矣，欲复为人得乎？今人临水火有戒心，于其外体则护之矣。其于心灵，则不谋所以全之也，亦见其惑矣。

# 征人语[1]

“阿母，儿且从征去。母年高，幸善摄养，毋复念儿。儿今为国致命，得破敌，国之荣，亦家之荣也。儿媳年少，邑不更事，而孝思弥殷，侍母当无所缺也。”

“我儿，若且行邪？儿有志为国，母亦良慰。强如邻居李郎，常日踞茶肆，谈胡天。又如对河张氏子，稍有田地，便纵赌无度。我儿爱国，母心憙。然吾闻此时兵士，残暴淫掠，毋所不至。儿即去，宜守纪律，毋苦民。行军宜谨慎，赖祖宗积德，望儿克敌归家。”

“母言良是，儿当遵依母言。今闻大军驻关外，母即有言，可嘱王家伯父寄书。”

“我儿，惟是汝婚未匝月。媳妇闻汝将去当兵，日有戚容，儿其善慰谕之。”

“噫，吾爱！汝固劝我去，奈何悲戚如是？”

“夫乎！非关国家大计，谁复愿儿夫上征途？销魂话别，岂得已乎？”

“余福薄，得妻如卿，乃不能坐享艳福。今为国故，乃不

1 载沪江大学校刊《天籁》1916年12月第4卷第4号“文录”栏，署名徐章垿。原刊文为句读形式，标点符号系本书编者所加。

能复恋卿。卿乎！春花秋月，我不忍卿清闺凄冷也。”

“郎也误矣！妾猥蒙深爱，相矢白首。然今日之事，郎不可以私情阻大计。且郎爱国，无殊爱妾。郎去边关，妾当日夕祷天，冀郎得志疆场，杀虏凯旋。老母在堂，妾当尽职。行矣郎君！毋复恋家！”

“卿侃侃相勉，敢不知励！此去当奋力杀敌，以答爱卿之良规。然卿玉体怯弱，毋为风雨所窥。家虽寒素，尚有薄收。卿毋自致劳瘁，令余悬悬万里外也。”

“爱郎君爱护之诚，郎自将卫。妾奉母余闲，拟莳花饲鸟，以遣日月。然幸郎毋怪妾，妾且无片纸达君前。”

“胡然？相去万里，藉此通情，何为言此？

“非也！妾闻任营武之事，则忘其家，援枹鼓之急，则忘其身。妾何敢以儿女喁喁之言，惑郎君效命疆场之心？虽然，待君之归，妾泪枯矣。”

“虽然，我何忍舍卿！”

“行矣君！妾不愿以柔情珠泪，折君勇气。马啸于门，将军往矣！”

“谨唯命！今吾吻卿。”

“阿母，儿去矣！”

“儿乎！汝果行乎！天赐汝福。”

“爱卿，今去矣！”

“郎君往矣！”

健儿上马绝尘去，少妇闺中泪不干。

# 敬奉父母照片之题字[1]

敬奉我最亲爱的父母亲大人，此是儿子至东美所照的相，大人看了一定狠欢喜的。

八月二十五日，衣色加。

1 据《爱眉小扎》（上海良友图书印刷公司 1936 年 3 月 20 日初版）插图之“徐志摩先生留学美国时寄给他父母的纪念照片”。题目和标点符号系本书编者所加。

# 社会主义之沿革及其影响[1]

## 绪言

自戊戌变政，而思想界之奴缚一弛。挽近蔡、胡诸子，卓然树文学革新之帜，流风广被，气象万千。一二耆宿，辄欲以衰朽之余，遏抑狂澜。冲动腾激，益盛怀山襄陵之势。文字既显，思想并豁。泰西学说，衍译遂述。故制敝俗，渐遭抨击。又蒙杜威主讲中原，荟西方哲学之菁华，赈中土青年之惆饥。傥论名言，立懦起顽。风雷疾动，万壑回声。迂执之侪，亦憬然于势运之已成，逡巡销匿。间有无憀之评诮，亦复烟云吞吐，气概颓唐。嗟我青年，缧绁已解，阻碍全消。神州大地，由我腾骧，自是男儿得意之秋。然破坏伊始，建设大难。渺此双肩，实负巨任。惩前毖后，可不惧哉！

上春蔡孑民先生，临祝协约胜利，俄然以“劳工神圣”，宣示邦人。青年群彦，转相告语，斗奋之心，益以坚决。于焉五四六三，申民意，讨国贼，骇震虏敌，大快人心。虽然，此犹曙光之乍放耳。政府之黑暗依然，官吏之朽腐依然。无憀之极，至于谬指革新之士，阐言过激，危扰治安。言论机关，横

1　载《政治学报》（*Political Science Quarterly*）1920 年 8 月 1 日第 1 卷第 2 期“论著”栏，署名徐志摩。原刊文为句读形式，标点符号系本书编者所加。

被摧糵。数兴文狱，凌虐思潮。幸而陷阵之士，有必死之志，无苟免之心。中华一月未灭，新潮一日不衰。昧时鄙夫，多见其不知量也。

俄国革命以还，群治乍现。有识之士，方怛然存虑此新式政体之臧否，未敢遽下贸妄之评断。然当世大国，皆为资本家所控御。资本家者，务保存其万能之权势，厌新而恶变。何以云群治？群治不容擅权之阶级。故虽以外貌昌明之美国，亦与西欧列强，结盟声讨，要道绝粮，将尽杀俄民而后快。夫俄民何辜？即“群治主义”之首领何辜？新式主义之诞生，非一二人之力。时乎专制，则共和不可容。时乎共和，则专制不可容。昔十三州之变也，英伦指之曰“叛逆”。巴士梯（Bastille）[1]之破也，举欧目之为“狂乱”。夫社会进化不息，运变无常。昔之华盛顿、密拉婆[2]，今之李宁[3]、托老斯基[4]也，又安知其非千百年后，举世颂赞之豪杰也耶？侧闻国内士夫，恫于群治主义之河汉，字之曰“过激”，严禁其传布。过激命名之可笑，姑不具论。就使其为过激矣，而谓思想之播传，可以箝拒而禁灭也耶？伊古有言：“防民之口，甚于防川。”谓苛法足以止乱耶。敢问秦世腹诽之禁何似？俄皇严警之政何似？未足以维治而适以速变。今日之事，在于奖诱严密之讨论，料量情事之常变。付言论出版以绝对自由，而责成明识之士，慎为矫掖。取纯粹

---

1 Bastille，即巴士底狱。

2 Mirabeau（1749—1791 年），今译米拉波，法国政治家。

3 今译列宁（1870—1924 年），俄国无产阶级革命家。

4 Leon Trotsky（1879—1940 年），俄国无产阶级革命家。

学者之精神，下中庸不敏之平议。藉曰俄之群治主义有合我国情，行之而有利也，则吾民何靳乎革旧以相从？如其不然，则民既晓然于根本之不相容，虽有传布，复何害？今政府务愚民以为政，不仅危民主之邦本，其极适令误会丛生，神奸攸伏。大乱即发，不足为矣。孔子曰："民可使由之，不可使知之。"此二千年前之政纲也。今日之政，民必使知之，乃可使由之。

上节论思想之开放，已露华胄一线之明光。今更论实业发展之趋向，以见民国前途无限之荣华，及我学者应负之责任。今日英伦之富强，其元气在于工商革新之先进而澈透。方十八世纪之末叶，法苦于政，德弊于分，美急于内治。英伦独享安健之政体，不蒙兵革之害。天才辈出，推陈作新。机械既具，人用天然。二世之间，富强永奠。其次法、美、德、日依次革新，并育工商，皆臻强盛。惟我古国，沉沉未醒。二十年来，尽人鱼肉。辱史层累，云何洗刷？虽然，大器晚成，且毋自馁。即今资本活动，已见端倪。纺织之业，薰蒸日盛。纺织业者，工商革新所与肇始者也。故今日吾国已入实业发展之时机。精悍锐敏之实业人材，行且应时世之需求，挺生而不已。自此因天之时，因地之利，而和之人，盛漪无疆。虽然吾犹未能无虑焉。

英伦工商未革新，有农业革新为之前驱焉。农业革新云者，谓始以巨资兴农事，始用新农艺、新农具，始兼并小田主而拓耕畴。乡民失田，则流而为人佣。田益并，佣益多。洎工商之兴厂制日宏，此失业之乡民，遂不佣于农而食于工。此工级之所由兴也。当是时，司密·亚丹及其徒众，方承法国计学家言，标榜放任主义。以天有常律，违之不祥。故政府之责，止于守卫。征商以税则商凋，加工以律则工疲。任其运化而辍干涉，则得自然之趣，而收富强之效。及千八百三十二年，国会改组，推广选举权。于是贵族失势，政权归商。自此以往，蠲保商之法，平进出之税。竟造自由贸易，工商大盛。然自工厂制度始建以还，劳工问题已生。政府格于放任之说，趑趄不敢问。资本益积，劳工益沦于惨刻，默然无告。浸假而贵族愍焉，学者忧焉。皆罪言生计学者，而抨击资本组织。欧温·罗伯（Robert Owen）[1]等始激切论议，耸工人结团党，以资互相而拒苛略。其后金士连（Kingsley）[2]、马立司（Man〔u〕rice）[3]等，更张教义而申人道。导育劳工，鼓吹合作。贵族如亚雪莱（Ashiley）[4]、柯钵（Cooper）[5]等，亦持慈恩主义，同情劳苦。此诸家言或恻劳民无告，或因基督友爱主旨，或承贵族仁慈遗风，相与奔走号呼。上讽执政，使立法令以护工人，下劝协力以相援助。然其时工人结党之禁未除，放任主义之势浸盛。私人平议，或偏于感情，或涉于遐想，要无大效之可言。及马克思（Karl Marx）出，始卓然成一家言。百万劳工，望风投义。马氏指挥若定，名满寰球。社会主义，始得确切之界说。其后

1 Robert Owen（1771–1858 年），英国空想社会主义者。

2 Charles Kingsley（1819–1875 年），英国儿童文学作家、诗人，曾参与发起基督教社会主义改革运动。

3 F. D. Maurice（1805–1872 年），英国基督教社会主义改革运动发起人之一。

4 “Ashiley”，疑为“Ashley”。

5 Anthony Ashley-Cooper（1801–1885 年），第七代沙夫茨伯里伯爵，英国政治家、慈善家。

巴枯宁（Mikb〔h〕ail Bakunin）[1]异军特起，党徒亦盛，与马氏分道扬镳。近数十年间，杂说颇出，互结工团，以为操纵。至其流极，在法有“新敌沟主义”（Syndicalism）[2]，在美有“世界职工同盟”（I.W.W.即Industrial workers of the world），在英有“社团社会主义”（Guild Socialism）[3]，在俄有“波尔希微主义”（Bolshevism）[4]，及其他种种共产社会之主张，不可胜数。然推溯宗原，多自马氏。说者称《资本论》为社会党之圣经，有以也。夫社会主义之源委流别既如此，今论中土情事，何以云乎吾未能无虑也？日者俄国劳民，既已达共产之的，其势四布，正未有艾。欧美列强，劳工亦蠢然欲动。执政伟人，殚思极虑，仅乃补苴罅漏，迄未有彻底澄清之善策。独吾邦实业未振，工人不多。上海工商所萃，有时争资不决，亦复酿为风潮。以视他邦之巨大罢工，犹之海洋间惊涛骇浪，而池沼之微，亦间有鱼鳞荡漾，以为响应。然而有识之士，且未敢安枕而酣卧。俄之变也，非工之多，实民之穷。穷则离，离则变。今英美之未变，犹以其生厚也。顾吾民何似，天灾洊至，兵祸频仍。民生之穷，亦已甚矣。使其一旦摇乱，非细事也。故安排内治，计较生灵。毫厘之差将成巨祲，执政诸公，可不念哉？就使暂且无患，而实业日隆，劳工日众。种种劳工问题，阶级竞争，举将复演于吾国。谚曰：“前车覆，后车鉴。”今覆

1　Mikhail Bakunin（1814–1876 年），俄罗斯早期无产阶级革命者。

2　今译工团主义。

3　今译基尔特社会主义。

4　今译布尔什维克主义。

辙夥矣，奈何不智者见几，早作绸缪。吾不知将来之资本家，有仁慈如欧温者乎？有宽宏如福利者乎？使其薄人以肥己，营近而贻远，则冲动阶级之争，永遗无穷之患。拥资诸君，可不惧哉！然不肖尤以吾侪学者，实负疏解调剂之巨责。夫惟学者，乃能明史乘之变迁，人心之运化，学说之源流，兴衰之微旨。劳心者治人，治人犹言发纵指示也。今国内百凡待举，待举者，待纲举也。纲举而后目张，学者乃理纲之人也。约而言之，今日之学者，当悉心社会科学。务发明其旨趣，排汇其流别，参之以事物之常变，以示人以明白，而涵育培养新苞将放之思潮，解决社会棘手之难题。凡吾同志，盍兴乎来！不肖乘课余之暇，既摭此数言，以为缘起。下列数章，拟溯论社会主义之昉始，诸家言之概异，及其影响于政治社会。最后窃欲详讨"波尔希微主义"之原委发展，及俄国革命以还内政外交之设施，与诸国相互之方策。及其未逮，政愿与诸君子拳拳商榷者也。

## 概略

"社会主义"之名词，沿用不及百年。千八百三十五年，英伦始见此字，然犹泛淼无定义。千八百四十年，法人雷鲍（Rey band〔Reybaud〕）[1]初绾此字入书。当时社会学说颇出。及马克思集大成，为一家言，社会主义及不期而大昌。其后支衍流

1　Louis Reybaud（1799—1879 年），法国政治家。

别，尤有五花八门之观。乡之浮以暗者，今䌷杂不可复概论。故必叙列爬梳其源委，斯其流系有所附丽，而无淆樊之戚。本篇为行文醒豁计，直以马克思为干，先此者为根柢，后此者为枝叶。其间异乎马氏者，姑以为藤为萝，缘树并茂者也。今分左列时期论之。

一、社会主义孕育时期

二、社会主义蛹化时期（或过渡时期）

三、社会主义成熟时期

四、社会主义歧别时期

五、社会主义凌杂时期

时期云者，自其趋势而分，非绝对有历年可案也。故第一时期之人物，如英之欧温罗伯（Robert Owen），法之圣西门（Saint-Sima〔o〕n）、福利安（Fov〔u〕rier）[1]之属，所谓乌托邦社会主义（Utopian Socialism）[2]是也。第二时期之代表，在法国有路易白郎克（Lon〔u〕is Ble〔a〕nc）[3]、蒲鲁东（Pron〔u〕dhon）[4]，在德有卫德林（Weitling）[5]及赖塞尔（Lassalle）[6]之属。第三时期，则有马克思、安格司[7]，始创科学社会主义。及巴枯宁张无政府之说，与马氏异趣而殊归，社会主义始歧为二营。是为第四时期。最

1 Charles Fourier（1772—1837 年），今译傅立叶，法国哲学家、空想社会主义者。

2 今译空想社会主义。

3 Louis Blanc（1811—1882 年），法国政治家、历史学家。

4 Pierre-Joseph Proudhon（1809—1865 年），法国政论家、经济学家。

5 Wihlelm Christian Weitling（1808—1871 年），德国空想共产主义理论家。

6 Ferdinand Lassalle（1825—1864 年），德国早期工人运动领导人。

7 今译恩格斯（1820—1895 年），德国思想家、哲学家、革命家。

近派别益繁，门户愈多。马氏正宗，翻呈蹇晦之势。是为第五凌杂时期。要之此简单之分析，出之武断，原无足重轻，读者循其势而会其意是矣。

## 第一章　社会主义孕育时期

### 总论

时势造学说，学说亦造时势。其因其果，还复相循。故以中世纪末叶之阇暗，教势凌张，民治衰歇，则有路德立运而生。橐书生一管，函义胆轮囷。掊击教会，投身僇辱。卒发千年之沉闷，树百世之光荣。又如卢梭生世，适当专制淫威，如日中天。民生困苦，吁告无门。奉天承运之义，又深入乎人心。虽以睿智之士，亦诎于威权而苟安焉。于是卢梭草民约之论，发专暴之诬。明权利之自天，教革新之无罪。此说一出，尽覆陈腐之思想，顿开灿烂之洞天，法民因之首去独夫。今所谓共和民主也者，何莫非仰卢氏之厚贻。凡此皆所谓时势学说，还相因果者也。社会主义之原始亦然。吾尝于缘起中论及工艺革新，始产劳工为一体。当时生计学者，从而奖夸放任得天道之义韵，干涉絷工商之发展。循至政府之责，止于巡护。然自厂制益密，币恶丛生。妇人童子，举沦奴域。欧温罗伯以纱厂主人，同情工役。enso音瘏舌，发善施仁。然其说存想迢妙，难以实行，以有乌托学者之偁。与欧温同时作相似之主张者，在法有鲍勃夫、圣西门、福利安、嘉培之属。

柏拉图论共和国而后千余年，而英人汤麦司·马（Thomas More）[1]，又神游于乌托之邦。其后法国学者（革命前），若马培兰（Mably）[2]、毛勒赍（Morelly）[3]、勃烈沙（Brissot）[4]、卢梭之属，皆尝汽然悠念，欲登斯民于衽席。然勃烈沙虽致疑于私产之造戾，而一旦登选国会，复翕然以产权之神圣，铸诸宪法。卢梭亦然。向者椎恨于始作产制，造人间罪恶之源。而论及计学，又同然以私产安全，为社约之基筑。约而言之，前乎法国革命之学者[5]，虽或蒿同民艰，间作不平之鸣，而未有除旧更新之主张，更无完密评备之建议。然自大革命以还，贵族寺院之权大削，向之呻吟苦楚不胜于苛政横敛之乡农，今则一椽自蔽，百亩给家。鹰狗之属，不复侵田。桥梁之征，忽焉俱豁。至于商贾、官家不食什一之盈，贩运复免征求之苦。盖所谓平民（Bourgeoisie）[6]者，既已食革新之赐矣。然自工艺革命发轫于英伦，法土亦回环举应，实业日生。昔之商贾及贵族，举皇然建厂求市，收吸工人。工人既无田地，又不贸易。其所恃以糊口者，无非一体两手，经营机械，为人造富耳。故革命之惠，

---

1 Thomas More（1478—1535 年），欧洲早期空想社会主义学说创始人。

2 Gabriel Bonnot de Mably（1709—1785 年），法国空想共产主义者。

3 Étienne-Gariel Morelly（约 1720—1780 年），法国空想共产主义者。

4 Jacques Pierre Brissot（1754—1793 年），18 世纪法国资产阶级革命时期吉伦特派领袖。

5 参看 *Guthrie-Socialism before the French Revolution.* ——作者原注。

6 今译资产阶级，布尔乔亚。

及于农，及于商，而工人无与焉。此可怜之工级，因实业之日张，庞然俱大。实业之张利益滋，工级之大境益穷。富者益富，贫者益贫。当其时计学放任无为之说，务除政治社会之阻力，而赞自由竞争之利效。其言曰：工以其力售，得价则留，留则去。听之则善，纠之则乱。然按之实际，劳工往往供过于求，不佣且馑。资本家利焉，则减酬以挟之，工人不能争。旦夕得栖所，然且以为幸。工酬既薄，而厂之设备复不善。劳工贫病交困，而有司不问焉。妇人孺子并为工，日作或十六时以至十八时，暗惨无人道。童子过疲偷惰，则鞭扶随之。男女杂居并作，道德堕落，室家流散，又令幼孩拭烟突之内，往往窒死。地下矿工，亦有女子童稚，情况尤苛刻不可问。吉朋氏[1]作实业史，引案百数，皆令人指发不忍读。而资本家因之益富盛。计学家从而誉之，曰此放任之效也。

然自劳工益聚，亦尝过从相论议，计莫如联合为团体，以蕲公共之利益。法国自千八百十五年波奔复位而复，二会之禁渐弛。千八百二十三年，工人互助会之在巴黎者，有百数十之多。工人稍结，亦申诉其不平。当奥林王统之间，已有暴起为乱者。千八百三十一年，里昂之丝工，日作十八时，得资十八分，奋起而言曰：吾侪不工以活，则斗以死耳。当路易菲立[2]之在位，政权为中级社会所操持。计学家绥氏及巴士梯亚[3]，方矜矜持斯密·亚丹之余论，奖夸导谕自由竞争，自由结约，自由贸

1　Robert Gibbons（1811–1898 年），美国政治家。

2　Louis Philippe（1773–1850 年），法国国王（在位：1830–1848 年）。

3　Frédéric Bastiat（1801–1850 年），法国政治经济学家。

易之尽善。故工厂之黑暗犹然，劳工之无告犹然。然放任主义之流弊，已彰彰在人耳目，于是论议始蜂起。论实业之状况及影响，论资本劳工之关系，论理想社会之结构。学者创焉，劳工应焉。社会主义，始确然有与立。抑当社会主义之初产，因人异义，无有界说。本章所论者，姑指为个人主义之对称。其所训者，乃社会对于物品之生产支配及消耗，得行使全权操纵者也。

## 第一节　鲍勃夫（Bab〈o〉euf）

鲍勃夫生于千七百六十四年[1]，法国主张共产制之第一人也。长年十六而丧其父。家中落，鲍氏不得复就学，给役于人。其后为一量地员，继被选为桑县行政官。旋以墨赇被发，判禁二十年。逃狱至巴黎，得与革命巨子相交接，而与共举措。鲍氏自幼即慕希腊罗马之共产制，尝自名曰“格腊格思（Graee〔cc〕hus）”。始创《庶民讲坛报》，实开社会共产主义之先河。鲍氏诋諆社会制度甚力，尤恨詈扑灭“恐怖时代”之执政者。坐此又于千七百九十三年下狱。狱中囚羁已满，皆侠可平社员及恃恐怖主义者。鲍氏得从容与计较。及释，谋覆政府而行共产制。其徒属自号曰“平等人”。率之者七人，皆新闻记者也。分其徒四出，以共产劝人。千七百九十六年春，得附

1　经查《法国大革命史词典》（中山大学出版社 1989 年版，第 52 页），其人生年为 1760 年，与徐志摩所写有异。François Noël Babeuf（1760—1797 年），又名 Gracchus Babeuf，空想社会主义者。

和者万七千人。发《平等宣言书》，遍布民间。宣当时执政之罪，陈共产之利。无何一首领中变告发，鲍勃夫及其徒众皆就禽。鲍氏与其友人大税，并撄大辟。鲍氏临死言曰：“余且长眠乎德义之乡。”

鲍氏既死，其徒众犹传布其旨义。及路易菲立之纪，有工人谋变，犹鲍氏之遗响也。

鲍氏理想中之共产制，大致与毛勒赍所著之《自然法典》不相远。其说尤类佛家言。“凡世结合，必平等义。惟平等义，乃皆欢喜。”鲍氏尤申言此平等义为绝对，为纯全。苟有一人较富或强，则此自然之和谐，即欹失不得其平。故其徒众皆誓捐弃一切，以致平等。其宣言曰：“天与人以均等权利。以畜用万类，夫惟遇此自然之律令，故有争阋，启苛暴，肇战祸，生罪孽。”又言曰：“在诚确之社会，靡塞靡亨，靡富靡贫。”“革命之旨，在于尽歼不平，重造幸福。”

然则何以云乎平等也？将汇天下之事物而计口匀之，然后听其自为政乎？如此则不崇朝而贫富立判。主共产者即不智，岂其见不及此，然则奈何？共产云者，公生产之事物之谓也。若土地，若房屋，若工厂，若铁路，若运河，举隶公。生产之顺序及其运转，皆主于公。将有司事执支配之责，户给而人足。夫如是则人食其力，安其生。虽有不平，将焉起？且共产之不成，非不能善持均平之故也。人苟欲之者，斯得之矣。今天下人徒以不胜贪利之心，不欲共产以自限耳。犹然轩渠于共产之不可行，其亦不谅之甚矣。

鲍氏犹知平等之不可一蹴而几也，其来必以渐。以渐奈何？始畜公产。主私产者死则产入公，继承永息。如此则五十年之间，通国之事物举属公。群民则举吏以治生产，是吏也，将等差众人之需要而支配其共有之产物。田园举归公，其果不得私。吏受不丰于庶民，民皆得为吏。吏主事顷之即退而为民，更复选吏以任事。吏执公役，非尊也。民德支给，非从也。

国于是析为区，区复为部。国有中央政厅，区有区厅，部有部厅。部厅主众人之交涉，而听命于区厅，区厅又承命于国厅。义虽自由，而政府尚专制。政府得视民之所便习，以指委其工程。区有盈亏，则输羡补不足。支配有余，则储以备荒。不废国际贸易，而私人不得事营业。发即夺其有为公利，将慎国交。有危言陋习，则杜其传播。书籍必闻平等义，导民安乐其生。政府厘订有益之工程，民必先服务，而后享政权。工程者，曰农，曰渔，曰航，曰艺术，曰商贾，曰输运，曰战役，曰教育。惟文学与美术不与焉。

要其法至简约枯索。男女长幼，不可得而齐。举人事者举平等而无差。衣尽同（仅以男女长幼别），食尽同，教育尽同。教育之旨，在于切用，不骛高妙诞异之学。犹之庄子马蹄之意，贤智齐而争竞绝，机巧塞而天下平也。

儿子生则养之，公父母不得亲。教之以共产之义，无争之德。衣食同，教育同，以齐其视听而约其志趣。出于一型，将焉异？化于一炉将焉别？

其意犹约万汇使下平而无上达。上达争竞之道也。齐智于庸，而抑愚人不得智。使民无远虑，温饱安适，而天下已平矣。

鲍勃夫之共产主义，抑何其晦塞也。盖战国大战，而老子发无为之论。五胡大乱，而江左启清谈之渐。人之睿智，感于世变则内扣。内扣则往往有愤世嫉俗之言，矫亢异常之诔。鲍勃夫以异禀之资，怵目剡心于革命之惨剧，而慨然于私产之为厉阶。退而寻思。以为幸福不出于争，而生于平等。财产平则争自绝。至其息息以庸德为训，将以人力胜天定。设意虽不常，其切心救世，岂可诬哉！余述鲍氏事略及其规画，虽不详悉，而大意颇具。鲍氏死百有余年，而俄国有群治制惶骇天下。然按其迹，与鲍氏所尝舍身而未成者，何其景似也！读者念之。

## 第二节　嘉培（Etieuu〔nn〕e Cabet）[1]

鲍勃夫愤世之极，至欲锄绝文艺，铲灭贤智。使民饱食暖衣，安居逸处。混然无教，与鹿豕无所殊。老子之言曰："民之难治，以其智多。故以智治国，国之贼。不以智治国，国之福。"又曰："天下多忌讳，而民弥贫。民多利器，国家滋昏。人多伎巧，奇物滋起。法令益彰、盗贼多有。"鲍氏之意，何相似也。然其法过简晦，尽扫世俗之声色繁华。世人闻之，往往怜笑其诞妄。鲍氏既以身殉，迟三十余年，而霭梯昂·嘉培复有共产之主张。

嘉培，一匠人子。千七百八十八年，生于法之迪项。蚤岁勤学，阮长执律师业于巴黎。千八百三十年，为监督官于咢西

1　Etienne Cabet（1788—1856 年），法国空想社会主义者。

加岛。未几以忤执政解职，归巴黎，被选入代议院。嘉氏自是竟毕生之力，治文学政治。著述不少，《通俗法国革命史》，其尤著者也。又创《通俗》报，发挥其共产之主张，亦称"逸客里主义"（Icarian prine〔c〕iples）[1]。其后以著论诋法王被锢，旋逃狱去伦敦，得汤麦司马之《乌托邦》，而大悦之。逾年归法。著《逸客里游记》[2]，自署曰"哲理人群之异志"。其书描述有国于斯，未之前闻。大不过英法而富庶安乐，莫可与京。民生熙攘。不识忧患，无论刑孽。

为逸客里之武陵渔人者，盖一英伦贵爵维廉。贵爵偶入逸客里，而始识乐土与天民也。归而著书，以告语其邦人，言共产之可实行而无弊。将拯生民于涂炭，非共产不为功。嘉培感奋其意，以除恶造福，非异人任。闻美利坚有荒土未辟，蹶然兴起，曰是可为也。集徒挈资，渡海而西。于江河之旁，得地一方。然未及兴筑，而徒众多死于黄热，狼狈逃归。既而闻奴伏有地复趋焉。群众稍集，三稔之间，得从者万五千。于是耕地，兴商起市，成效颇著。然奴伏之逸客里，不久复哄裂。嘉培挈徒属移殖于圣路易城寻死。又一支入爱屋乌省，而建逸客里于康宁。始起举债赁地，支木为屋。衣食简约，努力共作。及千八百七十四年，南道夫（Nordhoff）[3]游其地。居民已清负兴产，安居乐业。有家十一，计六十五人。童子二十，享投票权者二十三人。有锯所一，磨砻一。有地千九百三十六亩，给畊

---

1 今译伊加利亚共产主义，来源于其小说《伊加利亚旅行记》。

2 今译《伊加利亚旅行记》。

3 Charles Nordhoff（1830−1901 年），美国记者。

者三百五十。马牛鸡豕，百有二十。有羊五百头。

南道夫既游康宁，逸客里，著书纪其事，言其组合犹承嘉培之意。有二纲焉，曰“皆平等义”，曰“人群友爱”。其民岁选执政以掌公事。然买米一斗，汲水一石，皆不得擅主。无有仆役，奉事简朴。婚嫁不废，妇人甚尊。重教育，儿童六岁入学，十六岁则与众共作。

要其法虽简陋，而共产之意已申。

嘉培仁人也。其旨廉甚廉约，在于阐平等义而以友爱为中经。“或问之曰，科学云何？曰友爱。主义云何？曰友爱。训导云何？曰友爱。学理云何？曰友爱。制度云何？曰友爱。”嘉氏又和平人也。将以五十年之期，教天下以共产之义，而后齐其效。嘉氏建言共和之政体，其执政举听命于民，勿能为专主。家村省会日坏，犹之一型。衣饰（只分男女老幼）无别，章彩大同。室家之制美备，妇女有荣尊。善励勤俭，奖育文艺。民高自由，而通工作。男子六十五年而息工，妇人五十岁。冬日治事七时而夏五时，女子则四时已足。午过一时，群工举息。

## 第三节　圣西门（Count Heu〔n〕ry〔i〕de Saint-Simon）

鲍勃夫主平等，嘉培言友爱，而皆以共产为归。鲍既以身殉道，嘉培亦经营逸客里以终其身。然论今世之社会主义，则以圣西门为嚆矢。其目的不同，旨趣不同，性格不同，方法不同。言共产者欲齐贤愚，屏伎巧，俾民朴敕无争。圣西门不然，以为愚智贤不肖，秉之自天，卒不得而齐。然世人以强凌弱，以智胁愚。富者以其资，利用工人。工人终日劳瘁，仅乃得食。富人估余计盈，安居逸乐。社会之制，抑已弊矣。夫人劳力工作，以享用其果。不侵不争，无虞无诈。上承天心，下浃人意，岂不善哉！

亨利·圣西门，以千七百六十年生于巴黎。其家世门阀甚尊，出霞立曼大帝[1]之系。其伯祖圣西门公爵，有名于时。然其父失欢于公爵，不袭。圣西门方十六岁言曰："余虽不承公爵之荣禄巨产，而传其好名若渴之精神。"少年倜傥不苟且，尝诏其侍者，方晨觉而语之曰："公子其兴，汝忘有大业未完哉！"未冠投军。闻美土报英渡海诣华将军而斗英士。约克镇之捷，康华立斯之降，西门与有力焉。年二十三，归法为大佐，然未几即弃行伍。其论美洲之行曰："余娴军略，盖不如其好政治。战阵之事不足多，其所以为战者可思也。余尝感奋美民之义勇，辄就劳苦而无怨。有志竟成，岂不大哉！称兵，非余所欲也。吾志不在行伍，吾欲求人心变动之道而寻绌其端倪。然后竭股肱之愚，以蕲臻尘世于乐土。嗟余生之渺渺，使能为万民谋一介之幸福，虽使摩顶放踵，所忻愿焉。"

圣西门离美之先，见絷于英人，被放于中美。因游墨西哥，说总督筑运河，沟通二大洋。其后又谋凿运河通西班牙京城于海。适法国革命起，遄归。西门虽潢贵而同情于民军，然卒以嫌下狱，拘处二年。一夕梦其先祖霞立曼大帝，告以前途之远大。西门自记大帝之言曰："吾家尝有英雄伟人，荣华尚

1　Charlemagne（742—814 年），今译查理大帝。

大，世莫与伦。嗟汝小子，其为哲士，以追荣媲美于乃祖之丰功伟烈！”

圣西门既出狱，适政府折卖公地（原属贵族及寺院），乃为企业，竟积巨资。其后七年，力学不辍，尤潜心生理及物理诸科。尝欲统汇诸学，以制一系。大哲学家孔德·奥格斯肮（Augustus Comte）[1]从学焉。所谓“实验哲学”者，犹祖述西门云耳。

然西门犹自视缺然，以徒学不足以知世，必身亲历验而后快。乃如乡里言吕纯阳，尝试为诸等人物。始贵而贱，繇亨及塞。初出为巨商，自奉甚奢，以次陵降至于贱役自娱，穷苦不可名状。西门以身为刍狗数年，虽领悟不浅，而劳心苦志，俄然衰矣。年四十三，始著书。致力改良社会，不复变业。迟二十二年而死，六十五老人矣。

西门著述不少。下列皆其知名者：

*Lettres d'un Habitant de Genève*（1803）[2]

*L'industrie*（1817）[3]

*L'organisatem*〔*ur*〕（1819）[4]

*Cate*〔*é*〕*-chisme des Industriels*（1823）[5]

最后而尤要者，为《基督新义》（*Non*〔*u*〕*vean*〔*u*〕*Christian-*

---

1　也作Auguste Comte（1789—1857年），法国哲学家，社会学和实证主义创始人。

2　《一个日内瓦居民给当代人的信》（1803年）。

3　《工业》（1817年）。

4　《组织者》（1819年）。

5　《实业家问答》（1823年）。

（*i*）*sme*）。自来哲人学士，往往艰苦不得志，或不为世所容。西门之生世亦然，资财屡空晏如也，尝就食于其故仆，晚年倚人而活。年六十三，否极谋自杀。然一息尚存，其救世之心，未尝稍懈。尝言曰："往者哲士诗人，存想于遐邈洪荒之纪，民生浑噩，忾叹以为至乐，此实大谬极愚。夫黄金之世，犹且未来。我祖我宗无与焉，我子孙将及之。然铺途筑路，以诣大同，非吾属之责而谁耶？"又尝著书，力不能印。因投函当代名人，以匄资助。其言颓唐可怜，书曰：

"吾仁慈之先生乎？余饥寒濒死人也。恃面包、白水以生者，半月于兹矣。家未尝举火，而勤学不辍。衣物尽质，仅乃蔽体。私心切切，雅好学问。蒿目时变，辄焦心极虑，欲谋安全之法，普济群生。然而莫或予助，以底困穷。今姑仰首一鸣号焉，岂有仁人君子，为苍生幸福计，使西门得竟其业，成其意哉？"

寇恺伯（Kirkup）[1] 言西门，其思想沉刻而不舒畅，滞执而不清利。其著作多反复陈述，尤疏结构而欠缜密，然其论理诚切而不剿袭。其影响于近代思想不少，既开社会主义之先路，大儒孔德，复引申其意，以成"实验哲学"。

今论西门社会主义，不胪其条目，仅列其大意。西门以为社制既弊，必溃决其朽腐而后重建设。革命之役，既破坏矣，而更新则未也。西门主张和平不亢烈，尝条陈其计较于路易十八世。以为封建军阀之制，不可复容，而议以实业之领袖，

1 Thomas Kirkup（1844–1912 年），英国学者。

主持社会。中古寺院之制，不可复容，而议以科学之士，督率性灵。其言曰：天象运行有系，江河流别有系。人介乎天地之间，固不能无统率之道。使其有奇才伟能，能致人群之利福，则其宰制治之权固其分也。加莱尔（Carlyle）[1] 有言曰："夫企望于真实之领袖，俾予勿歧误。余矢之以忠尽而效力焉，岂非众人之愿哉！"昔者教皇临诸侯而执判焉。自教势之衰，诸国纷争，无所讼正。即今集强智之士为议会，以正全欧之是非。俾措兵革，息祸变，不亦善哉！

所谓领袖者，将荟人群而类焉。咸执其业，其所获视其所成。贤愚不可同，故均等不可训。不劳心则劳力，天下有公道，游民惰民不可恕。小则仰食于人为社蠹，富而无业是为贼。继承将永绝。

产物以给生，产增则生富，此群治之旨也。西门训利用厚生。然后世学者硁硁于资本劳力之间，西门则忽焉。其意以为督率生产之实业领袖，凡举措必以公共幸福为前提也。然及《基督新义》出，西门之学说，一变而取宗教之法式，亦以此与孔德龃龉。

方《基督新义》之未著，西门未尝言神教。然暮年皈依上帝，而析教义成新说，尤重道德之信条。言群治重新，而胞与之旨不可失。箴曰："咸体天意，以拯无告。俾身体勿因穷，俾道德勿堕落。凡有组制，毋违此训。"此训实为"圣西门主义"之南针。宗教之精义，矫弊之方策，乃殊途而同归。

---

1 Thomas Carlyle（1795−1881 年），苏格兰哲学家、评论家、历史学家。

圣西门主义者，纯粹社会主义之初型也。其法公生产之程序，而按法定之准则，以支配生产之结果。惟此准则，因人殊异。学者亦称圣西门主义为“社会主义之正宗”，以其等差个人之能力与需要，而量工作之臧否，以定其酬报。公产与私入，并存而无害。

圣西门生前，仅有三数从者，其义不昌。及千八百二十八年，其徒白沙（Bazard）[1]始播扬西门之生平及其教训。后二年，白沙与安封丹（Enfe〔a〕ntin亦西门弟子）并以奉西门主义，有名于时。七月革命以来，声势益盛。知名之士，稍稍归附之。西门尝执教于工业专门，以故其生徒皆奉西门，从者益多。因自差为三等，聚居为一族。设公积堂，衣食赖焉。

然不久即内讧。白沙刚健持正，安封丹耽于瑰妄，欲决男女之大防。白沙恶之，竟绝去。其后安封丹益纵逸，内竭资财而外逢讥贬，乃迁去他邑。共产而居，诡服异众。无何其首领以行事怪诞，淆惑视听得罪，其徒众遂哗散，或为机师，或为化士，或为商人。独画苏彝士运河之莱散泊，亦其一人也。

白沙独凝重慎思，推显其师之教义。其论史分二期焉。其始危狭而消负，其终机构而严成。其始哲理制治，而利利战争变乱显其里。其终宗教制治，而顺从诚爱联合明其德。联合之德，始于家庭，延于乡党。团而为国，集以为盟。大联合之谊，而民得其所矣。往者人道之律令，在于“人用人”而循三期焉，曰奴役，曰农役，曰工役。自兹以往，要在人与人相联

1　Amand Bazard（1791–1832 年），法国社会学家。

而利用天。今世实业之领袖，务利用其工役。工役名虽自由，而求资以活，不得工则饿莩耳。私产之制已不平，而法律复容许继承。于是有奢居逸处，无功而享众人之辛勤。富贵相传袭，贫苦亦永继。故计莫如先废继承之法，而汇生产之利。

如此则社会独为主人，而群作群生，群食群息。承袭之权，不属于家而归于国。

言西门之道者尤斤斤于论功分利，以“教务政治”治民，量材给工，因工得酬。

其言男女无别。男女皆群之一体，不以其性分畛域。国民有三大职，布道齐家治国，男女无殊也。然圣西门不废婚姻之礼，而安封丹主男女无法范，以是逢讥焉。白沙虽独立，而安封丹从者亦众。

卒之圣西门始倡社会主义，其功不尽诬。约而列之，得数端焉：

（一）同情于贫民，极贫为第一义。

（二）重工作，劳工神圣为第二义。

（三）尊妇人，男女平权为第三义。

（四）训息争，国际和平为第四义。

（五）寻工与产之沿革，而溯社会之原始。

（六）分实业社会为二大级，而指陈以“人用人”之不平。劝工人相联结，发工党历史之第一声。

（七）以改良社会为政府无上之天职。

（八）论继承法之不允，言公道必先废继承。

## 第四节　福利安（Charles Fourier）

斯丹痕（Lorcu〔en〕z Von Stein，著*Social Movement in France*）[1]之传圣西门与福利安也。论曰：当圣西门蜷伏于巴黎一椽之庐，衣敝履穿，穷年矻矻。殚思极虑，欲解斯民之倒悬，而造富乐于无疆。门人承其余绪，斓然为一家言。则又有一人焉，居法一方，未尝闻圣西门之名，同然有济世之心，而其法术迥异，查理士·福利安是已。夫二伟人同时同国，其学术思想，辟新迹于人间世，而又各不相谋，斯亦奇矣。

是二人者，又相反而相成者也。其一初起为豪贵，其一为庸民。其一潜察默审人间之嬗变与演化，而求得一线之光明，以与世更新。其一以史乘为层累之纰谬，不足以师资而取法，则反而求诸方寸灵府之间，寻绎法令，推演以致高尚纯美之社会。而即此法令，以诠发宇宙间过去现在未来之现象。其一论主权，重中枢。其一主分权，布自由。其一以国家为主干，其一以小体合为群，福利安名此小体曰"法郎基"（Phalange）[2]也。

圣西门富于情感，而福利安辨悟循理法。圣西门造宗教，而福利安订科学。

千七百七十二年，福利安生于法之培生港。其家世平平，父为衣贾。福利安自幼辨慧，十一岁即以娴法文腊丁知名，好地理之学，积资辄以购图型，尤好音乐与花。起初经商，历游荷、德诸邦。父死遗产万金。革命军兴，尽丧其资，身遭囚

---

1　Lorenz von Stein（1815−1890 年），德国经济学家、社会学家。

2　今译法郎吉。

禁。既释从军，旋以体弱复归商。

福利安虽营商，未尝得大利。性仁善好施与，而介然自守。方少就学，见道旁跛瞽，辄分其餱与之。

五岁从父设肆，买主来辄指语物之诚赝，父常戒斥勿许。十九岁从米商。当饥，商故积米不售，使价益高。米烂于仓，而贫民不得食，往往饥死。以此二事，福利安常耿耿于营业之不公，人心之鹜利。因慷慨自期，欲矫流俗而挽时变。创作法式，冀民少休。未死十年，日危坐家中，以待世有贤君善人，采其谋而用焉。要其法未尝有大效，门人亦不多。

洎西门之法既弊，福利安始稍稍有闻，从者益附。始设报章，布其旨义。千八百三十二年，有“法郎基”建于浮塞之乡，无何即败。迟五年福利安死。福氏生平简约清廉，仁人之心，泛爱群生，而浸润于人性本善之说。以为白圭之玷，无不可磨。奖掖得其道，则至德之世可几也。

“法郎基”之制，为福利安哲理之中华。然其于宇宙神道心理三者，持有殊别之见解，以此绚染其法制。故其所从来，不可不论焉。福利安讲神道，以为宇宙即神。神铸法令，从之无害。帝既为人备万类，而人徒以谬解挫挠其仁心而滋戾焉。奈端发明摄力之理，以解释物质之运动。福利安以为宇宙之间，有运动四，曰质，曰机，曰智，曰群。而此摄力者，弥散布浃，无所不达。上绾洪钧之运和，下沦蠉蠕之滋生。使造物之仁旨，不昧于人心，则魂魄安焉，群治体焉，变乱云何哉？福利安反复申喻，不外诠戡此仁旨云耳。自以其论理深明天人之际，而得环中之妙。

福利安之释宇宙，亦已恢矣。尝测世界之生命为八十万年，四十万年进化，而后渐衰。自混沌及今止七千年犹然襁褓耳，是为文化时期。文化云者，犹言造作矫揉。人以其妄智，愆造物之仁心，既已几千年矣。夫情欲自然，今人桎之梏之，桎梏自然则变矣。正之之道，莫如纵情任欲，发育自然。

福氏于是论心理。原始情欲有十二，而含摄引之力者三。五可觉，视、听、味、嗅、触。四可感，爱情、友谊、大志、慈意。其余三者，曰更迭之情，曰好胜之情，曰结集之情。（是为制情之节）有更迭情，故好众类。有好胜心，以成谋嫉。有结集情，故能汇别群感以应事物。其初二类，制于三节。最后又有一大力合群之情敷布周浃，联贯诸情而融和之，所谓“同情”者是也。七色运和自然而成白。情协无核，“和气”生焉。

故福利安以为情欲得自然之趣，则天人交会以肇和气。故必铲绝当世之文化，以为先路焉。文化人为，非造物之旨也。其理想中之社会，曰“法郎基”。“法郎基”者，容四百家，可千八百人。画地为居，以自生给。有农事，有工业，有愉乐之机会。人之嗜好才能，皆得自由发展。福氏以为群利犹私人之利，群福犹私人之福。私人得自由，群沐其休。

法郎基为社体，而七人或九人相结而为团，二十四以至三十二团为一系。集系而为体。其结合之法，一本自然摄引之义。法郎基建一大厅，名曰“法郎司推”（Phalansti〔è〕re）[1]。结构精湛，厂大舒利。其中陈设，或一致，或殊别，一视居者之

1　今译法伦斯泰尔城。

所好，务厌适其趣。然一“法郎司推”之中，不容离群索居，或私利猜忌。尘世之所有，“法郎基”所无也。

执政之权，较然仅矣。然“法郎基”不废有司，众共举之。尝试有成，则扩之使奄大地而后已。“法郎基”为一体，更集诸体而成群。合群以为联，犹之联邦也。联亦有长。将以康司但丁为都堡，元长居焉。

“法郎基”之精神在于自由恋爱。男女相悦则相处，不合则涣。

“法郎基”之工程，悉用科学之方法。而本自然摄引之义，不强人以其所不好。易业有自由，福利安以为造作性也。指导得其方，则人且瞒然以不劳为忧，苟有完全乏味及艰难之工程，则制机械以替人力。

然后支配其劳力之结果。人各得一分，养给有余裕。复匀其剩余为十二分，五分酬劳工，四分酬资本，三分酬才能。“法郎基”不废私家之资本，而利用才力之不齐以斡旋焉。酬劳工之道，亦异于今所行者。治公共切要或艱难之工得上酬，有用之工得中酬，愉快之工得下酬。

妇人享生计之独立，与男子无殊。稚子满五龄，即有所助力，亦得其酬。

福利安之法，凡所谓“乌托邦”，盖最美备而缜密。然其发轫之大义，与世所谓经验与计学所指教之人性之本然，及天演之律令，甚不符也。福利安不较人心之私利，而赞自然有中和。学者推论进化之初期，人内自抑制其兽性，而福利安反道而训焉。其论婚姻是已。从福氏之道，则所谓“和气”者，毋然覆灭文明，挈世而归狉獉之世非耶。

然而福氏之功，犹未尽诬也。其评当时之社会，指其废腐，发其芜乱，攻其败德。敢言不惧，未尝不中肯綮。即其所建议亦目光如炬，扼后世治化之要键矣。其谆谆于私人之自由，及地方之自治，尤可念哉！要之“法郎基”之为制，大足以包容今世科学实业之成效，而集权专制之弊莫由生。今世民治日进。城镇区乡，皆有自治之趋向。不已验乎？

## 第五节　欧温·罗伯（Robert Owen）[1]

说者谓法国革命，其关系于政治者微，其影响于心灵者大。王权神授之说既破，而言论思想之自由，复铸之宪章，奉为民权之圭臬。于是恢奇诞异之言，纷然并出。鲍勃夫、嘉培言共产，圣西门、福利安昉作社会主义，白朗克路易权舆工党，蒲鲁东始辟无政府主义，然皆限于法境。英伦学者，缄默不为呼应，有之仅欧温罗伯一人耳。当是时，英以工业先进，其国情尤殊特。请于叙欧温生平之先，略述当时民生之概况。

英伦自工艺革新，大城蔚起。巨资益积，工民益附。工民既失经济之独立，又乏政府之势力。生活苦难，终鲜教育。时或走相诹议，则刑法随之，指为叛逆。千八百二十四年前，按千八百年律工人结合，以谋叛论。

工艺革新，利用矣，厚生矣，然而工民无与焉。当时之工

1　原刊无“第五节”三字。

人，大都沦于赤贫。兢兢焉夙兴夜寐，胼手胝足，而犹虞温饱之未给。机械复日出不穷，以夺劳工之位置。不宁惟是。自妇孺为佣工，资给贱。工人多有闲散，恃妻子以为生，甚且流为盗丐。工厂设备陋劣，不适卫生。男女麕处，弊恶滋生。其生子女不强，多有残废。官家虽有济贫之法，而办理不善，适以助害。欧温生当其时，目击社会之情形，油然动恻隐之心，发言施仁，冀拯困乏，所谓时势造学说者也。

欧温以慈善家称，实为英伦社会主义之始祖。千七百七十一年，生于北威尔斯之新镇。其父小有经纪。欧温十岁即辍学，给役于人。十四岁自伦敦至孟切斯德。

孟切斯德者，犹之中土之上海，当时纺织业之巨城也。欧温十九岁即任纱厂经理。厂佣工五百人。欧温年少英锐，聪明勤敏。数年之间，厂益宏茂，以此擅名。其后以婚姻之关系，迁居于新拉挪口，复管理一纱厂。方欧温之未来也。工人二千，中有孺子五百人。皆不驯善，酗酒淫盗，无所不至。教育不兴，卫生不讲。有数家族杂居一屋，渎乱极矣。

欧温忧之，慨然以改良为己任。奋不倦之精神，殷殷教诲，导工人使迁善，习勤俭。设售品所，不谋利，以便益工人。尤注重儿童教育，始创幼稚园，英伦未尝有也。

欧温经营公益，耗资不少。给厂虽发达，而股东有烦言。乃舍去，自募资设新厂。（千八百十三年）当时大哲学家边沁氏[1]

1 Jeremy Bentham（1748–1832 年），英国法理学家、功利主义哲学家。

及有名之清净教徒威廉·爱伦（William Allen）[1] 皆附股焉。此厂纯为慈善而设，欧温始无掣肘之患，而得施展其宏猷。

同时欧温亦著书立说，阐扬其教育慈善之意。其名著曰《社会新解》，或曰《性格养成之犟索》于千八百十三年出版。大概以为圣凡贤不肖，非秉之自天，要皆可以人力为之。人力云者，环境养育之谓也。夫孺子之心，犹白质也。涅之墨则缁，髹之朱则赤。彼固未尝能自为衡量也。能为之衡量者，独有养育教训之责之人耳。传曰："曾子家儿不知骂。孔子家儿不知怒。"犹之欧温之意也。

是故，教育尚矣。敦品者不足誉，而毁行者不足责。今日之图，在于设其宜境，以优养儿童之智德。智德之全，则群治隆而乱孽塞。物虽欲厉之，不可得矣。

欧温竭数载之力，兴办新拉挪口之教育，成绩斐然，声名洋溢。又尝敦促政府，立法以范工厂。游历大陆，献议于君王执政。于是善士学子，政彦皇裔。震于欧温之治效，往往千里裹粮，临视新拉挪口，俄皇尼古拉斯其一也。客之来者，皆称善赞叹。其乡之稚子，蚤年受一致之养育，执礼彬彬，仪止自然。居民丰庶健康，知足不辱。饮酗永绝，奸宄无闻。纱厂之工属，皆视欧温如家人骨肉，怡怡无睚眦之蓝。其厂事措理，整率易平，犹然岁有巨盈。

欧温朝暮皇皇于利济。其于乡人老幼，犹之慈母之于子，敂劳顾衈，若忘其身。及千八百十七年，大战甫已，疮痍未

1 William Allen（1770—1843 年），英国慈善家。

平。英政府特任专员，修订《济贫法》。欧温驰书献议，始发社会主义之端倪。欧温推果及因，以为贫苦之充斥，颠沛之频仍，虽近因于战祸，而溯其本原，尤在人工与机械之竞争。补救之道，莫如一国之民，合力共作，废资本制度，而以机械为从属。

欧温议以千二百人为一村会，有地自千亩至千五百亩（英亩），为大方屋而群居焉。厨灶共，餐室共，然家有私室，自为主政。子女过三岁，养育于公，然父母犹得抚视其饮食与疾病。一村之人，相与通作，共享其成。

欧温盖以新拉挪口为蓝本，而缅想大地之上，辄有无量数之新村会。错落点缀，以致休宁。新村之生活，以农为主，工为辅，要以自营自给为旨。重教育而均机会，惩私利而奖群德。联合城乡之利益，设为种种行业，执工者得自为选择。尤奖掖发明，以盛物质之文化。民皆乐其业，便其俗，安其居，熙其生。一村为一体，然后十村百村，千村万村，以至无数村，相与联贯，布塞天下，乃所谓共和大同者至矣。

欧温名益盛，报纸揄扬之，妇孺颂道之，王公交驩之。前途昌大，正未可限量。然无何，以临伦敦大会演说，悍然攻诋教义，舆论哗然，群起声讨。向者如火如荼之盛名，乃不旋钟而烟隐雾消。即其固有慈善之主张，亦以其不忠于上帝，时人方唾弃之不遑矣。

然欧温曾不以此自馁，益亟亟欲一尝试其计较。卒以千八百二十五年，其友公畀始建新村于葛来斯告（Glasgow）之附近。其后亦自营新村于北美印第安那省之新和乡（New

Harmony, Indiana），然二年之内，先后举败。当时共事之人，至不齐谐。隐士哲人，贵官富商，乃至氓痞无赖，皆有之。其尝试之未成，从可知也。

美洲之役，丧资过半。既而与其纱厂之同事，积不相能。乃于千八百二十八年，尽辞新拉挪口之职务，而移居于伦孰。不复事营业，而号召徒众，鼓吹不信上帝、社会共产之意。千八百三十二年，创劳工均平交易之制。其法以工券代币，以通交易。千八百三十五年，始制“社会主义”之名词，前此未尝有闻焉。

数载之间，工人闻风景附。举舍夙奉之宗教，而尊欧温若大师。其后又试为新村不成，为协作运动（Cooperative Movement）[1]又不成。晚年信鬼。千八百五十八年，卒于故乡，享年八十七也。

欧温之败，有可解也。其始出为慈善，声誉甚隆。后以诋諆教会，遽为世俗所诟病。又主度婚姻之制，撤男女之防，重冒天下之不韪。溺于环境造性之说，而昧于天演进化之大例。动物自孑孓蠉蛸，至成人身，人类自榛狉而造文明，其间绳迹较明，可以按溯。用石之世，不能躐等而制铁。穴居之民，不能构宫室之美好。其来渐也。欧温乃漫然存想，以为至恶之世，可顷刻而变。郅治之隆，可一蹴而几也。夫社会弊恶之原因，至复极凑。岂如尘垢之于身，可以括剔而去哉！

卒之欧温创始社会主义，皦然不可掩。生平急公好义，为

1　即合作运动。

善若不及，亦史乘未易人也。他如始办幼稚教育，短减工作，卫生改良，保工法律，合作运动，劳工联盟，皆其事功之彰彰尤著者也。

# 《乐土康庄》[1]

罗塞尔[2] 著

*Proposed Roads to Freedom*. By Bertrand Russell.

New York: Henry Holt & Co, 1919.

罗塞尔既出《社会改造之要义》，复著《乐土康庄》，其书风靡一时。罗氏于美版书名特加建言之意，“Proposed Roads to Freedom”犹言康庄之到乐土与否，良未可必，特有此主张耳。说者谓美人少见多怪，狃于习勿能为推移。罗氏故弛其题义，以为迎合。然罗氏之书卒售。

罗氏书首述马克思及巴枯宁之传略，及其哲学之菁华。其论无政府主义，引证庄生《马蹄篇》，以为古德魂（Godwin）[3]、蒲鲁东（Proudhon）之学说，承十八世纪个人主义，而砥刻鞭擘，极深遂穴头，以临骇天下。而岂意其言也，犹蒙庄之糟粕云耳。

罗氏既论列马巴二氏，又承无政府主义之哲理，衍释近世

1 载《政治学报》（*Political Science Quarterly*）1920 年 8 月 1 日第 1 卷第 2 期“书评”栏，署名徐志摩。原刊文为句读形式，标点符号系本书编者所加。

2 Bertrand Russell（1872–1970 年），今译罗素，英国哲学家。

3 William Godwin（1756–1836 年），英国作家、政论家。

新敌沟主义（法名职工同盟主义Syndicalism）。马巴之异，在于马不废政府，而巴氏必尽扫人间制度，还真反朴而后快。法社会党求政权甚烈，俄而新敌沟主义，一营哗啧，以为社会党缘木求鱼，耗日无功。今日之事，在于“直取”而代之。利器云何？曰大罢工。不得全膰，则罢之无休。此说流美，变形而为世界工盟主义（I.W.W.），尤亢激无可融和。

主张马克思、巴枯宁及新敌沟主义者，皆嚣然自以此康庄通乐土而互讪其非是。罗氏叙之论之攻之，言马与巴去乐土远甚，新敌沟近似矣而中道而止，未尽通。其通乐土者，乃罗氏理想中自辟之康庄也。此康庄维何？最新式之社会主义曰“行团会主义（Guild Socialism）”者是也。

罗氏非创此说者，然信之甚笃，持之甚坚，今此说之传甚速。说者尤谓此与英伦国情，最相吻合者也。其中大义微言，罗氏书言之綦切。吾勿欲于此书评中，泄露此康庄之结构风色之如何。愿好社会哲学者，皆得读此书。书既以质胜，文亦清淅矫健，读之欲不竟篇，勿可得也。

# 《自由国家之社会》《国际联盟之要义及其实施》[1]

《自由国家制社会》 马罗[2] 著

*The Society of Free States*. By D. W. Morrow.

New York: Harper & Brothers, 1919.

《国际联盟之要义及其实施》 段耕[3] 缉

*The League of Nations: The Principle and the Practice*. Edited by S. P. Duggan.

Boston: the Atlantic Monthly Press, 1919.

西雪雷（Cicero）[4]曰：岂惟邦家之搏结，有恃乎信义，即荟天下万国以为社，亦赖信义以为维。葛洛雪司（Grotius）[5]始编国际法典。其言曰：天下交通，国际之关系益繁，不可无法律以绳之。其交欢也有道，其交恶也亦有道。信义日巩，人道日昌。绝战争而臻大同，其兆几矣。自古贤智大哲，闵生民之忿争，启衅肇戾，祸变无终，发为危言大计，以绳约防范于

1　载《政治学报》（*Political Science Quarterly*）1920 年 8 月 1 日第 1 卷第 2 期“书评”栏，署名徐志摩。原刊文为句读形式，标点符号系本书编者所加。

2　Dwight Whitney Morrow（1873—1931 年），美国商人、外交家、政治家。

3　Stephen P. Duggan（1870—1950 年），美国学者、教育家。

4　Cicero（前 106—前 43 年），古罗马政治家、演说家。

5　Hugo Grotius（1583—1643 年），荷兰思想家、国际法学创始人。

几微。或唱公理而惩私忿，申信义以杜诈虞；或著约法以勅国际之关系；或主汇天下为一家。征诸史乘，每当大战而后，痛定思痛，辄有永建和平之主张。近世作战之具日精，战祸益深巨，则有大君贤相，昉联盟之议，为弭兵之会。自法王亨利第四之“大策”，及威尔逊[1]之国际联盟，其来久矣。

然而未尝有成功者，何也？或谓人种之先，既以自营不仁，而凌屈万类，绵传虽远，恶本犹存。为己之性，与生俱至。人与人竞，国与国争。故私之未去，争亦不除。或谓法制有未善；或谓时机有未熟；或谓国际主义，以国家主义为原则。分子强弱不齐，则排列失其平而间隙萌焉。卒之事之成败，皆有因果可寻。殷鉴不远，政在世人取资讨议，张皇补苴，以厚惠民生，永晋无疆之休也耳。

昔者我国民以神明之裔，掌制中夏。贱其四邻，曰蛮夷戎狄，故无国际关系之可言。近世以来，蒲伏列强之后，重蒙奇辱，转侧呻吟，以乞哀怜。“谓他人父，亦莫我顾。”追念往昔，伤痛如何。一旦国际联盟成立，无论其为诚伪久暂，我国要不能不丐一座以自保。则联盟之所由来，及其组织实施之如何，吾执政好学之士，可不详讨而孰虑之耶？

年来关于联盟之著述，盖繁赜不可类举。然求简洁明畅，指陈大端之书，则马罗之《自由国家之社会》，及段耕所纂之《国际联盟》，皆可称焉。

马氏书始论大战之渊源及其结局之惨烈，继论历来大同和

1 Harold Wilson（1916–1995 年），英国政治家。

平之主张，后论国家主义之发展及其阻碍国际联盟之趋向，结论今日所酝酿之联盟。其第六章叙列战时协约国海运联会之组织效用。马氏尝亲参与一年，故言联合之困难至详切。要之此书布叙事实，流利明剀，有足取者。至其少创作之言，评鉴不及精湛，则作者亦自认之。书尤简核，半日可竟。

段耕，今万国教育研究会之教务长及纽约大学之教育教授也。大战后尝游欧数月。归而荟当代名流关于国际联盟之著作，订为书，缘曰《国际联盟之大义及其实施》。考核精审，讨论详备。书才于去秋杀青，初版顷刻而罄。不知国内已有此书否？有意研索联盟问题者，亟宜购备一编。

# 赠蒋廷黻*Economic Liberty*上的题字[1]

此计学放任主义之余响，甚矣其衰也，强弩之末不可以穿鲁缟，其信奉廷黻兄。

志摩，九年冬伦敦

1　据《北京德宝国际拍卖有限公司2009年秋季拍卖会新文学及版画专场图录》。*Economic Liberty*即《自由经济学》。题目系本书编者所加。

# 赠张歆海*FAUST*上的题字[1]

春游柏林买书送叔明兄

志摩　四月

1　据《北京华夏藏珍国际拍卖有限公司2012春季拍卖会中国近现当代名人墨迹专场图录》。此题字写于1922年4月。*FAUST*即《浮士德》，德国歌德（Johann Wolfgang von Goethe）著。题目系本书编者所加。

# 附来函[1]

《尝试集》里删存的《新婚杂诗》里有这两行：

"你莫说你对不住我，

我也不说我对不住你，……"

胡先生是乐哉乐哉，结束了"十三年没见面的相思"，从此只须"牢牢记取这十二月三十夜的中天明月"；我看了这样招人羡慕的风情，一时也理不清心中的感想，但我却记起了我送张幼仪的那首离婚诗。我想结婚不必一定乐，离婚也不必一定悲；胡先生的哲学是要从自愿的不自由里，寻求自由：

"情愿不自由

也就自由了"

我不如他的那样达观，不如他那样Delightfully Sophisticated[2]。我只知道拆坍不自由的狱壁，逃了出来再说。也许外面风雪并厉，连性命都难保，反不如牢房虽小，还可以眠食无忧，那岂不是更加失算吗？但是再反过来说，世上自有许多"贱骨头"，愿意从油锅里面，锯子底下，讨生活，从最难堪的痛苦里寻安慰，从不自由的自由里，求满足，不愿意享受，虽

1 据中国社会科学院近代史研究所胡适档案所藏徐志摩手稿。此文附于徐志摩1922年6月26日所作诗《笑解烦恼结（送张幼仪）》后。

2 Delightfully Sophisticated：讨人喜欢的练达。

则有时不免羡慕

“天上风吹云破

月照我们两个”

蜜样的柔情，或是

“谁躲？谁躲？

那是去年的我！”

的一种不可明言招人心痒的情调。

我大概是这类贱骨头中的一副。胡先生以为是否？

志摩。

# 大家要实行不合作主义[1]

不合作主义，罢工主义，是智识阶级对抗卑污等且[2]的政治社会与唯一无敌的利器，是各个人解放良心上的负担，刷清人格上的纠葛，最简单最直接的办法，是烧净丑陋肮脏和种的一把圣火！

蔡元培不合作主义的宣言，是他全人格的一个肖像，是一声充满正气的警告，在这混浊的政国里，仿佛是个宏伟的霹雳，从无极的青天里，直打下来，叫人连耳朵都来不及掩盖！是民国以来一篇开辟纪元的文章！

他这番仁勇的精神，如其再不能引起天良未昧者之同情的反应，如其再可〔不〕能燃点人人心灵中原有的仁勇火焰，那便是华族人荒心死的一个铁证，我们只能哭悲观的哭，只能笑厌世的笑，那就完了！

议员先生们通过张内阁不奇怪，不通过不曾疏通的施肇基也不奇怪，不赞成蔡元培不奇怪，他们之所以宠爱那位至于此极的教育总长，那才是怪事的怪事，那真是西洋人所谓“Bao Taste”了！大概他们是有意要行使他们手里的威权，给“过于

1　载《晨报》1923 年 1 月 26 日第 1420 号，署名徐志摩。

2　“等且”，疑为“苟且”之误。

嚣张”的教育界一个不打折扣的下不去。真实下不去！

“同情产生同情，恶感反应恶感，”最应该不涉意气的国会，偏偏来闹意气，难道人家就都是奴隶成性，就肯服服贴贴仰着鼻子吃毒药吗！

错是不能错到底的；现在要免教育之糜烂，有一个简单痛快的办法，大家请听！

那办法就是不合作主义的实行。如其上面硬要强迫我们承认丑而且恶而且背后有历史的妇人做老婆，我们就不干！非但学校里的教职员应该不干，教育部本身也不少有血性有天良的人，他们也应当有相当的表示，他们也应当声明不干，如其上面硬要予人以难堪。再进一步说，非但教部并且连所有服役政府的人，临到这样倒行逆施的政治，倒行逆施的国会，要保全人格清白，也只有不干一法。教育部的部员，尤其是教育界，因而是国民的模范，他们临到切身的重要问题，最应该有保持人格尊严的表示；我们国民也最仰望他们有适当积极的态度。

你们不要错认你们的职业，是个单纯的饭碗问题，你们不要以为总长能够想法发薪，就轻轻把煤瑰〔块〕炭末擦黑了你们良心的清白，占据你们部里第一把交椅的人，第一要给你们查验他人格的护照，主义学问还在其次，否则他的黑影子罩下来，连你们清白的头颅也不免影成一片糊涂，你们愿意吗？

在相当的机会，我们国民连生命都应该舍弃，何况暂时的一个饭碗；你的饭碗要是在道德的地板上摔破，那发出来清脆的金石之声一定在人的纪念里留下不易消灭的痕迹，勇敢是道德的一二，懦性是最不可恕的罪恶。时不可失，于其[1]将来半夜里负歉，何如及时来一个干脆！

总之不论是教职员，不论任何部部员，现在事已如此，非从速有相当的表示不可。我们民族独有的美德——读书人的节气——全靠今日你们来做一个榜样，那相当的表示，最简单莫过于趁早大家不干，实行不合作主义！

还有一句话，诚意是任何行为的主要条件。你们果然认明此番风潮的是非，果然认明良心上的污点，决不是一两月的薪水可以洗净的，你们要是真来一个“咱们就不干”，真肯牺牲；你们就应该准备一个澈底人格的尊严，道德的标准，决不是可以随便让步的！现在社会政治里向的丑陋肮脏正多着哩，全靠国民人格里放出来净化的圣火去烧一个痛快！

二十五日

1 “于其”，疑为“与其”之误。

# 为什么不？[1]

“有朋自远方来，不亦乐乎”。

西洋来一个外交官，我们开会欢迎；

西洋来一个政客，我们开会欢迎；

西洋来一个资本家，我们开会欢迎；

西洋来一个宗教家，我们开会欢迎；

西洋来一个大兵官，我们开会欢迎；

罗素说的到中国来的外国人可分三类；(:)

来括削我们膏脂的商人，

来侵略我们土地的军人，

来超度我们灵魂的教士；

最近方才有几位学问家光临，这是中外交通史上的新气象；我们原来是礼让从容的民族，如今感觉了文化的饥荒，益发低首下心的想向西方请益，所以每次有相当欧西文化的代表者来时，至少我们的总商会总教育会总怠惰请吃饭请演说，不论有相当的了解与否。

但我们求知好学的热心，固然可佳，同时我们也应得再深

1　载《晨报》1923 年 5 月 18 日第 1526 号，署名徐志摩。

入一层，启发艺术界直接的密切的同情，那时我们才可以知道欧西文化真价值之所在。

所以上次英国[1]霍路会剧团来时不曾引起中国人相当的注意，我个人觉得是可惜极了。

这次又有一个最最难得最最弥贵的机会临到了，我们再不要让他随便错过才好！

这机会就是欧洲大梵和琳专家（Violinist）喀拉司拉（Kreisler）[2]的初次东来。他才是值得一欢迎的外国人。他是近世音乐界的大天才，音乐又是白种文化的天才最集中最高尚最纯粹的表现。我们若然不曾领略西方的音乐，我们就没有见到欧化的菁华。

我所以郑重的大胆的说。我们是没有真音乐的社会，不要说二簧西皮三六调，就是昆曲丝竹也够不上音乐的名称。

你们听了大“胡琴”家这个名词，若然联想到三玉峰的三弦，或是刘宝全的大鼓，那你们的资格就够得上当现在的中华民国国会议员，因为前天我们有福气听到一位罗汉先生的妙语，他说莎士比亚“算什么会事，他无非是戏馆里的一个案

1 “英国”，疑为“美国”之误。

2 Fritz Kreisler（1875—1962 年），美籍奥地利小提琴家、作曲家。

目，他的戏还不如我们林步青的滩潢〔簧〕哪？”

艺术的目的决不是娱乐，真音乐史不是娱乐；真音乐是人类理想思想和情绪最高粹的外现，神灵的戟刺，灵魂的补剂。

喀拉司拉是一个真大艺术家，他在欧美每次演艺，没有不满座的。他到东方来，真是太难得的机会，独一的机会。

他琴弦上颤动出来的妙音，全世界再没有第二人能奏演的；我们能听他一次，真不知是多大的幸福哪！

他本月二十五二十九在天津，廿六廿八在北京平安，演奏。

座位颇贵，（比比的，但是十二分的值得）头等六元，二等四元，昨天我去看过，四元的早已卖完？〔。〕六元的也只剩了不到十数。而且我敢断言买票的都是外国人。

我现在有个提议，请注意：——我想我们最好道〔设〕法请喀拉司拉君特别为我们学界演艺一次。

或者我们可以请真光，或新明的主人来主办，我不知道喀君已经到京没有，但我猜想果然我们学界方面有好艺的热心与对他个人的仰慕，他一定肯为我们特别演艺，至少一次。

如其演场大，入场券也可以卖便宜些。最好各校爱音乐的人都出来帮忙，宣传，我很希望我们这次能做到这件事。

# "生命经济"[1]

阎一士死了，阎一士是谁？阎一士是法国新回来的学生。他在巴黎整整的住了八年工夫，好容易做成博士论文，得到了博士学位。他是位很勤力的学者，这几年工夫专在研究中国种种政治问题的解决方法。他回国不到两月，就客死在北京。人死了，学问也死了，志愿，希望，怀抱，种种都死了（。）从前讲经济是讲政治经济，或是社会经济。现在最重要最应得讲的经济是"生命经济"（Vital Economy）。一个灵魂出世，不是件容易的事。十月的胎，三年的抱，一二十年的教育，不单是生身父母的责任，虽则他们的责任可算是最大。一个健全的人格之养成，不论男女，是全社会的一件大事，人人应得感有相当的责任与注意，期望与情感。我们中国的大社会里，有机会受高等教育的能有多少；有机会受外国特别教育的更只有多少。这几个天明时节寥落可数的明星，当然应得是全社会情感之所系，期望之所附的对象。他们有机会多少充分的发展他们的天赋与个性，社会应得自喜自豪，不仅为他们对社会有高出常人的助力与贡献，而尤为各个活泼的，自觉的，坚强的，优美的人格之造成的事实才算活的人格的造像，是全社会的心与手所

1　载《晨报》1923年8月12日、13日第1610号、第1611号，署名志摩。

合成的真纯艺术品。什么艺术都不如生命的艺术，所以能产生出生命的艺术家的社会，就是一个有出息的社会，犹之生育美婴孩的母亲，至少是个有出息的母亲，反之如其产生下来的不是丑恶，就是残废，先天的责任，也就免不了还是在父母的身上。

所以如其以父母比我们现在的社会，这对父母一定是变态的父母，不健全的父母，或是不负负任[1]的父母。试问何以教育——尤其是最高等教育——应得是社会的生命，事实上却反增加社会已有的病痨，应得是救渡的使者，事实上却反是堕落更深的原因，应得是改良增美的主动者，事实上却反是丑变低化的败家儿——简单说，何以到今日智识阶级却反是我们民族最大的"鬼"（Gusl[2]），我们文化最大的仇敌。何以东西洋留学生盈千累万的，一排一排的登台尝试，尝试的结果不是让国民打破头掘祖宗坟的"卖国贼"，就是胰子泡似的仅有外表经不起风吹就出丑的懦夫与弱者，再不然就是实行厌世主义（Cynicism）任何什么标准都不能容许的"爬虫"。

经过了如许的创痛与损失，我们再不来研究研究生命经济更待那一天？但我此时却不是来做生命经济的论文，我只为了阎一士的死，今天下午坐在北海快云堂的门前，引起潮水一般的感想，忍不住一度的发泄。我并不是可怜阎君个人的死，我与他虽曾在巴黎见过，但并不十分相识。我恨的是从社会的

1 "负任"，疑为"责任"之误。

2 "Gusl"，疑为"Ghost"之误。

观点看来，从生命经济的观点看来，这样的损失与耗费实在是太大。固然我们谁也不能保证阎君若然不死，就定是社会的福利，但理论上或理想上我们应得假定像他一等的人应得是社会福利的中介；至于现在一般留学生之没出息，我敢咬定牙根的说，是社会最不幸的变态现象，是偶然的，是不应然的。

阎君短命的原因我不知道不敢随便说，但我却有几句话，不必与阎君有关系，虽则因他的死而引起的几句话，不得不痛快的一说。听说阎君在海外有“圣人”的雅号，他的勤学又是著名的，所以我下面的话，可以说简直是无关于他的话。

经济的一个原则，生命经济同政治经济一样，是无谓的消费或靡费的防止。讲究体育种种的老话我们听厌了，不必说。但一条理是很明白的。一个人的本原或活力是有限的，你若然不量入为出，或者甚至于任意的浪费，结果一定是破产。我们在欧洲时常说笑话，说按一般的所谓道德标准衡量起来，美国的中国学生简直是圣人，很难得有例外，英国的留学生至少可算是贤人，只有大陆上的学生，尤其以在拉丁国的譬如法国与比国，最近柏林的，才算是平常人，他们的生活态度才可算是自然的——也许太自然了——比较的，非压迫的，非“惨无人道”的。这话说得已够明白，就是说美国的学生品行最好，欧洲的学生远不如的，但这也不是因为到美国的学生天生是好些的。说也很奇怪，维持在美国的学生的品行的原因，不是别的，就是近年来人人恨极的人种差别，美国人一见了黄脸，就发生一种偏见，即使不至于厌恶。所以我们上街就有顽童与无赖骂狗骂鼠骂豕骂虫，掷沙泥掷石子。我们进剃头铺没有人理发，回头你责问时，他们就说我们的刀是不刮黄脸的，你有时进旅馆要住房，帐房先生就陪着笑脸对你说，我们这里不招待东方客人的——也许连卖淫的犹太人也看不上我们黄脸的干瘪的腰包，或是渺小的躯体。我们受尽了种种的乌烟瘴气，结果至少保全了我们的健康。你看美国回来的学生大都总是挺胸凸肚，雄赳赳气昂昂，满口富国强兵，“嗳飞兴衰”（Efficiency）[1]，文化（Cu〈e〉l（t）ure）固然没有他们的分，但健全却满是他们的分，味道固然不见得如何的高雅，但至少总是斯宾塞[2]所谓强健的动物（Strong Am〔n〕ik〔m〕al）。

当然例外也很不少，纽约种族的偏见度最低，中国学生的坠落度也就最高。前年你们听得连杀三命的事，那也是美国学生干的，但我们应得说那是纽约学生干的。

英国的学生最少，不是我说偏心话，照我知道实在一个个都是刻苦的好学生——我只要随便提几个名字，例如傅孟真，徐彦之，刘光一，金岳霖，陈通伯，等等。英国的种族界限没有美国那样凶，所以如其我们一定要□学生本身品格上流以外物质的理由，我只能想起那位“穷老先生”。我所知道的英国学生，也许碰巧，都是穷的，穷得连每顿饭都是铁打的问题。你们不信去问陈通伯去。所以我们至少是贤人。

大陆上的风光却是大大的不同了！拉丁民族原来是出名的——说得好听些——风流，——说得老实些些，便是根性生

1　Efficiency：效率。

2　Herbert Spencer（1820—1903 年），英国哲学家、社会学家。

成的荡族。他们的国民性，陈博生曾经说笑话，可以用两个w字代表，一是woman，一是wine，只是醇酒妇人。所以他们望出来，英美人不是假道学，便是傻瓜，不懂得生命的味儿（Joie de la vie）。巴黎的“玻璃房子”是狠堂皇的一个名胜，最表现拉丁民族的创作天才与淫荡天才。我们到那里去的学生，不论是穷的富的，多少服从一句点颠扑不破的格言，“Do ab〔s〕the Romans do”[1]。所以他们望出来，英美的留学生，不是惨无人道的“压迫主义者”，便是不解人道的傻瓜。

但我们未看看“懂得生命的味儿”，甚至于“尝着生命的味儿”〈，〉的代价是什么，结果是什么。

结果是犯了生命经济最重要的一个原则——逾分的征税与浪费，在法比认识一两位女友是不算会事的——大多数的Pension[2]里，只是Joie de la vie！甚至同时占领一数以上的都有。我现在并不来说道德话，我并且狠羡慕拉丁人之所谓Joie de la vie，狠感觉□拉丁民族生活之严酷与不自然，但我却不能不要求你们注意生命经济的原则。

在一九二〇年，那时留法学生多不过数百，但那年马赛运回中国的灵柩或棺材一共有八具——八具长方形的木匣里装了几年前年轻力壮抱负不凡出洋留学的青年英俊！那不是骇人听闻的事实吗？我们固然手边没有现成的医生报告，但我们却很疑心所谓Joie de la vie的主义，多少负点子责任，我想起了真不

1 俗语，即入乡随俗。

2 Pension：津贴，膳宿费。

禁心痛与股栗，愈感念到万事之不可勉强。我说拉丁民族之放荡，是他们的天才，天才的定义，就是独具的能耐，不是旁人所能模仿取得的。每次我国的学生我们总听说是某人因为太用功所以得病致死。我敢大胆的说单是用功是死不了人的，单是念书写字，即使过分，也毁不了人的生命的。最致命的只是滥用中国人所谓本原，外国人所谓活力——只是违反了经济的原则。一切的陷阱都有底，只有那一个陷阱是最不可测的！

我想如其有人选同数的欧美留学生来检验一次，且立一个健康对照表，也许竟有骇人的区别。这虽则是一个设想，但我年来历经美欧所得的观察与直觉都觉得这设想决不是没有根基的。

所以社会应得注意，学生的父母应得注意，学生自己尤其应得注意！

过分的自然，与过分的不自然或压迫状态，是同样的不自然，也许前者比较后者的害更深些。

现在柏林几乎比巴黎更糟，说一句土话，真是不了，随便那一晚你到出名的跳舞咖啡馆里去看看，黄面的主客往往是中坚人物。我自己亲听得满馆的人都学了中国最秽亵的话，对着黄人大声叫喊取乐，我记得有一位派出去调查教育的某校校长宣言“如其到德国不嫖那真是愚不可及了！(”) 现在柏林的中国学生——最可怕的是好多只是未成年的青年——一天多似一天，大家贪图马克便宜，一齐把子弟送出去求学。但是小心，巴黎的Joie de la vie，现在变了柏林，战前是很整齐的，最盛行的风尚……

Let no eat and drink and indulge for omorn we do not knaw wheer will the mark be! [1]

我这一番话，也许过于危悚一点，但是危言总是有用的。这不但是我个人的感想，我敢说我相识的欧洲回来的人，没有一个不多少感觉到这生命经济的大问题。

我借了阎君一士之死，发泄了这一场话，最后不得不重言申明我所说的只是泛论，并不与任何个人相关。

（八月十日）

1 此句疑为"Let no eat and drink and induge for Roman we do not know where will the mark be!"。

# 团城的玉佛[1]

团城的玉佛，前一时各报遍登失踪的，事实上并不曾离开他的宝座。他仍旧好好的坐在团城的大殿里，他并不曾遭难，虽则他被封锢在禁地；他永远在微笑，永远在趺坐，永远在冥想人生之纷扰，永远在神龛的严幔中浪费他不朽的青年。

新闻纸上的新闻的定义，可说是最不准确，最不可靠的，印成字句的消息，犹之新闻家的艺术与说谎□的艺术可说是异名同义的。我们不妨来按按这次玉佛被盗的新闻，看上面假定的定义适用不。

第一次有人对我说某报上登载玉佛失踪的消息你知否？我说“见鬼”。

第二次他又来对我说登此事不止一报，许有缘由，我说我不信。

第三次我自己亲见晚报的记事，说是团城的国宝竟是不翼而飞，接着有一位或几位国会议员署名的一篇文章，痛哭流涕的，指天誓日的，伤心这次的国丧，责问当局者之缄默——我还是不信，只说是报馆造谣议员无聊，还是不信。

1 载《晨报》1923 年 8 月 14 日第 1612 号“闲人闲话”栏，题下署名魔，文末署名徐志摩。

最后北京比较最有头脑的《晨报》也发表这异常的变故，我到有些惶惑起来（你们看我特别的看得起《晨报》！），我想难道那位佛爷竟是遭罹了巴黎画院里的Mona Lisa[1]（Leonardo da Vinci达文塞[2]的杰作）同样的灾厄，但我还是不信。

〈那天下午我和三位朋友谈起。她爱护〉那天下午我和一位朋友谈起，她爱护艺术的热心，比我还深得多。她也为《晨报》登了才着急，她早已派人去看过——玉佛依旧平安地端坐在团城的殿座里！（据说玉佛被窃也是确的，不过被窃的是清冢的一尊小玉佛，并无关雍和宫或团城有名的玉佛）这是讹传的原因。

我一回家就打电话通知《晨报》的主笔先生，请他更正这次传遍通国的谣言，他也答应了，但过了好几个星期，更正还不曾露面。昨天我们在北海，主笔先生居然大破悭囊，化两毛钱买了一张玉佛的相片，要求我替他实行更正，所以我又有了题目来说一番“闲人闲话”。

妙的是团城就在北京的城里，住有负责任的机关，里面决不会没有电话，何以北京小小大大的报馆，得到了这样重大的传闻，连电话也不打一个，就大登特登各家的“国宝失踪”的新闻，那位痛哭流涕的国会议员，宁可费工夫来做声调铿锵的联体文，不肯叫听差去试一个电话，也许这是我们的国民性，是我们的天才！

至少一点是证明的了；随他人人说国宝，随他人人说美

1 蒙娜丽莎。

2 Leonardo da Vinci（1452—1519年），今译达芬奇，意大利画家。

国的国富都买不到的珍品，实际上极少数人——当然除外小大报馆的记者与国会议员们——切实地认识这玉佛的真价值，无怪他们把玉佛失踪的新闻，只当作为比黎菩萨偷跑相差不多的事实！果然团城的玉佛能有人偷跑，隔了几个月还是踪迹杳然，那位贼先生的神通，也就不让于西方接引道人自身的法力了。你们试想想，玉佛不比得一幅画一卷书可以挟了就跑的，也不比大总统的印信，可以随便给姨太太的，那尊玉佛是实质的玉造成的，当初运来时用人夫至数百之多，而且每天只能走一二十里路。你们想这样的庞然大物，定是容易可以偷走的！除非北京全城的巡警与居民都是通谋。我所以始终不信。

但是谣言也有用处，谣言是最有力的广告，以前团城的玉佛只有少数人知道的，自这次讹传以后，什么人都知道我们穷极的国家，还主有这样一尊无价的奇宝。“失马焉知非福”，同样的理由。我并且还有积极的主张，也是因此激起的。

我现在约略讲一讲我与玉佛的交情。上次端五节北海与团城开放了一星期。有一天我与通伯进北海去逛了半天，却绝不想去看玉佛，一则不舍得四毛钱的门票，二则我请教过的玉佛也不算少，却都只是装饰品，不是艺术品。我见过印度的好几尊，我见过杭州西湖上的，我见过普陀的好几尊——但都是无所谓的；玉质虽有好的，但雕术却是一致的糟，都把上好的质料刻成呆板，俗丽〈,〉的花花公子，生气都没有，不必说佛意。我所以竟不曾把团城的玉佛放在心上，以为无非是同类的东西。后来出北海时，碰见一位友人，他手里拿有玉佛的相片，极力的榆〔揄〕扬，说玉质太好了不可不看。那时也没有事，所以与通伯买票进团城，也并没有多大的盼望。

登了团城，看过汉玉大甕，进正殿，暗尘尘的，站在神座前，看见了端坐的玉佛，最初只讶其身量之高，趺坐着还不止五尺，玉色的净与匀与明，果然比一般的玉佛大大的不同。回头有人把神龛里的电灯开上了，我才知道当前正是也许全世界最伟大的艺术之一，由不得像雪莱（Shelley）[1]悟到了Intellectual Beauty一样——“I shrieked，and clask〔p〕ed my hands in ecstasy!”[2]

我和通伯简直是乐疯了，像泥塑一般的站在这“神灵的启示”面前惊异不置。我们才知道我们差一点错过了这样希世的大宝，错过了最难得的审美的神感。

这才是最高最粹的真艺术作品。可惜我此时没有工夫，不能把我那时所得深沉而且热烈的情绪，像斐德（Pater）[3]论Mona Lisa一般的，化成金声玉质的字句。我现在极粗简的促起爱好艺术的人的兴会，赶快想法去赏鉴也许我们文化里最可宝贵的一件作品——作者又是个无名的英雄！你们见过欧洲著名的美术杰作的，例如：Da Vinci的Mona Lisa；Mche（i）langel（o）[4]的Moses[5]；或是希腊的造像；或是拉飞尔[6]的圣母（尤其是Dusden的

1 Percy B. Shelley（1792—1822年），英国浪漫主义诗人。

2 意即“我尖叫，在狂喜中将双手紧握”。摘自雪莱《赞智力美》一诗。

3 Walter Pater（1839—1894年），英国文艺评论家、作家。

4 Michelangelo Buonarroti（1475—1564年），意大利画家、雕塑家。

5 摩西，《圣经》中的人物。

6 Raffaello（1483—1520年），常称Raphael，意大利画家。

Madonna[1])，曾经从这些艺术品感到过人生最难得的美感的；或是曾经见过理想的美男子与美妇人的——不可不赶速去看我们无名作者真不朽的灵迹，看了之后再下评判这尊玉佛是否当得起世界最高艺术品的品评。至于我个人的经验，我实在觉太实当了，实在不愿意匆促的用粗呆的字句随便的描写；我的主义是把最深刻的情绪，涵养在最纯粹的想像液中，一种自然的化学作用，到时候结成晶体，才可免粗陋，勉强，不成熟的痕迹。

所以我们大家应得欣幸我们主有这样一件奇宝，经了几次大变，还不曾被洋强盗或家贼抢跑偷毁。我们若然再不及时设立国立博物院，把现有倖成的精品，荟集在一起，恐怕清宫的大火若然再烧一两次，我们有眼的艺术的家私竟可以荡然无存。听说热河的有人偷换不用说，甚至于现在三殿陈列的古物，也还不时有人在打主意，或竟实行窃盗——我们主人公若再躲懒不问，以后一定追悔不及的了。

所以我为替《晨报》更正一个普遍的“新闻”，乘便提出了两件事：——

一是劝爱艺术的个人赶快去赏鉴团城的玉佛，趁他不曾偷跑以前。

二是鼓起国民对于艺术家私的注意，应得赶快设法，保存仅存的几枚硕果。

徐志摩　八月十一日

1 Madonna：圣母像。

# 《西湖记》照片题字[1]

杨柳有春色。

背负湖山。[2]

持桨背树茫然。[3]

牙齿白且洁兮。

在花坞万竹林一破庵中。

蔡先生将赴欧。[4]

应家爹娘儿女图。[5]

上张是海宁看潮的尾声。[6]

---

1 据中国社会科学院近代史研究所胡适档案所藏徐志摩手稿，附于 1923 年 9 月 7 日至 11 月 9 日所作日记《西湖记》中。题目系本书编者所加。

2 题胡适在西湖的照片。

3 题胡适在西湖的照片。

4 题胡适所摄照片。

5 题应家合影照片。

6 题海宁潮照片。

下张是适之照相术的得意之作。[1]

君武——香蕉未咽。佩声女士——望潮。知行——熙。精卫——背。适之——怡。经农——瞅瞅掬口。英文——鞹。沙菲——笑。这襟角是我自己的。[2]

一线潮。[3]

从湖滨旅馆的窗口。[4]

这是适之在烟霞洞摄的玉皇山和钱塘口。

我很爱这张的景色，模湖得好，有时事情说得太清楚了反落平常。适之的美学决不能使我抒〔舒〕服的。[5]

适之替我摄的。

"我是从悲伤沉闷中，
来到这天然的胜处！
地窟里潜行的流涧，
又见了树色与天光！"[6]

适之，你为什么憱然若有所思？你的病容也不曾全灭。[7]

---

1 题胡适所摄照片。

2 题在海宁官海塘观潮时照片。

3 题海宁潮照片。

4 题西湖风景照。

5 题西湖风景照。

6 题胡适为徐志摩所摄守丧期间的照片。

7 题胡适在西湖边坐照。

# 赠胡适 *Marius The Epicurean* 上的题字[1]

这部著作是裴德七足年劳力的成绩。“一字不苟”是他著述的铭言；但他还不止“不苟”；他的字一个个都是他自己“现制的”，像最细心的雕刻匠似的，斫成了最精妙的形象还得轻轻的把看不见的细屑吹净了去方才满意。他是唯一的散文美术家。他的文章是按我们从容的咀嚼，辨味，决不能让我们胡乱的吞咽。

敬呈 适之老夫子大人早晚清玩。

志摩

二月二十七日，欧行前布施之二[2]

1 据邹新明《胡适藏书整理札记之一：新诗与深情——胡适藏书所见胡适与徐志摩交往点滴》(《胡适研究通讯》2010 年第 2 期)。“Marius The Epicurean”即《享乐主义者马利乌斯》(*Marius the Epicurean*)，英国沃尔特·佩特(Walter Pater)著。题目系本书编者所加。

2 此题字作于 1925 年。

# 快雪同志会记[1]

我们这几个人的快雪同志会也有一点小小的掌故。约莫一个月前有一次大雪，那天早上我在叔华那里，室内红白梅花香的醉人，窗外霁雪照个铄亮。我就出了一个小主意，要了一只玉盌，摘了几朵半绽的梅萼，同叔华到园里去，选丁香树下最白净的雪满盛了一盌，盖上封好扎起，阁在叔华的书架底下，过了两天打开来看时只剩了小些的梅渍，那洌极的香味就不用提了！我们得意极了，就泡上顶好的日本茶，加上几滴梅渍，阿那味儿！西王母那里的琼浆我想也不过如此！那回有福气尝到的有通伯、歆海、彭春，我想他们一辈子也忘不了那异味。随后叔华就发起这快雪同志会，意思是下次要逢着晴爽的雪天，我们署名的同志就有天大的事情也得丢开了一同出城上西山玩去。我们都赞成；后来又加入了巽甫与小曼。恰巧这一月来竟没有雪，天时也渐渐转暖，我们几于绝望了，要不是今天这场天赐的大雪。今天早上叔华来电话，怕我忘了，其实我并不曾忘，只是起身迟了些，所以不曾赶早发动。今天我们五个人的游兴很好，欣欣然出去，欣欣然回来，再要像这样的

1 据中国社会科学院近代史研究所胡适档案所藏徐志摩手稿。署名徐志摩。题目由胡适书写。

赏雪盛会不知又得等多少时候了。我们在玉泉吃饭（该说“打尖”），饭后去香山，到双清小坐，又去“看云起”望雪，可惜时候晚了，否则竟许可以径登“鬼见愁”高峰，那才痛快哩。一路有几件小事也应得乘便记出。在玉泉吃饭时忽见二十五师的兵，一队队的从西边开过来进京去，至少有二千光景；在雪地里看红旗带路的军队长蛇似的静悄悄的蜒着，先是一种不平常的景致。我们当时就发生了种种的猜想，疑是城里有什么变故。小曼真的吓了，因为我们说的太生动了，她认真怕那群灰魆魆的两脚兽来抢她！叔华带去一罐广东油榨（花生、芋艿、茨菇、豆板、杏仁等等），也发生了不少的兴趣，大家尝出了滋味，你抢我夺的不成个体统。还有到看云起时叔华与小曼闪了不少的交，老丁把他整个的脸子没下雪里去，想印一个面膜，爬起来时那满面斑驳的样儿真可笑；其实他印下的只是他那个高明的鼻子！在双清见□□□与□□□的妹子，可是糟蹋了我们一撮可贵的铁观音，真伤心！（张歆海记大过一次；他不曾去，为的是舍不得一个“约会”！活该他又碰了一鼻子的灰！）

一月二十八日乙丑正月初六志摩记[1]

1　此文作于 1925 年。原稿下有“一九三一除夕钞成”字样，后划掉。

# 苏俄这是什么话！[1]

外交的当局究竟管的什么事！是懒是怕还是病，这样阳痿性的办事？自从晨报八月十日揭载苏俄无故逮捕华人事以后，不曾听得当局对苏俄有怎样坚决的抗议。

新闻界也真有趣，居然还有否认被捕是事实的！呀呸，李兰洲给政府的电报现在外交部，你们为什么不要求政府公布？我到莫斯科那一天桂丹华金石声喻森一群无事的中国人早已在最黑暗的苏俄大牢里陷着；他们到如今还在黑暗的牢狱里受不白的冤曲，吃泥土似的黑面包，喝冷水过日子。他们究竟犯的是什么罪？我们不能叫我们的国民去做人家黑暗淫威的牺牲！桂丹华与喻森都是我认识的，都是最驯良的好学生，两位身体都不见得坚实，这来瘦死在狱中也说不定，他们出去求学，他们岂没有家人父子亲戚朋友，他们要真是屈死了，叫他们的冤魂向谁讨命去？

当局的，主持舆论的，自尊的国人们听着；〔：〕我们再不能忍受这么阴险的“亲善主义”，私人交朋友得有最低限度的信义，国际交朋友也得有最低限度的信义，像这样狐性狼性的交情，我们粉嫩的中国人那经得他们的咬嚼！

1　载《晨报》1925 年 8 月 24 日第 2316 号，署名徐志摩。

我们现在已经派了大使，以后中俄间的交情一定一天浓似一天，彼此的了解一定一天深似一天，好得很，我们不耐烦的等着！

同时我这回过俄国时，我碰到的几位共产党员说话一点也不含糊，他们很高兴因为中国愿意与苏俄要好，他们很得意因为国民党差不多全变了共产党；他们很快活因为（听着！）外蒙已经是他们的了，因为广东已经是他们的了！

我们得意的日子多着哩，他们提起了中国就都笑迷迷的喜不自禁，像是一只老虎想起了他在山谷里发现的一只肥羊！

加拉罕先生我是最佩服他的，他对本国政府的忠与勇是外交家的一个榜样，一个灵感。但他对我们中国究竟有没有感情，究竟有没有人与人的人情，我不敢下断语。现在他快回国了，他许有掌大柄的机会，我们等着看他究竟是不是我们的朋友。我们要郑重的请他与他的国人注意中国并不是完全没有人的，中国人并不是完全可以威吓可以钱买的，现在我们渐渐觉悟到什么是国民人格的尊严，我们从今起要谢绝一切过分好意的帮忙了！

那是比较的远话，单就目前论我们正式要求苏俄立即释放在俄被捕的华人，并且说明他们下狱的原因，我们认为无根据时得要求对个人的赔偿与对中国的道歉；并且在我们派出大使以前，我们得要苏俄政府严正的认诺担保以后再不会有这样不幸的事实发现使我们期望苏俄的失望厌恶，使嫉忌苏俄的窃笑得意。

# 赠张幼仪《志摩的诗》上的题字[1]

幼仪：这小集，是我这几年漂泊生涯的一帖子果实，怕没有熟透，小心损齿！

志摩　九月上海

1　据上海图书馆所藏《志摩的诗》。此题字作于 1925 年。题目系本书编者所加。

# 《幻梦》更正[1]

二十四日登载之《幻梦》小说，第四〇页第三栏第二十一行“同时觉得……”下，脱落“车子望下一落，自己身子向前一倾，几乎跌倒了，他待和车夫发作，又觉得没有理由……”等句，合亟订正。

1 载《晨报副镌》1925年12月28日第1416号，题为《更正》，未署名。《幻梦》，槲生作，载《晨报副镌》1925年12月24日第1415号。题目系本书编者所加。

# 梁先生病院谈话记[1]

梁任公先生因病□[2]血（，）十日前在协和医院受手术，今尚留院调养，体气甚好，约两星期内即可出院。我今天去探望，在病榻前谈及此次惨变，言下至为愤慨，今为记其梗概如次：

“我是本月十六日受手术的，这割症不算危险，但也不算轻，割口至八寸之宽，麻醉至四日之久，直到十九日的下午才渐渐苏醒过来。谁想到空前的大惨案就在我这麻醉期内发作？那天我神志还在半迷糊状态，隐约听着院中人说起这大血案的惨象。实际上我间壁的屋子里，就躺着一个半死的青年，胸隔间中着子弹，到如今还没法起出！你可以想像我那时在昏瞀中听那极不可思议的惨闻时，我真觉得痛心极了，感想也是十分的复杂，人又在病床上困着，满心的愤慨无从发泄，今天既然讲起这件事，你不妨记下些去发表，虽则不免拉杂，也就算是我私人的一点意思。

我在病房中也不看报，但凭清华同学们及来探病人的报告得悉一些情形，愈听我的愤慨愈增，我真不欲言！试想去年五

---

1　载《晨报》1926 年 3 月 31 日第 2524 号，署名徐志摩。又载《兴华报》周刊 1926 年 4 月 14 日第 23 年第 14 册，题为《梁任公病中谈惨案》，题下署“（徐志摩寄自北京）”，文末署“（三月三十晚志摩记）”。

2　“□”，据《兴华报》，疑为“漏”字。

卅的血案还是现鲜鲜的放着，那时我们全国人民怎样一致的呼吁，反抵，我们也取得国际间一部分真挚的同情，谁知紧接着英国人的残杀行为，我们自家的政府演出这样更荒唐的惨剧！这正当各国调查法权的时候，我们这国家此后还有什么威信可讲，什么脸面见人？案我所听着的看来，这次惨案显然是卫队得在上的指使惨杀无辜的青年，这当然是我们全体国民对人道对良心负有责任，应分赶速督成严密的法律的制裁，上自居最高位的头儿下至杀人的屠夫一概不予幸免，才可以一来稍慰冤死的青年，二来防范此后类似的兽行。

政府这次的荒谬，简直是不可思议：分明是手无寸铁的青年学子，他在命令上却一概诿为格杀勿论的暴徒；分明群众是为外交事件请愿，他却概称共产党的扰乱；况且即使群众中有少数暴徒羼入（事实上据说并没有），为临时制止计，不应出比极端的狠毒手段。再退一步讲，即使政府认某部分的阴谋扰乱是实有情形，那就该事前设法防范；不能防止已是失责，何况那天请愿事纯粹是对外的国民行动，不含任何党派性质。决不能借题发押〔挥〕，诿为某党某派的阴谋扰乱？〔！〕至于事后又不先事自己告罪与严办凶手，反来通电发令，希图朦混嫁罪，可见这次屠杀，直是政府直接授意，更无疑义。所说起诉事项已在进行中，我希望全体国民奋起责任心与正谊心，要求一个不含糊的结束。否则我们不但在国际间再不能腼颜文明国的地位，这竟是我们民族性灵上不可洗制[1]的一个奇秽的耻辱。

1 “洗制”，疑为“洗刷”之误。

这是对政府的话。再次，为惨遭毒害的青年们着想，我们痛定思痛，对于一般自居指导青年的领袖们，我们当然也不能完全宽恕。我听当天参加请愿的同学们讲，那天主席报告，卫队已经解除武装那件事，也确是惨祸的一个关键。这不是几方逼成一个境地，叫一班无辜的青年们自投坑阱！领袖们领袖到底，同死同生，也还是一个说法，何况临到实际犯难时，领袖们早已不见踪迹。又听说那位主席先生的报告是根据李鸣钟的一封信。假定那信是真的，那就是口信人造谎陷害的责任；若不是真的，那主席的责任就不可逃。青年们一腔热血，当然是容易鼓动的：那天天幸我自己的儿子因为在这里伺候着我不曾去加入，否则一去也就难说（有没）有身命的危险，谁没有子女，谁家父母甘愿叫子女们白送命。我们只能期望这是末一次的教训——多可痛的教训！——下回再不致有同类冤案发见！我们并不反对民众运动，但也得有相当范围。例如推倒政府的事情，如何可以放在年轻的学生们身上？至少我们不能想像这样的奇迹。目标是要认清楚的，领袖也得认清楚的；单凭一团血气做事，虽则可敬，终究不是我们所期望于纯洁的青年们的。”

上面是梁先生意思的大概，我此时匆匆拉杂记出，许有不尽确切的地方，我们希望梁先生早日病痊，等看他自己的文章罢。

（三月三十晚）

# 小言[1]

我们谁不想早一天庆贺北伐最后的成功？到了革命工作完全贯彻的那一天，他们谁不抵拼发一次狂，欢呼的声音震得破天，欢舞的脚步踹得破地，我们要狂喊，乱跳，为了一个制止不住的欢喜，互相拥抱，快活得直淌眼泪，我们要惊动天上的神道，山林的魅魈，坟墓里的幽灵，一起来参加我们这超轶一切的大祝典。但那一天，说也恼人，还是迟迟的不到。说警惕一点，反抗革命的种种恶势力依旧是毛刺刺的那儿都是，在疆场上对垒的敌军还不是最可厌的一种，但同时前方军事的胜利当然是革命渐次贯彻最不可错误的一个标识，我们不能不感念前方的将士，因为他们的职责是为民众争自由，为民族争光荣，为人道争威严。我们幸生在这大江南北，在今天还能相当的安居乐业，如何能忘却前方的将士们，他们牺牲了腔子里火热的血，替我们买回安全与体面，一方挡住北方的豺狼，一方抵住长江上游蜓下来的毒蟒，享福是我们的，吃苦是他们的。但他们却不怨（，）因为他们认定了为主义而死是无上的荣誉。我们想想这大热天躲在凉爽的屋子里有电风扇有冰水喝的福人

1　载《上海妇女慰劳会剧艺特刊》（大东书局 1927 年 8 月印制），署名志摩。题目、署名均据手迹影印。

们尚且嚷着难受，他们在前方作战过的又是什么日子？我们怎么能不尽点子心，凭我们力量够得到的，设法去慰劳这些为主义为民众效死力的同志！当然我们不能亲自上战场去抚摩他们的创痍，但至少我们可以用间接的方法对他们表示我们这点子的诚意与心愿。尤其妇女们的慰劳是最切题，因为她们是母，是妻，是人生慰藉唯一的来源，历史上多少伟大的事迹是从女性的灵感得来的？

我们不敢说前方的兵士能因我们的慰劳得到多少看得见的利益（前方兵士的数目其实是太大了，即使我们能筹到十万的话他们每人还匀不到半元钱），但我们自信这点子心却是可珍的，只要这点子心到，只要前方的兵士们能多少感到在他们保障下的民众，男子与妇女，为了爱敬与怜念的动机，也曾在这大暑天为他们可能的尽过一点子的心，使他们知道他们的劳苦与英勇永远有我们的同情与感戴，那我们的慰劳会就不是白来的了，我们只盼望这小小的慰劳会，是将来革命成功大祝典的先声，到那时等你们杀贼回来，前敌的将士们，我们再来热烈的欢迎你们，拥抱你们，亲你们，醉饱你们，娱乐你们！

关于此次为慰劳会效力的人，有几句应说的话，得借光这特刊的地位。发起人是应得表彰的，要不是她们的热心与指导这次大规模的慰劳会是不可能的。关于上次南洋大学游艺大会的始末，另有一册慰劳特刊付印，不须赘述，这册剧艺是专为此次演剧发刊的。

此次演剧最劳苦功高的当然是我们的唐瑛女士。三晚新旧剧艺的表现，都有她的芳踪，说实话我们真是少不了她的芳踪！《少奶奶的扇子》在上海是曾经演过的，不错，但是谁见过唐瑛的“少奶奶”，风流华贵，俊俏流丽，你不见不能想像，你见了不由你不倾倒。而况是唐女士美的还不仅是她的仪态！她的芳姿，她的慧心，她的妙舌，在交际社会上是早经公认的一个奇迹，但是有谁认识她同时又是表现剧艺的隽才？端的别是一番身手，别是一种滋味，素仰唐瑛大名的切莫错过这唯一的机会。

唐女士又在第二晚扮演《牡丹亭》的《拾画》《叫画》。这戏是小生最吃重的戏，轻易行家都不敢尝试的，但唐女士有的是耐心与勇气，居然能在匆促的期间内出脱这难唱的昆剧，像这样一位梨花身段的俏郎君怎叫杜丽娘能不魂离枕上？

亚于唐小姐最卖力气的要算陆小曼女士。但说到她我似乎应得避嫌疑，因为碰巧，或是碰不巧，她不是外人——她是我的内人嘎！好在她戏唱得怎样随后自有专家指教，不消我来饶舌。她这次演戏，说实话也真难为她，并不是说她别的，就看她那样的成天生病，本不该劳动的，医生不许，父母踌躇，就是我，看了她每回一练戏就头昏，一上装就要呕的光景，也未尝不有点儿疼惜她，可是她自告奋勇，说既经答应了拼命也得给人家做（。）她身体的不中用，说来你们都不易信，这天又正热，我真的不由得为她捏一把汗哩。下面另有她的一篇自述。

但是小曼虽则爱戏，她可是初次登台，现学现做的，保不定有很多生疏的地方，我们第二晚戏目上的真名家还得推徐老太太。她的昆曲，是早已名满江南，用不着誉扬，只是她这次出演实在是难能得很，因为她向来立定主意是大暑大寒决不出演的。这倒是半亏了小曼的蛮劲，把她老人家半求半逼的居然给拄上了。原来想排《五花洞》，也因为天热赶不及，可是她也顶热心的，在原定《游园》之外又添了一出《扫花》。“她的”，小曼在她的自述里说，“才是真艺术”，我只见过她的《思凡》，但就这一出戏已是使我钦佩到不可以言语形容。有谁怀疑昆曲的非得来看了徐老太太的表演再下评判。

此外的演员也都是杰出的人材，他们的加入都是我们的荣幸，但不幸篇幅所限恕我不能在此处单独给品评了。还有周梓章君的操弦是从陈彦衡学的，轻易也不能请到，这次承他惠然帮忙，我也得在此志谢的。

至于本刊的印行，黄梅生周瘦鹃江小鹣诸位先生都应得居首功的，所有的影片全是黄先生不惮奔波不惮烦的成绩。周先生做了文章，又担任校对。本刊能在四五日的短期内赶印出版，也得志谢周先生为我们特别向大东接头的。封面图案是江先生的，他的手笔是无须夸的。我自己是最懒不过的，要不是小曼在背后不容情的逼着我，这小小的一篇废话都是不易写成的。

七月二十九日

# 新年漫想[1]

小孩子们最喜欢年。新年固然有趣，过年也是有景致的。送灶，请菩萨，打年糕，年三十半夜里吃熟荸荠，那样都是好玩。尤其是因为年脚下先生散馆或是学堂放假，孩子们这回玩儿，简直是奉旨，再不用害怕长辈的骂。是的，孩子生活上唯一的镣铐只是上学，这一放松，他们的自由是完全的了。他们跑，他们叫，他们在野地练操，坟台上比武，他们的快活是没有边际的。

难怪孩子们就爱年，就巴望年。他们往往在一个新年还不曾过完就急着问下一个新年该几时来。但他们渐次长大时，他们对“年”的趣味也就逐渐的减淡。等到成了人，生活的负担安上了肩背，“年”的面目就会不期然从喜笑转成忧郁，从嫩色闇成深色。这一深可就不易再往回淡的了。到年节边你去看看，尤其是这类年头，那个人脸上不显着“心事”的□痕？就算足下是快活人，过年用不着担心，但一个年头的消亡至少给我们一种不愉快的警告。他仿佛说：“先生，麻俐点儿罢，你又短了这么些了。”“年”是不能给我们成人们欢喜的，沉沉镣铐着

1　载上海《新闻报元旦增刊》1928 年 1 月 1 日第 1 张，署名徐志摩。原刊文为句读形式，标点符号系本书编者所加。

的心不能感着天然的愉快，习惯娇养坏了的身体不能感着天然的愉快，环境和生活仿佛通谋侵蚀人们天赋的特权。可怜的生灵们，笑不再是他们的分，跳不再是他们的分。季候的循环，春的启示，秋的黄金，夏的富丽，冬的威严，都不能警醒他们的迷梦或是解放他们的於郁。一年里的时节，可爱的有诗意的点缀都消失他们原来的意义，只剩下空廓的惯例，落在老妈子们的手中迎送。无光彩不止是新年，什么端阳，花朝，中秋，重阳，都萎成了日历上的蠕窝，再没有力量因缘时序的推移，鼓励人们光荣的游戏的本能。

这是一种病征，并且我怕，不是不严重的病征。生活已经皱缩到枯窘的边缘，想像脱尽了翱翔的健翩。

一堆泥，一团私欲，一球腌臜的心肝，一副残喘苟延的面目——这是现代人们的缩写，再没有别的说了。魔鬼踞生在堕落的山巅上微笑，上帝在他的试验室里自刍败绩的悲哀。这当然只是一种看法，同时我们不疑惑仅有好为诡辩的为我们解说这普遍的销沉的气象。“这正是东方人的秉性使然，”他们说，“不比西方人一逢着芝麻大的事情就会兴奋到毛发耸动。这外表的沉静或许正是内心沉着的征象，悲观者的结论是没有充分根据的。”

阿，谁愿意无端咒诅自身？谁不愿意“悲观者的结论是没有充分根据的”？但不幸这时代不但有病而且不浅的征候已经明显到不容否认。不说别的，在你我自身的脉搏上，就可以按出这可惊的消息。

转瞬间又是一年生，地土还是有生命的。我们敢说，枯草尽多转青，梅枝尽有着绿的希望，但人事呢？我们在光阴的齿牙间挣扎的目标，一天模糊似一天。同时我们觉着生命在我们身上一寸寸的僵化，苦恼，烦闷，悲哀，谁忍得住不高声的叫喊，在我们还有声息的俄顷？

前面我说过孩子们是有完全生命的，他们在天真的自由中欢迎时令的流转，赞美自然的荣华。在他们，正如山林里的雏鹿，游戏的本能得到了无阻拦的表现。文化的一个使命是在保存这健康的本能的永生，它的又一个使命是在更进一步意识的导引。这部分内在的精力化生创造的神奇，附带的柔化人生的枯瘠。不止一个思想家曾经警告我们文明的危险，他们救济的方案虽则各有不同，但他们要我们摆脱物质的累赘，解放性灵的本真，以谋建设健康的优美的活泼的人生，却是往往一致的。圣法兰西士永远伸着他那温柔的手指指引我们到小草花与孩童中间去领悟真理与实在。耶稣点着孩子们对成人们说："这些是你们应得跟着学的。"他也说"人的生活"，应分是"花朵儿似的"。丹德的想像启示给他从上帝身畔那里来的灵魂们只是一群"无端啼哭的孩子"。东方的圣哲不也是珍重"赤子之心"与"婴儿"的深远的涵义？庄敬的华茨华斯告诉人们"孩子是成人的父亲"，他也在小草花身上发见"眼泪所不能宣泄的强烈的情绪"。

小草花，小孩童，我们自身的卷曲，我们自身的臃肿，在这霜浓星澹的冬夜，我不由的感着不易形容的踽踏，"堕落"。户外的枯木仿佛在晚风中微喟"堕落"，残破的希望的鬼影也仿佛在我周遭揶揄的回响。

“新年”，这音响何尝不像是寒夜的鸡鸣，对昏梦的人间，报告一缕新起的曙光？又是一度更新的机会，但我们能接受这福音不？小花草，小孩童，“道不在远”，但我们有力量回复本真不？在绝望的边缘我们不期然发见，我们徘徊的踪迹，这就是我们选定的归宿。

# 《萤火虫》附注[1]

近来小曼一提笔就嚷头昏，要她写成一点东西实在不是易事。那天浩徐来，要我替中央附刊留心文稿，我随口说让小曼给译点小说吧。浩徐倒是不含糊，他一回去就接连着派人拿信来催稿。这回小曼可急了，要我给她想办法，替她临时抱佛脚。她说长的她没有力气译，“贫相”的她又不愿意译。这倒是个难题目。我想了好久才想起Richard Garnett那本*The Twilight of the Gods*。果然翻着了这篇《萤火虫》，正好！文章短，意味深，再好也是没有的了。嘉耐德是英国文学界里一个博学鸿儒，与Leslie Stephen[2]和Edmund Gosse[3]齐名的。他的夫人就是几乎包办全部俄国文学的康丝当斯嘉耐德（Constance Garnett）[4]。我们东方人能够赏鉴到俄国几个大家的作品的（，）谁不感激这位大气魄的女翻译家。

志摩附注

1　载上海《中央日报》副刊《文艺思想》1928年4月21日第18期。陆小曼《萤火虫》译自英国作家Richard Garnett（1835—1906年）的*The Twilight of the Gods*（《诸神的黄昏》）。题目系本书编者所加。

2　Leslie Stephen（1832—1904年），英国作家、批评家。

3　Edmund Gosse（1849—1928年），英国诗人。

4　Constance Garnett（1861—1946年），英国翻译家。

# 陆小曼日记批语[1]

我看这日记眼里潮润了好几回，“真”是无价的；爱，你把你的心这样不含糊的吐露。

1 据《爱眉小扎》（上海良友图书印刷公司 1936 年 3 月 20 日初版）插图之“小曼日记之最后一页”。插图下有“小曼女士所写日记之末一页，后二行为志摩先生回国后所书”之说明。题目系本书编者所加。

# 《寐叟题跋》题跋[1]

尘世匆匆，相逢不易。年来每与仲述相见，谈必彻旦，而犹未厌。去冬在北平，在八里台，絮语连朝。晨起出户，冰雪嶙峋，辄与相视而笑。此景固未易忘。仲述此来，偕游不畅，谈亦不尽意。西湖之约，不知何日乃能复践，岂胜怅触。濒行，无以为旅途之贶，因检案头《寐叟题跋》次集奉贻，以为纪念。愿各努力，长毋相忘。

十八年六月十一日早三时，志摩。

1 据日本京大图书馆所藏《寐叟题跋》（商务印书馆 1926 年版）。题目和标点符号系本书编者所加。

# 《海外仙山记》序[1]

有仙山焉，远在海外虚无缥缈之境，周围弱水，不可得渡。有能渡过此水，诞登彼岸，地布黄金，七宝瑶池，仙草四季常春，并能忘情一切，真极乐世界也。诸旃越，有思登此宝山者否？衲愿指迷津，示人捷径。咄！苦海无边，回头是岸，灵山不远，即在灵台，此不二法门也。尝见俗子，沉沦苦海之中，自谓身居乐土。又有身居乐土，更觅仙山，不惮烦劳，不辞跋涉。其实即此工夫，能戒偷盗邪淫，屏除贪嗔痴业，广种福田，勤修善果，自能拔诸地狱而入三天。昧者不明此旨，徒事供养，究复何益？方外友懒残居士，精探三昧，著作等身，近出《海外仙山记》相眎，庄谐杂出，阐揭真诠，信手拈来，皆成妙谛。诵读一过，不觉微笑，曰：善哉善哉，居士造福不浅也。用弁数语，以志善缘。

老衲志摩谨序

1 据懒残生《海外仙山记》（全六册，上海震华书局 1932 年 1 月初版），题为《徐志摩法师序》。题目和标点符号系本书编者所加。

# “徐家甓”汉砖砚题铭[1]

洵美以汉砖研见贻，谓徐家旧物，当归徐君宝月，殊可感也！

志摩记

1 据王金声《徐志摩自用砚》(《新闻晨报》2012 年 7 月 31 日 A28 版)。题目和标点符号系本书编者所加。

# 日记

埃及石郭（刊《红玫瑰》1929年5月初一日第5卷第10期）

# 结婚日记[1]

## 三月氐

明日起与曼认真工作，已与约法多章，当努力共守。

生活太逸豫了，浑身筋骨都有散放的可能，快趁春光奋发罢！

此后日记连生活琐碎都想登载，与曼每周每日相比较，看谁的成绩好。

## 四月一日

十时起。十一时与眉去公园坐桃花树下看鸳鸯戏水，看风吹落叶。

眉初习水彩，成静物一幅——批语“劣”！

十一时归舍，与龙荪谈，成“自剖”文，犹未尽意。

眉又嚷头疼，真娇，风吹不得！

1 据《西泠印社二〇一四秋季十周年庆典拍卖会——近现代名人手迹专场》图录。原稿共九页，作于 1926 年 3 月至 9 月间。徐志摩与陆小曼于 1926 年 8 月 14 日订婚，同年 10 月 3 日举行婚礼，因此所谓“结婚”日记，实为“恋中”日记。

## 初二

去公园两次。下午曼学琴。

晚去小烟熏良宴会（大仓家）。

## 初五

阿丽思（蕙德）来信。去曼处骑车来往。

曼记过。

作再剖文。四时上床。

## 初六

曼又不舒，终日惫不振。

ws来了，美。

## 初七

明天是泰谷尔的生日，早两年的今天多热闹。这时候正预演着契玦腊那[1]。宗孟脸上搽了胭脂粉那样儿！现在呢？可怜。昨见梁先生，协和真无赖，绑了他的一个腰子，现在又敲他的牙了，四个之多。可怜他饭都吃不够，几小碟的菜哪够，真像老

1　今译《齐德拉》（*Chitra*），泰戈尔著名抒情诗剧。

虎吃蝴蝶!

昨见振声，谈颇有味。他话多少有理。我们非得离北京!

天保佑我们，能在一年内到英国去，到康桥去，到巴黎去，到翡冷翠去，霍雷！还要什么？但幸福淹定了我了，谁不愿意？

梁漱溟隐后在万寿山左近大有庄坡上。

曼不像肯用心的样子——我愁。

## 十日

夜十二时三刻，适从曼处来，炮声如夏雷叠发，机关枪如连珠。拉车夫说上城去已望见火花，战场在永定门外不远。方才恭顺送我出门，临回又嘱咐他的儿子的事情!

八月已完，九月始业。

佛灭一何速。

## 九月二日

又参谒团城国宝，拜倒。

# 书信

埃及风景（刊《上海画报》1929 年 6 月 24 日第 480 期）

# 致韩慕孙（一通）[1]

效文兄，像你这种Lyrical[2] 的天才，西方只有雪莱能够望你的项背。勉之哉！

1 录自韩慕孙《志摩与我》(《论语》半月刊 1932 年 10 月 16 日第 3 期)。此信作于 1918 年。

2 Lyrical：抒情的。

# 致麦尔维尔（四通）[1]

## 一

215 Dryden Road,

Ithaca, New York

July 20,1919.

Professor Carey Melville,

Clark University

Worcester, Mass.

My dear Professor Melville,

I beg to acknowledge receipt of your kind favor dated July 16. I very much regret for the delay to inform you of the courses I am new taking in Cornell University. I wish, however,and feel sure, you will not count it harshly on me.

I beg hereby to report you that I feel lucky in having chosen Ithaca for the Summer session, which is evidently favorable both to health and to study. The courses I am taking are as follows ：Economics S1,namely, Principles of Economics,twice daily except Saturday,10&11,four credit hours, by Professor H. J. Davenport (this has been approved by Dr. Hankins,by the way), and English S1,daily except Saturday, by Prof. Bundy. For the details of these courses, you will please refer to the Announcement of the Summer Session of Cornell University, pages 27&19 respectively.

I desire to close my letter with best wishes to you,believe me,

I am,

Yours respectfully,

Chang H. Hsu

---

1　据美国克拉克大学档案馆所藏手稿。本书所收译文，由张宏生翻译。

朱登路215号

伊萨卡，纽约

1919年7月20日

凯利·E.麦尔维尔教授

克拉克大学

乌斯特，马萨诸塞省

亲爱的麦尔维尔教授：

7月16日来信收到，多谢关心。我在康奈尔大学新选的课程，没能及时向您汇报，对此，我感到非常抱歉。我希望，而且也相信，您不会因此对我有不好的印象。

在此要向您禀告的是，我对能在伊萨卡上夏令班，感到非常愉快，在这里，不仅学习环境良好，而且对健康也大有裨益。我选的课，一门是经济学（一），即经济学原理，除星期六外，每天上两次，分别是10点和11点，共4学分，任课教师为H. J.达文波特（顺便告知，选择此课得到了汉金斯博士的同意）；另一门是英语（一），除星期六外，每天都上，任课教师是邦迪教授。有关这些课程的详情，可在康奈尔大学举办夏令班的说明上查得，分别见第19页和第27页。

谨此匆复，并致以良好祝愿。

徐章垿敬上

## 二

215 Dryden Road,

Ithaca, N. Y.,

August 27,1919.

Professor Carey E. Melville,

Clark College

Worcester, Mass.

My dear Professor,

I take pleasure to send you here with a certificate of the Summer Session of Cornell University certifying what I have studied this Summer. I wonder this alone would be sufficient to qualify my receiving the diploma. I will highly appreciate your kindness if you could send me the same before September 5;namely,before I leave Ithaca.

I feel also glad to inform you of my decision of going to Columbia University this fall for my advanced study. I will pay special attention to economics and sociology that I am sure I am most interested in.

With sincere wishes to you and President E. C. Sanford, I am,

Yours respectfully,

Chang H. Hsu

朱登路 215 号

伊萨卡，纽约

1919 年 8 月 27 日

凯利 · E.麦尔维尔教授

克拉克大学

乌斯特，马萨诸塞省

亲爱的教授：

我怀着兴奋的心情，给您寄上康奈尔大学夏令班的结业证书，用以证明我这个暑期的学习情况，不知是否凭此即可获取学位证书。如果您能在 9 月 5 日之前，也就是我离开伊萨卡之前将我的毕业文凭寄来，我将感激不尽。

同时，我也很高兴地向您禀报，我已经决定秋后入哥伦比亚大学读书，以从事进一步的学习。我想，我最感兴趣的专业是经济学和社会学。

向您和E.C.桑福德校长致以诚挚的祝福。

涂章埣敬上

## 三

215 Dryden Road,

Ithaca, N. Y.,

September 4,1919,

Professor Carey E . Melville,

Clark University,

Worcester, Mass.

My dear professor,

I beg to acknowledge receipt of your kind favor of September 2. I note you are not able to get me the diploma before I leave Ithaca. It would make no difference if I could have it received before I register in Columbia University this fall. Will you please kindly see to it that it will reach me on time?

Yes, I took English with Prof. Bundy, but I did not take it for credits; for it was my understanding that two courses or four credit hours would meet the requirement, would it not?

I shall be in New York City about the middle of this month. I will then send you my address there. With best wishes, I am,

Yours respectfully,

Chang H. Hsu

朱登路 215 号
伊萨卡，纽约
1919 年 9 月 4 日
凯利·E.麦尔维尔教授
克拉克大学
乌斯特，马萨诸塞省

亲爱的教授：

9 月 2 日来信收到，多谢关心。我想，在离开伊萨卡之前，我是无法收到毕业文凭了，不过，只要在哥伦比亚大学秋季开学注册前收到，晚一些也无大碍。能否请您多多关心，以免延误？

我确实选了邦迪教授的英文课，不过没有算成学分，因为我觉得，选两门课或修 4 个学分，都符合克拉克大学的要求，不知这样理解是否有误？

本月中旬左右，我仍会在纽约，到时将把地址寄上。致以美好的祝愿。

徐章垿敬上

# 四

H 30

Columbia University,

New York City.

Oct,20,1919,

Professor Carey E. Melville,

Clark University,

Worcester, Mass.

My dear professor Melville,

I beg to acknowledge the receipt of the diploma that you kindly presented me on time. I want to thank you for your kind receive. I am to register the coming Monday both in Columbia University and the new School for Social Research. I hope to see Prof. Baruce before long. With best regard. I am,

Yours respectfully,

Chang H. Hsu

列文斯顿堂 30 号H

哥伦比亚大学

纽约

1919 年 9 月 20 日

凯利·E.麦尔维尔教授

克拉克大学

乌斯特，马萨诸塞省

亲爱的麦尔维尔教授：

您寄来的毕业文凭准时收到了，有劳之处，谨致深深谢意。下周一，我就要到哥伦比亚大学及从事社会研究的新学院注册了，希望很快能够见到白鲁斯教授。致以诚挚的问候。

徐章埒敬上

# 致北京大学教职员全体及诸同学（一通）[1]

北京大学日刊转大学教职员全体及诸同学均鉴：

北京留英同学已于日前组成“国立北京大学留英校友会”，职务暂拟如下：

一、对于本校及各地校友会员负交换信息责任。

二、对于本校负调查及报告留学地事项责任。

三、对于国内或国外校友有意来英从学或历游者负有顾问及供给参考资料责任。

四、对于新到（伦敦）校友负招待及照料责任。

五、对于留英校友负互为介绍增进友谊责任。

同人以留英人数既少，会务亦稀，故仅立名义，不制章程，不选职员，仅推举执行书记一人，管理通讯事宜。有事时由各校友共同负责，分别担任（如调查招待等事）。此后如有变更，当随时通知。现在通讯地址如下，一切信件按寄不误：

Mr. C. H. Hsu, c/o The Chinese Students’ Union, 36, Bea〔r〕nard Street, Russell Squi〔a〕re,

W. C. 为母校与各地校友会互通声息起见，同人意莫如将各

1　载《北京大学日刊》1921 年 3 月 3 日第 821 号，题为《北大留英校友会来函》。此信约作于 1921 年 1 月上中旬。

校友会通讯或报告临时登载《日刊》，并由本校将《日刊》按寄各地校友会为要。此外，大学各种印刷品能分赠校友会，尤所欢迎。国内外校友对于校友会前途有意见者，至望随意发表，以资讨论。

蔡先生此时在瑞士，闻即赴德，来英约在五月间，尔时详细情形容再报告。

附留英校友会简况及通信处。

徐志摩（书记）敬启

| 姓名 | 学科 | 学校 | 通信处 |
| --- | --- | --- | --- |
| 陈宝锷（P. O. Cheu） | 哲学 | University College(London) | 由徐彦之转交 |
| 王若怡（J. Y. Wang） | 地质 | Imperial College(?) | 10, Offerton Road, Claphum Common, S. W. London. England. |
| 麻沃奮（W. Y. Ma） | 化学 | University College(?) | 同王若怡 |
| 徐彦之（Y. C. Hsu） | 社会科学 | School of Economics (London) | 6, darkfield Rd. Balhan, S. W. Lond. |
| 郭有守（Y. S. Kao） | 经济 | 未定 | 由傅斯年转交 |
| 宋振寰（C. W. Song） | 经济 | Glasgow University | 由傅斯年转交 |
| 丁世秀（S. S. Yu） | 经济 | Glasgow University | 同上 |
| 刘半侬（F. Liu） | 言语学 | University College | 16, (1) Cramverth. Gardens, Brixton, S. W. |
| 康纪鸿（C. H. Kang） | 经济 | School of Economics | 37, York Street. Baker Street, London. |

续表

| 姓名 | 学科 | 学校 | 通信处 |
|---|---|---|---|
| 徐志摩（C. H. Hsu） | 社会哲学 | School of Economics | 147. Cavendir〔s〕h Roos, S. W. |
| 刘光一（K. Y. Lin） | 社会哲学 | School of Economics | 徐志摩转 |
| 傅斯年（S. Fu） | 心理医学 | University College | 46, Sisters Avenue, Bettersea, S. W. |
| 傅天彝（T. G. Fu） | 采矿 | Edinburgh Unin | 傅斯年转 |
| 韩述祖 | 哲学 | Liverpool University | 傅斯年转 |
| 卢允升（Lonis Lon in Son） | 机械工程 | | 28, Comyn the Grove, Clapham Junction, S. W. |
| 陈和铣（H. S. Tcheng） | 法律 | University of Paris | 傅斯年转 |

# 致奥格登（六通）[1]

## 一

Sawston

July 12, 1921

Dear Mr.Ogden,

Sorry I cannot come on Tuesday. I am afraid we shall be ourselves in London on Thursday Perhaps it would be better to postpone our meeting till next week. Shall write you again.

Yrs. Sincerely,

C. H Hsu

奥格登先生：

抱歉我星期二不能来。我恐怕我们几个人星期四得去伦敦。或许把大家见面的时间推迟到下个星期最好。我会再写信给您。

徐志摩敬启

1921 年 7 月 12 日

沙士顿

1 据加拿大麦马士德大学罗素档案馆所藏手稿。本书所收译文，由刘洪涛翻译。

## 二

Prince's Cottage, Sawston

July 18, 1921

Dear Mr.Ogden:

I am sorry my friend Mr. Chang has left England and he regretted not having met you. The other Mr. Chang, the 'advocate of professionalism' too, has gone to the Continent. But both of them will come back and perhaps we shall be able to arrange a meeting later on. It would be very kind of you to come out one day to see us here at Sawston. I wonder if this Saturday would suit you.

With best wishes.

Yours sincerely,

C. H. Hsu

P. S. I might come to Cambridge Saturday morning.

奥格登先生：

很抱歉我的朋友张先生已经离开英国。没有能够见到您，他深感遗憾。另外一位张先生——也就是倡导“职业精神”的那个人——也去了欧洲大陆。但是他们都还会回来。或许我们以后可以安排一个时间会面。如果您能够拨冗抽一天时间到沙士顿来与大家相见甚好。未知此星期六是否适合您?

谨祝安好

徐志摩敬上

1921 年 7 月 18 日

沙士顿王子居

另：我可能星期六早上回剑桥。

## 三

Sung-Po Library

7 Shih-Hu Hu-tung, Peking,

May 10, 1923.

Dear Mr. Ogden,

Well, Well! You can't imagine a more disastrous correspondent, can you? And a more disappointing friend? What, a letter half a year overdue. But then, that's just precisely the Chinese way. We are a nation of superb idlers. Haven't you heard of a friendly game of Wei-chi lasting just a little over for teen 〔fourteen〕 days, and acknowledgments of letters received couple of years ago? Don't you see, to be punctual and so forth has never been in our habit. Besides, we can never see the necessity of making hastes of one thing on the other. So you may blame me for being a Chinese, but allowing my nationality, you can't blame me for being lazy, can you?

Now, let's come to business. There are three things requiring answer. First, as to Mr. Liang's book on Chinese thought. It's entirely my fault. The book has not only been prepared but also published (in Chinese) two months ago already. It doesn't bear exactly the same title as you suggested it, it's called History of Political Thought in China; but it amounts to the same thing as a history of general thought. Mr. Liang was exceedingly happy to know your design and suggestion, and wanted me to do the translation which I promised. But so far I have only done the introductory chapter and the book is of overwhelming quantity, no less than 350 pages in its English rendering I think. I might do a good deal in the summer if I can make up my mind for it. In any case, I personally consider the book a worthy contribution from the East and shouldn't mind spending months over the translation myself. I am sending a copy to your shop, and when it reaches you might show it to Giles or Waley or both for opinion. Tell me what they say about it.

II. The book supply business. The former readers circle has disappeared and all the books it possessed are new property of the Library where I have my lodgings, namely, the above address. The Library is to be established in memory of the Hero of our Third Revolution and is named after him. It looks a promising under taking and, if things go well, we can have something like £500 to buy books every year. I shall see Mr. Liang to send you some money for further supplies; meantime you may send us books you think we ought to have. I expect to read your new book on Meaning especially.

III. I published your letter in two leading daily and I have met quite a few scholars who professed their interest in the subject but I am at a loss to discover anything of cogency and likely to meet your point. I think sent you a little book on Logic by Mr. Hu-Su about Xmas time, but in case it miscarry I am I sending another copy of the same. You might find something in it.

So much for business. You are doing very well with your publishing undertakings. I do envy your energy. Remember me to Richards and Wood. By the way, why don't you wretched bachelors try to perform some matrimonial experiments one way or the other? The Chinese are ever contemptuous of male singles and cant bear to think of an old maid. I am going to write a long letter to Frank about myself. I shall ask him to let you read it if you are not to busy to listen to my insubstantial chats.

徐志摩

奥格登兄：

罢了！罢了！恐怕你跟谁通信都没有比跟我更惨了，对不对？还会有哪个朋友比我更令人失望呢？一封信拖延了半年才回复！但中国人的方式的确就是这样。我们是一个超级懒散的民族，难道你没听说过吗？有一种平和友善的比赛叫围棋，它能一连下上十四天还多，还有一封信几年以后才回复说收到了这样的事。难道你不明白吗？守时之类的事情从来不是我们的习惯。此外，我们从来不觉得有赶着做事情的必要。这样，你可以责备我是一个中国人，假如你接受了我是个中国人这个事实，那么，你就不能怪我自己懒惰了，是不是？

现在我们谈正事。有三件事亟盼答复：第一，关于梁先生论中国思想的书。这完全是我的错。这本书（中文本）不仅已经写就，而且两个月前已经出版。书名没有完全遵照你的建议，而是叫《中国政治思想史》。但这和思想通史大致是一码事。梁先生非常高兴知道你有这样的计划和建议，他想要我把它翻译成英文，我也答应了。但到目前为止，我只翻译了导言。书的篇幅极长，翻译成英文，我想起码有350页。如果我下决心干，估计一夏天可以干出不少活。不管怎样，我个人认为这是东方极有价值的著作，我不会在意花几个月时间翻译它。我给你的铺子寄去一本，你收到后，可以拿给翟理斯或韦利，或给他们俩一人一份，听听他们的意见。请回信告诉我他们怎么说。

第二，供书问题。以前的读书会已经销声匿迹了，它的全部图书现在成了我借宿的这座图书馆的财产，地址见此信。图书馆的创建是为了纪念中国第三次共和革命中的一个英雄，并以他的名字命名。现在看来似乎前途似锦，如果诸事顺利，每年有大约500镑用来买书。我要去面见梁先生，呈请他再寄一些钱给你，以便你再为我们添购一些图书。同时，你也可以给我们送一些你认为我们需要的书。我尤其期待着读到你关于意义的新著。

第三，我在两份大报上发表了你给我的信。我遇到不少学者表示对这一问题有兴趣，但未能发现他们的意见有任何中肯之处，也难契合你的观点。我想我在圣诞节前后曾经给你寄过一本胡适先生论逻辑的小书。如果它邮丢了，我可以另给你寄一本。你可以从此书中看到一些重要的东西。

正事就谈到这里。你的出版事业做得真棒！我嫉妒你的能量。代我向理查兹和伍德问好。顺带提一句：你们这些郁郁寡欢的光棍汉们干吗不去以某种方式进行一些婚姻的试验呢？中国人始终瞧不起光棍，想到让一个女的终生不嫁就受不了。我要给弗兰克写一封长信谈谈我自己的情况。如果你不太忙，愿意听我闲扯，我会叫他让你也读读那封信。

徐志摩上

1923 年 5 月 10 日

北京石虎胡同 7 号松坡图书馆

## 四

7 Shi-Huh Hutung,

Peking（West City）

Nov 15, 1923

Dear Ogden,

At last the Celestial makes reply!

Business.

① Four packers of books（two to Mr. Tsang and two to myself）received. Direct later sendings to Sung-Po Library, 7 Shi-Huh Hutung, instead of Mr. Tsang's old address which is no longer of use.

② About a month ago I sent you from Shanghai a cable gram asking you to secure Rivers' books about 50 pound. Not for the library. Send the books to this address if they are not yet sent to Mr. Caisun Chang, 37 Moulmin Road, Shanghai. Mr. Chang whom you met in Cambridge is now founding a College in the neighborhood of Shanghai, and he needs books on politics, sociology and philosophy.

Dr Hu-shih is coming to Peking in a few days. I have little doubt that he will be glad to have his book printed in England. I will write again after seeing him.

As to Mr. Liang's book, I am dreadfully ashamed to you on the one hand and Mr. Liang himself on the other. I am not unwilling to undertake the translation but this means three months undivided attention, which I can't well afford. Meanwhile I am contemplating another trip to Europe now that Siberia is restored to order. I shall write again soon.

Wishes to all my friends.

Tsemon Hsu

奥格登兄：

我这个天朝人士终于给你答复了。

谈正事。

第一，四包书（两包给蒋先生，两包给我）收讫。以后请直接寄往石虎胡同 7 号松坡图书馆，不要再寄蒋先生的老地址，那个地址现在已经不用了。

第二，大约在一个月以前，我从上海给你发了一封电报，要求你用 50 镑搞定瑞沃斯的书。不是给图书馆。如果这些书还没有邮寄给上海茂名路 37 号张君劢先生的话，就请改寄到上述地址。你在剑桥见过的那位张先生现在正在上海附近兴建一所学院，他需要政治、社会学和哲学等方面的图书。

第三，胡适博士几天内就会来北京。我可以有把握地说，他会很高兴把自己的书在英国出版。我见到他后再写信给你。

至于梁先生的书，我真是惭愧极了，一方面对不起你，另一方面也对不起梁先生。我不是不愿意承担这一翻译工作，但这意味着要花三个月时间全身心投入，而我挤不出这么多时间。同时，西伯利亚的秩序已经恢复，我现在正计划再一次去欧洲旅行。我不久还会给你写信。

谨祝朋友们安好

徐志摩

1923年11月15日

北京西城石虎胡同7号

## 五

7 Shi-Huh Hutung,

Sung-Po Library,

Peking（West City）

Feb. 11, 1924

Dear Ogden:

O! I am such a horrid slug! No excuse, no ingenuity, nothing of polite mendacity can ever camouflage my extreme laziness at correspondence, I should be surprised if my friends in England do not curse me for that. In fact I seldom do letters of any kind. I have outgrown, for instance, the romantic period of my boyhood which spends a good portion of its energy and time in producing sentimental epistles. Neither do I share the genius of a hausfrau to take delight in the small incidents of daily existence, fond of chatting like young birds and eager to communicate to the others their own extreme tedium. The truth is, my career in China has been jejune of interest to anybody, least of all to myself. I travel a bit, write a bit, talk (on platform and otherwise) a bit, mourn a bit (my old granny died last summer), sigh a bit, and the rest is perfect blank. The Cupid's Arrow has refused me, perhaps once for all, visitations, and that accounts for the paralysis of my mental and spiritual faculties. The current events as well as the society itself are a positive bore to me, neither I fancy, do they see any attraction in me. The result is solitude on my part. I am now staying in a kind of villa in the suburb of my own town, sighing with wafts of wind in the neighboring forest, which by the way is my grand orchestra, and listening and talking to birds which are found here in great multitudes, especially the noisiest kind. The folk here call me half insane, or by way of irony, poet. This, of course, further stirs my secret vanity and encourages, in fact, my eccentricity. I am growing more and more uncouth in manner, more and more cynical in spirit, more and more quaint in expression-almost ghostly. Indeed, looking at the windows in any side here, you see nothing so conspicuous as the abodes of the dead-mounds, graves, exposed coffins, cemeteries, ancestor halls, monuments, tablets and what not. And this very building is said to be haunted. Then no wonder I am waxing almost ghostly.

You are already bored, I know. Things either poetic or ghostly oughtn't be addressed to men of the world, and you are evidently a man of the world smitten as it were with the modern disease Fact-mania, who prefers substantial reality to dreams empty and hollow. I don't blame, I admire. I wish I myself had something of that, so that I might stand more favoured and less enigmatic in my parents' and others' eye. But I have little hope, being as I am a sincere worshiper of your ethereal Bard of the skylark. Well!

Mr. Hu is delighted that you intend to print his book in England. He will send his revised MSS (manuscripts) soon, I believe. Probably he has replied to your letter himself.

The Indian poet Tagore is coming to China in April and I am expected to be with him during his short stay here, which will necessitate my giving up the bliss of solitude and launching into the busy things once more. I suspect Tagore has not earned great favour in Cambridge, but probably you won't be so harsh as to call him humbug or wretched and horrid - such epithets being so current amidst your intelligentsia. He is incredibly popular with our youngsters, the chief explanation being that his poems are the only poems written in English which they could read with what they themselves regard perfect intelligence. His visit will therefore prove a great dramatic episode, exceeding by far his predecessors in popularity and enthusiasm accorded to them. The memory of Russell still lingers, the influence of Dewey is all but too perfect, Dreisch alone was a very dark horse, although his being the countryman of the paper works did not on that account cost us any the less. Tagore will have no salary. We simply furnish his traveling fare. Wallas and Roger Fry have disappointed us with their declining, explicitly or implicitly, our cordial invitation. Who else in England could you think of as being suitable to be exported to China for a short time after Tagore, who will not stay longer than 3 months?

Goldie and Arthur Waley woke me not long ago. Ramsey has been silent for some time, Sebastian scribbled once or twice, the rest is silence. I do yearn for Cambridge tidings. The very shape and scent of an English envelope thrills me, not to say the handwriting. Why Richards and Forbes never write, and Wood and Brathwaite? Then of course I never write to them myself, but do remember me to all of them and let them know that they will not find me destitute of gratitude if they ever deign to donate charities to me.

And lastly, important business! What about the 50 pound Rivers books that Mr. Chang wanted? His school address is 88 Avenue Road, Shanghai. I include you his complete address in Chinese so as to avoid miscarriage. Write me at once.

Tsemon Hsu

Remember me to Russells and tell me about them.

奥格登兄：

哦，我真是一个懒家伙。我再找什么借口，再耍什么花枪，再说客套的谎话也不能掩饰我极端的懒惰：我这么晚才回信给你。我的英国朋友没因此骂我才怪。事实上，最近我难得写任何信。比如说，我已经不再有少年时代的那种罗曼蒂克，来花很多时间和精力来抒写那种感伤的书信。我也没有主妇们的那种天赋，为每天生活中一点小小的意外感到惊喜，热衷于像小鸟一样叽叽喳喳，渴望与其他人交流她们极其无聊的话题。事实是，我在中国的工作和生活是枯燥乏味的，别人不感兴趣，我自己尤其不感兴趣。我偶尔出去旅行，有时也写点东西，在台上台下讲讲话，有时哀悼一下（我的老祖母去年夏天过世了），叹叹气，除此之外就是彻底的茫然。丘比特的箭或许永远地拒绝了我的光临，这是我思想麻木、精神空虚的原因。不仅社会本身，就是当前的时局也完全让我厌烦；我相信，他们在我身上也看不到任何吸引人的地方，结果我就是孑然一身。我现住在老家城郊的一栋房子里，附近有一片树林，风从林中刮过，传来阵阵呼啸声，应和着我的叹息，在我就像一曲庄严的交响乐。这里的鸟多极了，我经常听它们的声音，对它们说话，特别是对最吵的那种。镇上的人说我半疯癫，或讥讽我是诗人。我本来内心就有一种虚荣，他们的讥讽，反而助长了我的怪僻。我的态度正变得越来越粗鲁，精神也越来越愤世嫉俗，腔调也越来越古怪，——简直像幽灵一样叫人捉摸不定。真的，从两边的窗子向外看，再没有什么比眼前这番景象更像亡灵居所——到处都是坟冈、碑铭、敞开的棺木、墓地、祖宗灵堂、牌位、匾额——那样扎眼了。据说就是这栋房子里闹鬼。毫不奇怪，我也变得和鬼差不多了。

我知道，你已经听腻味了。诗人的玩意儿，或者毋宁说是鬼的玩意儿，不应该对世事练达的人讲。你显然是那种世事练达的人，仿佛得了现代人的通病——“事实狂”，更喜欢真实的现实，不喜欢空洞飘渺的梦。我没有责备的意思，我是满心佩服。我希望我自己能像你那样，这样，在父母和其他人眼里，我就会得到更多疼爱，而不会被认为莫名其妙。但我是不可救药了，你是空中云雀似的吟游诗人，我是你的真诚崇拜者。哇!

胡先生很高兴你打算在英国出版他的书。我相信他不久就会给你寄去他改定的稿子。或许他已经回信给你了。

印度诗人泰戈尔四月要来中国。他短暂的访问期间，我估计会陪同他。我需要放弃自己独处的极乐，再一次投身到繁忙的事务中去。我猜泰戈尔在剑桥没有赢得多大的欣赏，但你们不至于太苛刻，叫他骗子或小人或讨厌鬼——这种名号在你们这些知识分子口中非常时髦。他备受中国年轻人的爱戴，简直不可思议，其中的主要原因是，在所有用英语写成的诗歌中，唯有他的诗歌具有他们称为“完美的智慧”的东西。因此，他对中国的访问将证明是激动人心的，他会比以前到中国讲学的人更受欢迎，人们会以更大的热情迎接他。对罗素的回忆尚未远去，杜威的影响极其完美。而杜里舒自己简直就是一匹黑马，尽管他是一个乡下人，有一些文字作品，但是我们也一样十分喜爱他。泰戈尔拒绝拿报酬，我们只是提供旅行的费用。华勒斯和弗赖或明确或含蓄地谢绝了我们的热情邀请，令我们失望。在泰戈尔之后，你觉得英国还有什么人物值得我们邀请到中国来，做一个不超过三个月的短期讲学吗？

狄老和阿瑟·韦利不久前让我振奋了一下子。兰姆瑟有一段时间没有消息了。瑟伯斯坦有一两次胡乱写了几笔，其他人则音讯全无。我真的很想听到剑桥的消息。只要是英国信封的款式和味道就能让我激动，更不必说大家的字迹了。为什么理查兹和福布斯从未有片言只语？还有伍德和布瑞斯维特？当然，我自己也从未给他们写信，但请代我向所有这些朋友问好，让他们知道，如果他们肯经常屈尊施爱于我，他们会发现我不是毫无感激之情的。

最后，重要的事情。张先生想买的50镑瑞沃斯的书怎么样了？他学校的地址是上海林荫路88号。我给你写出他中文的完整地址，以免邮错了地方。请即刻给我回信。

徐志摩上

1924年2月11日

北京西城石虎胡同7号松坡图书馆

另：请代我向罗素伉俪致意，并告诉我他们的近况。

# 六[1]

Excellent voyage, but heat's getting more and more intolerable. You shall hear from me. Can you send me copy of Roger Fry's Vision and Design (to Yeh Zah Chekiang, China)?

Best wishes to you and remember me to your Trio brotherhood.

Yours ever,

Tsemon Hsu

旅行极佳，但酷热越来越难当。你会收到我的信。能否给我邮一本罗杰·弗赖的《视觉与设计》？请寄至中国浙江硖石。

祝你一切如意！也代我向你们三人帮致意！

你的挚友

徐志摩

1 此信约作于 1922 年 9 月至 10 月间。

# 致张东荪（一通）[1]

东荪先生：

附去康桥奥格屯先生译文，请即付印《学灯》，以征答复，摩本拟于译文前赘语一二，但此时过忙不及。总之，英国学者近来至愿与中国学者直接为学问的合作。此君为罗素至友康桥《异端社》主席，最慕中国文化，去年与其友出*Foundations of Aesthetics*，其结论基本《乐记》及《中庸》《大学》，甚引起一时注意，今编辑《哲学心理科学方法国际丛书》，梁任公先生允著之《中国思想史》即应此君与罗素之请。

徐志摩

1　录自《时事新报·学灯》1922年10月25日。此信约作于1922年10月中旬。

# 致泰戈尔（二通）[1]

## 一

泰戈尔先生：

尊函被耽误了，直到十月下旬才收到，我们已等得急不可耐了。知道你和你的儿子在今夏一直患病，而且今年不能到这里来，我们甚感遗憾，但是你仍然慷慨地答应延至明年春天来，我们深感喜悦和感谢。在印度，对中国文艺界的消息可能不甚灵通。为了欢迎你的到来，我们正在做准备工作。这里的所有主要杂志，几乎都发表了关于你的文章，为了庆祝你的来访，还在出版几期专号。你的大部分英文著作都已被译成中文，有的不止一个译本。过去还从来没有一个作家，不论是东方的或是西方的，曾在我们这个国家的心灵里，能够激发起如此广泛而真诚的兴趣……

徐志摩

北京西城石府胡同七号

1923 年 12 月 27 日

---

1　录自汤霖（赵家璧）《徐志摩给泰戈尔的信》(《文汇月刊》1981 年第 11 期），赵家璧译，译文与收入各种全集或书信集中的版本差异较大。

## 二

最亲爱的罗宾爹爹：

我也不知道为什么到今天才写信给你。这不能全怪我懒笔。我虽然不是善于写信的人，但在一段无所作为的时间里，我也不认为我已如此无能为力。我在这里，从一个城市到另一个城市地流浪着，一天又一天地闲荡着，不能振作起精神，给你——我最亲爱的罗宾爹爹详详细细地谈谈自己从去年冬天在香港与你分手以后我所经历的一切。……我决心用种种方法去实现期待已久的去欧洲旅行的计划。我对自己说："不管发生什么事，我必得在三月里和罗宾爹爹在一起。我会做到的。"……最后，我实〈实〉现了我的愿望。匆匆地横越白雪覆盖的西伯利亚向欧洲进发（我是三月八日离开北京的）。哦，多么高兴的期待啊！又一次可和罗宾爹爹在一起，而且是在最最美丽的国家里！接着是意外的失望，罗宾爹爹早已不在欧洲了。我到此后花了近乎两星期时间才把消息弄清楚，你确实不在意大利，而且早在二月中回印度去了。当时，我大失所望，简直不知所措。这么千里迢迢来找寻的人结果却不在这里！我原来打算订购去印度的船票，也顾不得意大利的艺术品和在英国的朋友们，虽然他们对我也提出了要求。你的电讯也不能给我什么安慰，反而使我对你更为感谢。到那时为止，我仍决不定下一步应怎么办。我已在意大利住了两周……现在呆在翡冷翠……亲爱的罗宾爹爹，你必须告诉我，我应当怎么办最好：是呆在欧洲等你回来，还是在六月中去印度，大概在桑迪尼基坦会见你。我对这两种计划都有顾虑。我害怕印度的酷热，我体质不强，可能会受不了。此外至迟要在九月中回到中国。所以如果你决定在八月中到意大利，我可能就留在这里等你……

……回忆一个人如何能有朝一日播下友谊的种子而开花结果，真是一件乐事。你对中国的匆匆访问，对于那里的朋友们，留下了永存的怀念。更值得安慰的是这样建立起来的友谊，远远超出于个人之间的情谊，而是一个民族和另一个民族之间精神的融合。在国际种族友谊的觉醒上，这种怀念将成为不断发展的因素，……在中国的朋友们和仰慕者非常关怀你的健康，他们都切盼你早日康复。事实上，他们还抱有你再度来华的希望……

素思玛

意大利，翡冷翠

1925 年 4 月 30 日

# 致胡适（四通）[1]

## 一[2]

急行车里有的是现成花片，随手涂一张给你。今晚到东京。日来心绪较佳。

志摩问安

## 二[3]

适之兄嫂：

你们去了十多天，还不曾通信，一切想都安好。北京对你们的欢迎是可想而知的，上海少了适之，就少了狠多，平社比方说就不曾开过会。笔会这星期日开会，沈雁冰、达夫等都允到，你在北京亦可着手组织。上海一班文人似乎颇吃醋，有

1 第一通据中国社会科学院近代史研究所胡适档案所藏徐志摩手稿，其他三通据《中国嘉德国际拍卖有限公司 2009 春季拍卖会图录》。

2 此为明信片，作于 1924 年 6 月初。

3 此信作于 1930 年 12 月。

一张攻击我，说我一人包办，这是《申报》宣传的反响。我意思以后此项宣传可以无须，我们自己多出几个真够“笔员”资格者是真的。说起诗刊第一期，定于年内出版，你赶快寄东西来，还赶得上。我狠想你加入，因为一来助兴，二来你是前辈英雄，不可不到。中大两个小诗人陈梦家、方玮德十分起劲也……

## 三[1]

适之：

我和文伯今早到津，寓裕中，已见复初。明日早车到北平，想尚可赶到相晤。老金丽琳处，今晚或明早能为电话通知最好。两年不到北方，颇有归乡之感。此拜

新年。

志摩　三日早

太太均候

1　此信作于1931年1月3日。

# 四[1]

大哥：

昨函谅到。文伯今晚去宁，我们星一去，大约星三走，可以送到你行。然而太可惜了，回头等不到你回，我们又得走。赐函收到，一切面谈。光华的学生邢鹏举有函附上。太太好。

弟志摩　星六

1　此信作于1931年1月24日。

# 致丁文江（四通）[1]

## 一[2]

老阿哥：

好久不曾回你的信，想你在魔鬼（不是我的朋友，是我的对头）丛中住着，心里也不定畅快。你何妨进京来玩几天，这星期日中午又是聚餐会，定在太平湖饭庄，你何妨来凑个热闹。你的旧诗新念法我们已经出力的宣传过，大家竖着耳朵想听那，你来吧！受庆已经回头，让老太太假病的金牌骗回的。百里住在君劢处，也是六神无主。梁先生常见否？听说他终日写字，替我问候他，我们又要演戏了，这日是中国戏，你不可错过。

嫂嫂均好！

志摩

十九日

前两三天《晨报》我那首《卡尔佛里》见否？

---

1 第三通据徐志摩纪念馆网站（http://photo.netor.com/photo/mempic_49821.html，2004年3月23日），其他三通据金黎明、虞坤林整理《徐志摩书信新编》（浙江古籍出版社2017年4月版）。

2 此信作于1924年11月。

## 二[1]

在君大哥：

小弟小顽皮，果然急了老阿哥，告罪告罪！但如去函“先生”“敬候”为大不敬，则来函“弟江顿首”云者岂是以言敬耶？

振飞哥来畅谈几次，末次在福来饭店与适之三人专谈老哥，至三时之久不懈，是岂口[2]所谓敬也欤哉？

振飞已归，此函到时想已见过谈过，京友概况，当可憭然。通伯叔华已定本星六订婚，七月十四结婚，老哥送礼须从速，如不及寄即加入我等公份何如？

韵海家在北京路四二五号万昇酱园，得暇希约谈，我下周或南归，冀一面晤。

嫂氏在沪佳胜为念。

志摩候好　六月二十四日

## 三[3]

在君大哥：

早该拜谢你慨赠的名著，我先前在巴黎在北京都买过一

1　此信作于1926年。

2　“□”，原件此字不清，疑为“在”字。

3　此信作于1930年10月。

册，不用说都教朋友给拖跑，这是第三册到我手，我已题上字盖上章，决不再让它跑的了。

季丈的自杀，使我感到极深的悼念，我与他在松馆稍相处年馀，饱饫他的名论，不想他竟决然的从容而去，更使我们活着的感到局促，得空想为撰一篇纪念他的文字。昨闻振飞说松馆今由大哥主持，这是好极了的。我有一点琐事要奉烦，前天松馆来信说，虎馆址即将移让，我寄存在那里的书橱十二架及衣箱杂件，得想法挪，但一时我在南中，又无妥便可以代劳，闻石虎七号今由王抟沙先生承租，可否请大哥向与商量，暂时仍容封寄，年前我当设法来运或另移他处。王利民兄不知仍在馆服务否？如在，拟请其代为照料，俾弗散失。专此拜托，盼望早得回信。

适之在京何以迟迟勿回？这次吃饭怕没有上回多了吧？ 今午与文伯同饭，此君闲散之至。案头有《汉书》、陶诗，日常临字看画，与吴亚农辈谈诗论文，盖骎骎乎风雅中人矣。

嫂嫂候好。

志摩

星二 二十一日

## 四[1]

在君大兄：

示到十日。书生可怜，书外更无所有，捐助之意恕不能纳，必须迁移时，只有暂行寄存史家胡同五十四号甲金岳霖处。已告知东荪及王利民兄，希为招呼，俾弗散失，则感激如何可言！适之不日即行，行前忙吃饭耳。文伯蛰居读书，亦不常见，做茧似不甚利，此君亦数奇□。百里有病，恐系精神一类，至可虑。此念

俪福。

志摩

十一月八日

1　此信作于1930年。

# 致陆小曼（一通）[1]

……一些头绪，但还有小困难，还得想一想定当手续上。同时如其我的信到现在为止并不曾露亮，我盼望适之快不谈我们的事，你还是守着秘密，一些不露声色，照平常过日子，等我的信号再行事。你只要心里做准备就是，记下了！！

这几封信千万藏好了，谁都不能让知道。

适之那信箱你有钥匙没有，顶好你也有一个信箱，同他的一样，那事情就容易了，我看顶好你马上私下去挂号要一个信筒用Mignin S. M. Lu Mignin？的名字，定下了假如我还不曾走，立即打一电给我，这其实应该早妥当的，可也不碍，即使来不及，也还有法想，就是适之那信箱里，顶好能想法问他借钥匙隔一天去开一次，其实你要是跑去邮局，问他们有你的信没有，我想他们一定给你的，那就省得什么事得经人手，多麻烦，你还得告我现在中街听差的换人没有？

你打电可用下址：

Lcd Hsu tremin nine Sommerau Paris.

我不在时老金在，不会错。

---

1 据金黎明、虞坤林整理《徐志摩书信新编》（浙江古籍出版社 2017 年 4 月版）。此信作于 1925 年。

不写了，一切会意我的笔，相见不远了，自己当心，前途无限！

爱的热吻

六月二十六日

# 致刘海粟（五通）[1]

## 一[2]

海粟：

二信都到，常言说天才天忌，人才人忌，这回看来，是有点道理。要不然，为什么人人这样的怕你，他们也说不出所以然来，只是有些怕，因此不敢……。现在的情形大概严彭是不成事实了，虽则所说严早有非异人任的架子，行严简直不管，但最近索性叫老牛干，省得麻烦。方才我们商议，与其来一个不相干的人弄得我们几个朋友进退二难，还不如上面放一个一无成见的牛爷。全内行既不可得，爽性来一个全外行，并且现在办学最难是经费！牛爷是部里人，筹款当然比旁人便利，所以我们意思暂时请他上去，也算是没办法中的办法。歆海今早去沪，见时可知详情，你可去电万昇酱园找他。展览会的事，承你好意，我们很感激。我过半天就去找仁山，再给你通信。文章别忘了做，滕固兄处代致意。我这半年立志不受“物诱”。

1　第三通载《新艺术》半月刊 1926 年 9 月 16 日第 1 卷第 10 期，与蔡元培 1926 年 8 月 27 日所作短文，合题为《对于刘海粟近作的两个批评》；第五通据上海图书馆所藏原件；其他三通载上海《文友》半月刊 1943 年 7 月 15 日第 1 卷第 5 期第 5 号。

2　此信作于 1925 年 9 月 24 日。

办我的报，教我的书，多少做一些“人的事业”；要不然，真没有脸见朋友了！棣华兄见了没有？我有点急，但愿那电报没有闯祸，否则歆海怎对得起人。你再来信。

志摩。

亚尘诸友均此。

## 二[1]

海粟：

顷来知贤伉俪俱感小不豫，为念。美展会今得杏佛电，蔡蒋亦出席，须延期至星期一下午二时，即盼转知。伯鸿先生已谈过否？明日中午或再来。

志摩候。

## 三[2]

海粟我兄：

你曾往几次要我题跋你的作品，我却不敢遵命，因为我实

1 此信作于 1926 年 1 月 30 日。

2 此信作于 1926 年 9 月 3 日。

在不能说是懂得美术，勉强的事情我是不来的，这次你又来要我破例；我先看了信，心想海粟何必一定得窘着我，眉头不由的发皱了，但等看了你信里附来的那几张作品的缩印，我不仅放开了眉头，并且在心里感到新来的惊讶和欢喜；真的，我这几天逢着有朋友来就拿这些画给他们看说："你看，再不用怀疑这画家的力量；若说这还不是艺术，我不知道艺术是什么。"

海粟，你这次寄来的六幅画里确是有使人十分羡慕，甚至讶异的东西。我说这话似乎有充内行的意思，但是不，我只说我这回才在我自身的脉搏上觉出了你的艺术的表现的力量。你要我在每张上题句，但那办法有些迹近复古，我觉得不敢尝试；我决意写这信去当替代，说话也来得方便，恳切，我想你一定可以原谅的。

我不很懂得你的中国画；就我见到的，仿佛是摹仿前人的居多，并且不定是认真与用心的作品。我尤其不赞同你那些太近玄学一类的题记，放在画张怪碍眼的。在西洋画中，你的人像画我也不怎样恭维。你似乎得意你那"唐瑛"，但可惜我没福见过。最末一张人像画我在上海见到的，如你知道，是你的"张君劢"。那可是不含糊的失败；笔力虽则要得，见到处虽则尽有，但我总觉得你那一次的下手太匆促，因此在画上容易看出概念的不莹彻，结构的不匀整：那张画是不完全的。

但这次你寄来的，虽则只是原画的缩印，却使我得到完全不同的印象。《西溪》的布局，《秦淮渡舟》的配置与色感，都显出你的特长。最应得赞赏的是那幅《南高峰绝顶》；在我看来这是你的杰作。在这里，第一，我觉得你的笔力，那是原来强的，得到了充分却又有节度的施展，这显出你的工夫的纯熟；第二，我感到通体节奏（Rhyth（e）m）的纯粹，从地下的泥土到枯树的末梢，没一点不表出艺术的匠心周密，没一点不激荡着切题的情感：这是一首画着的诗；第三，我不能不惊你的色感的兴奋，你能用这多强烈的色彩，却不让色彩的强烈带了你走，这真不是偶然做得到的。这是一个灵感；一个意境的完全的表现；这是艺术。我不能不表示我的敬意！

海粟，你的精力是可以的；我常常替你担忧，因为你在上海“非艺术”的责任太多，太重，体气娇些的竟许早叫压倒了。但你还是这自在的矫健，真使我欣慰。但俗累终究不是艺术家的补剂；海粟，你有的是力量，你已经跑到了艺术的海边，你得下决心绷紧了腰身往更深处跑，那边你可以找到更伟大的伙伴：梵高，石涛，梯青，尚塞[1]。

志摩敬上

九月三日

## 四[2]

海兄：

忽然而行，慌忙无极，兄处竟不及走辞，思训文亦无暇阅

1 Paul Cézanne（1839−1906 年），今译“塞尚”，法国画家。

2 此信作于 1927 年 7 月。

看，幸兄善宥之矣。明日早九时新关码头启程，然勿敢劳相送也。胡公均候。

志摩拜别。

## 五[1]

海粟我兄：

香港来片星家坡来函均到，谢谢。一途审平安愉快，且到处备受欢迎。我道不孤，于此可见。兄动身日满拟送别。九时前起而车夫未来，既来而车复扰乱。待驱去外滩，询得码头，已逾十时，船已开行，怅望云天，无任歉仄。兄书稿今日才由思训送一卷来，已为校阅过半，文字颇流畅，少所改动，惟中华印刷甚慢，此书卷帙不小，不知何时乃得杀青。思训常来，正在译书，不日携稿来看。美展得誉虎、平之诸先生热心奔走，颇有规模，惟事务组因石珍以病兼旬，代表教部荣某一知半解，偏多插嘴，而办事无能，甚失人意。同意经费仍未领到。前日我亲见宋子文，彼允即筹拨，且看何如。外人方面颇踊跃，后日审查，预计至少有二三百件入选。程霖生所藏八大石涛共有二三百幅之多，由瑞午去说，竟肯全部出展。兄闻此消息，必然叫绝，可惜兄不在此，不能相与欣赏，一撼也。此

1 此信作于 1929 年。

时兄度已过红海，埃及风光当可见一斑。此去则西方世界矣。一途感想，能拉杂写下寄与《新月》最盼。适之已回，四日起决出《平论》周刊。大家来认真说话，出版当案期寄奉三四份，乞分致谢梁周常诸旧侣。到巴黎后虽忙，至盼留一日记，随笔写下，想必不少快心事也。太太小孩一路都好否？为念。伯鸿新年初次在家请客，大锋利。第二次在我家，则大负。兄行后竹侣星散，无复昔时兴致矣。盼多多来函，常通音问。

一途如有摄景，亦盼寄些来。

志摩拜候

三月八日

# 致彭浩徐（一通）[1]

因民鉴：

来示指正甚是，敬荷。

志摩

附：

志摩先生：

我译的嚣俄诗《旅行》六个月前已经在《现代评论》印出，你大概瞧见了。怎的你又把他在晨副上再版？你大概是要去新婚旅行去了，就把你的字纸簏里东西往晨副身上一推吧……

浩徐　三十日

志摩近来真是太忙。我们只得说一声“对不起”，请大家海涵！

记者

1　载《晨报副镌》1926年10月4日第1452号，与彭浩徐致徐志摩信、《晨报副镌》记者声明合题为《几则启事》。此信为《几则启事》之“二”，约作于1926年10月初。

# 致沈性仁（四通）[1]

## 一[2]

陶太太：

昨儿几个电话都没打着，也不为别的，就贺你的小说写得好。——至少比我的高明多了，这并不是恭维！我一连念了三四遍，有朋友进来我就念，谁都说写活灵有味。要是这真是你的初试笔，你的小说家的前途正远着哪！

话说回来，你非得给我副刊写一篇不可，限一星期"出货"，我逼你一下试试。你的笔致其实来得爽脆！

志摩敬候

## 二[3]

陶太太：

青岛回来，想一切如意，盼望不久可以见面谈天。想起北

1 第一通据赵胥编著《朴庐藏珍》（中华书局 2013 年 3 月版），第二通据《北京德宝国际拍卖有限公司 2010 年秋季拍卖会图录》，第三通据《北京德宝国际拍卖有限公司 2011 年秋季拍卖会图录》，第四通据《中国嘉德国际拍卖有限公司嘉德四季第二十三期拍卖会图录》。

2 此信约作于 1925 年 12 月中旬。

3 此信作于 1926 年。

新桥和想起青岛一样，同是远不可即！叔华病了，知否？像是秋瘟，医生不许见客。《玛丽》稿奉去，译完即交书局出版何如？亚东远些，北新倒近便，且准一月可出书。孟和似不信任北新，但彼方状儿甚巴结，尊意何如？小芳好否？

志摩敬候

九月三日

## 三[1]

陶太太：

此柬专为奉请来日代劳招待。小曼一家午前即去北海，故最好能去那边便饭。小芳也请她招待小来宾，小琴笃儿们想当有几位也。

陶老爷的职司早经请定，亦盼早临。

志摩叩头

九月二十八

1　此信作于1926年。

# 四[1]

陶太太：

别来忽已两匝月，时光真快。蜜饯的日子更飞得快，早想奉书，总是懒惰。小曼又病目，不能写字，故京友处竟未通一字，想已遭怪不少。你们一家子好吗？小芳久久不见，最念。能写信来甚慰。孟和近况何似？乡居完全闭塞现代，久不见，无从知朋辈功力如何。南方天冷，未可轻视。前晚西风如虎，微霰满庭。小曼冻得像刺猬，一步不能移动，幸有壁炉小火慰情，聊胜无。北京花窖中红梅想已艳放，北海溜冰或已开始。大好阳光今年没我们的分，怅极！北新李小峰曾函来嘱转求《玛丽》译本，如无特别困难，何妨即交付排印，此番必不致白叨也。学术讲演竟成事，孟和功不浅。《赣第德》已译完，想试写小说。

志摩敬候 曼附

初六日

令弟曾在京否？希代道念。

1 此信作于 1927 年 2 月 7 日，即农历正月初六。

# 致陶孟和、沈性仁（一通）[1]

孟和兄嫂：

一路福星，为祝汪浏君今已到京，特来奉谒。初到北大，诸多不熟，希兄为介绍京友常与接谈。

志摩敬候

1 据《中国嘉德国际拍卖有限公司嘉德四季第二十三期拍卖会图录》。此信作于1927年。

# 致江绍原（一通）[1]

绍原兄：

想念之至！上次适之说你要来看我，我赶紧回家来奉候却不曾候着。我地方不易寻，你倒是觅到了花园别墅没有？是在法国公园后门对面，你下次来一定通知我，我来接你也便，你只须电西三七〇四。你夫人也在杭州否？为我致候。听说你广东去了一次，现在作何计较？梦麐在杭见否？

承问*Liang...Thought*一书颇有历史，当初是我与C. K. Ogden说起过，他就登出广告，但此书却至今无有影踪。《先秦……史》（但此书系梁在东大讲，并非我想为Ogden接洽特编之书），我当初初回国时确是想译过，并且译成了一篇序，但下文就没了，至今也无有影踪。前半月在某处见一个留学生，他说他已把《先……史》译成了一半，我说恭喜之至，我本是管不了的了。特此奉告，即颂

新佳

志摩

一一月四日

1 据江小蕙编《江绍原藏近代名人手札》（中华书局2006年10月版）。此信作于1928年。

# 致万维超（五通）[1]

## 一[2]

迴儒先生：

沈从文让约已签送奉。《苏俄的妇女》已经审查，顷奉去，乞转交伯鸿先生，即以二百元买稿为盼，但此书不收入《梅华丛书》。此颂

日安。

徐志摩　三月七日

## 二[3]

迴儒先生：

《新文艺丛书》已出多种，新月书店（照同行例）可以代

1 据俞国林整理、段怀清辑校《徐志摩致中华书局函》(《史料与阐释》，复旦大学出版社 2014 年 6 月版)。原件现藏中华书局。

2 此信作于 1929 年。

3 此信作于 1930 年 6 月。

销。可否按同行或本局分店例，每种批交十部至二十部，到节计算，乞代询当局赐复。又拙著《轮台集》已承送来五本，今尚须要十本，可否请知□送来，该价容奉。敬念
大安。

弟志摩　二十六日

## 三[1]

迴儒先生：

送奉五言《飞鸟集》序言一篇，乞即付排。校样送我两份，字迹甚草，自校为妥。原书校样一并奉去，请嘱再看一遍，想尚有讹字也。陈林之往询，望复。即报。此念
早安。

弟志摩

新城先生□候。

## 四[2]

迴儒先生大鉴：

前时奉赴，知先生有失俦之痛，本应趋唁，上周适因事在

1　此信作于 1930 年 8 月。
2　此信作于 1930 年 8 月。

硖，未及亲临为罪。今有新月书店经理萧克木君到局，欲与先生面洽批售《新文艺丛书》事。于新月最惠办法，莫如每种付若干部，暂挂摩帐，到节或到年结算，不知中华可否通融如此办理，一切希与萧君径协为荷。专此，敬念

大安。

弟志摩上　二十一日

## 五[1]

迥儒先生：

今为任运魁君介绍《帝国主义论》译稿一册，译者愿以每千字三元来让稿。如要，乞早决定，不收□即返。专此，敬颂

大安。

弟志摩上　星一

（鸿公与新城兄归期已有否？为念。）

1　此信作于 1930 年 10 月 6 日。

# 致《罗宾汉》主撰（一通）[1]

《罗宾汉》主撰诸先生：

今天的贵报载有《陕灾义赈会之票串》一则，内有愚夫妇合演《玉堂春》剧目，这或许是传闻之误。但如果“洛侨”先生的消息是得之于陕灾义赈会或该会之宣传人员，则我们不得不借重贵报的地位，郑重申明这是完全无稽之谈。前年我们曾经为了却不过朋友的央求，胡乱串演过几次戏，但已往的经验却并不是过于愉快，我自己于演戏本是完全外行，又无兴趣，内人虽则比较的有兴致，但她年来的身体简直是疲弱到一些小事都不能劳动，不说演剧一类事。所以我们对于演剧一事是决不敢再轻于尝试的。这次陕灾义赈会的消息，说来更觉可笑，事前一无接洽，也不知是那位好事先生随意把我们的名字给放了上去，连累不少的亲友都特来问及，这也算是小小的一种恶作剧了。现在更离奇了，竟然连剧目都给排了出来，真是叫人好气又好笑的，为了及早解除外界的误会以及招摇人等的“胡来”，我们特写这信给贵报，敬请立即刊入下期，不胜感念之至。敬颂撰安。

1　载上海《罗宾汉》1929年9月29日第331号，题为《徐志摩》。此信约作于1929年9月下旬。标点符号系本书编者所加。

# 致蒋梦麟（一通）[1]

梦麟部长先生大鉴：

栖霞山石塔为南中有数古迹，建筑美妙，镂刻精奇，以美术言之，实吾国最著瑕宝之一，匪寻常古物可与伦比。乃年久失修，塔巅之树且拱，塔檐倾颓，刻像毁坏，其未全废，殆神护之。伏念山寺住持，恒属遇昧，曩以洋灰粉饰全山石像，抹唇以朱，触目皆然，不可观□。比又以两金像，矗立塔前，加以木罩，丑陋之状，中人欲区。长此以往，非冀佛不正，巨宝牺牲，窃深惜之。大部宣扬文化，责无旁贷，可否设法令人伐去塔巅之树，移去木笼金像，并作四□距离塔身三四尺一□，传人凭式而观，不令摩抚，有所伤损，□几千年奇迹，暨金永保，来日方长，胥拜大赐，幸甚幸甚。敬请钧安。

谢康寿 宗白华 汤锡予 楼光来 徐志摩 张歆海 韩湘眉 徐悲鸿 同启

---

1 录自 1929 年 11 月 2 日上海《申报》第 20336 号，原题为《徐悲鸿等致蒋教部长函》。此信约作于 1929 年 10 月下旬。标点符号系本书编者所加。

# 致舒新城（二十二通）[1]

## 一[2]

新城先生：

顷奉去译稿《死的胜利》及创作小说稿（《春之死》）各一部，乞即察阅。如可用，均以每千三元买稿可也。即念

撰安。

弟志摩　星五

## 二[3]

新城先生：

昨奉书稿两部想已收入，顷又奉去查士骥译稿一部，文笔尚可过去，请酌定用否。如用，可以每千三元计算。即颂

撰安。

志摩上　星六

1　据俞国林整理、段怀清辑校《徐志摩致中华书局函》(《史料与阐释》，复旦大学出版社 2014 年 6 月版 )。原件现藏中华书局。

2　此信作于 1930 年 3 月 28 日。

3　此信作于 1930 年 3 月 29 日。

# 三[1]

新城先生：

陈楚淮剧本请以版税百分之十三收用如何，因此外书局大都最低率为百之十五也。作者有将原稿分印二册之意，以《韦菲君》印一册，余剧《金丝笼》等另印一册，不知可否，彼盖虑合印一册或过厚也。如何请裁示。泰否尔蒙，明日有奉。

敬念

撰祺。

弟志摩

# 四[2]

新城先生：

那本音乐书稿及《□条家的故事》作者意作为两万字计算，每千字二元，共合四十元。如何，请酌定，以便付复。即颂

撰安。

弟志摩　星日

1　此信约作于 1930 年 4 月底。

2　此信作于 1930 年 4 月 27 日。

## 五[1]

新城先生：

兹送奉小说集稿两部，译剧一种，皆经阅过，如可用，乞即将让证付下，每千均以三元计算可也。敬念

撰安。

弟志摩　五月九日

## 六[2]

新城先生：

近稿收□，思训译稿送去，如可收用，请即决定。文词方面，二校时当为润泽，大致当不差，□见如何。次又送去胡也频小说集《夜里的谋生者》，并希酌定用否。又邢鹏举君著有《中国近百年史》，材料文字两皆不坏，拟以版权让与中华，如可商，当属将稿定政。专此，敬念

撰安。

弟志摩上　星日

1　此信作于 1930 年。

2　此信作于 1930 年 5 月。

## 七[1]

思训译著《德国名家小说集》译竟，拟以收入《文艺丛书》，其已译竟之数篇嘱其呈阅，乞赐指导为荷。敬念

大安。

弟志摩

## 八[2]

新城先生：

《金丝笼》版税百分之十已向陈君商过，他说既不能增，则亦听之，但请早日付印是耳。钱公侠一稿收否，乞示，以便转知前途。《结婚二重奏》已由思训交去，原本尚留此，容送奉。即颂

著安。

弟志摩 □□

1 此信约作于 1930 年 5 月下旬。

2 此信约作于 1930 年 5 月下旬。

## 九[1]

新城先生：

送奉汤元吉译剧《苏小妹》，可否收入《文艺丛书》，请即酌定为荷。敬念

早安。

弟志摩上

## 十[2]

新城先生：

顷送奉译书两部，一为李惟建译André Maurois[3]之*Ariel*，即《诗人雪梨外传》，乃近年传记小说中之最有名者，前部由摩校过。一为徐霞村译之《近代法国小说集》，徐君译著甚多。□□□□二书如收用，请按每千字三元来计算，让稿呈请从速为荷，因李君即日赴法，待此藉补行资也。专此，即念

撰安。

弟志摩　二月二十九

1　此信约作于1930年5月底或6月初。

2　此信作于1930年。因原件所署收信日期为1930年6月30日，故“二月”疑为“六月”之误。

3　André Maurois（1885–1967年），法国作家。*Ariel*为其一部关于英国诗人雪莱（1792–1822年）的传记。

# 十一[1]

新城先生：

天时奇热，弟复病热，径□困顿床席□矣。鸿公闻在普渡，习静养生不知已□未。美国前年有轰传一时之《断桥》名著，售出近百万册，想断素先生知此书，已烦曾虚白先生专为《文艺丛书》译出，稿已齐全，校看无讹，谨饬呈阅，请按每千四元五（询照四元千字为何□□）计酬，让证及内容单最好径送真美善书局或由摩转亦可。

耑此，敬颂

撰安。

弟志摩倚枕　星三

（又刘君稿已阅过，似未便收印，最好婉词退还，原稿一并坿入，望□入。志摩。）

# 十二[2]

新城先生：

大示及李惟建稿费单均收，让证及内容单即日奉去。查稿已转还，顷坿奉《富士》一文，乞交万先生插入《华香》第一

1　此信约作于 1930 年 7 月下旬。

2　此信作于 1930 年 7 月 28 日。

期付印为荷。专此，敬念
大安。

弟志摩上　星一

（贱体已愈，承念教荷。）

## 十三[1]

新城先生：

顷奉去Lin Lmina译稿一篇，此书与《西线无战事》同为最近欧陆最驰名之作。此书尤多文学价值，今嘱盛慰苍君译出呈阅。又饶孟侃兄（光华教授）译有英国Lin Lmina之名著，□□全稿约四万字，另撰长序介绍，拟以二十文元收买第一幕。□诗先呈，馀即奉，乞即付复。敬念
撰安。

弟志摩

（又弟《诗集》及《英国现代小说选》日内皆可送上先阅。）

1　此信作于 1930 年 8 月底。

## 十四[1]

新城先生：

饶子离兄之《兰姑娘的惨剧》译稿全部已经送奉，谅蒙察及。饶君于下月初一即□□春去青大执教，急于得款，可否请为通融先付？即不全付，或先付□元，馀五十元俟其长序交到再付。急切待信，祈即复示。敬念

早安。

弟志摩上　八月二十六日

## 十五[2]

新城先生：

奉读介绍世界名作计划，甚佩，略有可商榷处，日内另。东洋之盛明若译《卡尔与安娜》可按每千三元付酬，让证及支单可寄弟处转。又*Carl-Anna*[3]原书如不需阅，□印交下，因向图书馆借来，即须□也。顷奉程碧水短篇小说稿一部呈阅，请定取否，盼早见复。专此，敬念

撰安。

弟志摩

1　此信作于1930年。

2　此信作于1930年9月初。

3　即《卡尔与安娜》（*Carl and Anna*），德国小说，Leonhard Frank（1882—1961年）创作于1926年。

## 十六[1]

新城先生：

示悉。饶孟侃现在安徽大学执教，《兰姑娘》之序文已向催过，不妨再由书局函询，径寄安徽省城安大可也。专此，敬念
大安。

弟志摩上　星日

## 十七[2]

新城先生：

《虹》稿承示，可以三元千字收稿，已征得作者同意，乞持让纸签订为荷。敬念
大安。

弟志摩　星五

## 十八[3]

新城先生：

尊生翻译计划甚大且备，承见询，已就来单按目作记。凡

1　此信作于 1930 年 11 月 9 日。
2　此信作于 1930 年 12 月 19 日。
3　此信作于 1930 年 12 月 22 日。

加○○○者敝意最应译，○○者略次，○者更次，√者已有译本，？者类多诗集。译诗实太艰难，能手更不多得。弟意不如径以国界为分，请人专任。关于英国文学得□容为拟一详单，此外可分法、德、南欧包括意西，北欧包括瑞□丹、中欧、俄、美。关于法国，弟可转请沈旭历兄代议，美国又请孙子潜兄代议。此外，局中如无□门者，弟亦可勉为筹划。总之原则不外：

一、先译大家杰作，如Lin Lmina至少以三书代表之，哈代至少以四书代表之。传记为最近文坛风气，读者最多，此可专一致力。□尽先翻大部著作，因只有大书□□以任此，□计划如得成功，译界□见光彩，详情容再面议。□事□前日另奉一函，《文艺丛书》收稿清单，读过不禁□□，幸在相知，请为言其原委。前年弟自欧归，海粟始倡议于鸿公，承书局处处为弟谋便利，议定合约。最初弟亦征稿颇力，但局方印刷甚迟，因□局方积稿石印或非经济之道，故送稿入后亦稍缓，及十八年终欠稿尚多。又承鸿公慨续合约，仍许支税，□收稿以每月四五万字为准，弟误以为摊自上年，本年但交五十万□已足，不图上年□数尚成百万，但此节不成问题。今年底将届来岁，弟自当继续义务为局收稿百万之数，补足不难。弟最引疚者则为弟自己作品迄今只出一书，余书稿甚至均未交局。循至应得税与已支税，两税竟似无坏没，非□与鸿公皆为税友，真不知将何以自解，但弟自当负责来岁□辞中，□认真动笔，已成稿着手收集成书，未竟者赶作，期以年内□付欠书□□释员。此后局方苟有需用于弟者，无弗乐为□□，稍补前愆。鸿公高风

仁谊，处处体会书生，循至姑息，最不可忘，幸为致意，恕不分□矣。耑此，敬颂

撰安。

弟志摩敬候　星一

## 十九[1]

新城先生：

送奉译稿一部（原著附奉），乃专烦梁镇君自德文译出者，剧名《从清晨到夜半》（前日送达之译书单上亦有此书），译笔颇洁净。梁君想得八十五元，约合每千字三元五，请即察阅，及早付报为荷。敬颂

大安。

弟志摩　十二月廿三日

## 二十[2]

新城先生：

奉中字四〇九号，上年交来哈西、梁镇、胡小源税款单及

1　此信作于1930年。

2　此信约作于1931年2月中旬。

附件皆已于前几日分别交去，即日即书回件寄局，不误。

又四〇〇号函，《更生记》蒙收印，可按三元计算，请径函华龙路中华职教社查士元转查士骥。《还乡记》亦可按三元售稿。《马斑小姐》译者林徽音先生顷到局奉谒稿事，可与面洽。专此，敬念

撰安。

弟志摩

## 二十一[1]

新城先生：

足下奉中字四五号函，敬知《马斑小姐》及《更生记》已蒙收印，《还乡记》契约代签（内容单日内即奉）。蹇先艾君在北平来函嘱代办理（稿费最便请为汇北平宣外晨报馆陈博生转交），如此。兹又有事奉闻，即前介绍光华大学邢鹏举兄近编《近百年史》（最近收印陈垣一部同名之书，因稿□不收）。据邢兄来言，曾到局奉谒二次，适公不在，未晤公。全书第一部（约三之一）已完稿，有吕诚之先生作序，约十五万字，可作大中学历史教本，材料颇精，文笔亦可论。全稿期以一年内出脱，第二部六月内可竟，第三部年底。邢君愿以每千字五元让稿。日来邢君当再到局饮教，希与面洽□为荷。又接广东欧阳

1　此信作于 1931 年。

予倩兄来函，云有同事赵如琳曾寄《当代独幕剧选》稿，不久另寄《舞台艺术论》，嘱为致言介绍。稿如已到，不知已否决定收用，便乞见知。旧历新年已到，局中想有假日省，□□乡消遣否，适之为译莎士比亚事，连接来电函，催我回平。我日内即离沪，然不久仍须回此也。译名作事，另函奉报。此念

大安。

弟志摩上　二月十五日

## 二十二[1]

新城先生：

今有中大同学张震方译成《和声学》全书，嘱为绍介，不知中华需用是项译述否？张君特来奉谒，乞赐接谈至荷。敬念

大安。

弟志摩上　九月六日

1　此信作于 1931 年。

# 致中华书局编辑（一通）[1]

□新城先生来函说《音乐书》可收，已为去函作者问价，成转达。小说集《死时》可出，邢鹏举编《英国八大浪漫诗人》已约由中华出版，每家单本印行，收入《文艺丛书》第一册。《勃兰克》已竟业，今送去，请转呈新城先生。邢殊奴实为我弟子之杰出者，去稿稍短，但已可成书。请问新城先生可否予以每千四元，便盼见复。弟译稿成篇即可交我一看，译时尚感兴趣否？

志摩

1　据俞国林整理、段怀清辑校《徐志摩致中华书局函》(《史料与阐释》，复旦大学出版社 2014 年 6 月版)。原件现藏中华书局。此信约作于 1930 年 4 月中旬。

# 致景平（一通）[1]

景平兄：

昨天上午寄出一包书并一封信，下午即得五日的来信。我想如果再等信来而后写，恐怕要隔许多天了，所以索性再写几封明天付邮，任它和前信相接，或一同寄到罢了。

志摩　九月廿一日

1　据藏家提供手迹复印件。此信约作于 1929 年或 1930 年。

# 致刘湘山（一通）[1]

湘山：

真对不住你！我这半年因母病母丧南北奔波到八次之多，函件不少因转寄遗失或耽误。你的书稿直到前天才从胡适之先生的书堆里觅出校正，现在赶快寄回给你了。我又要跑了。祝你好。

徐志摩

七月十二

1 据刘湘山著、徐志摩校《作文概论》（民治书局 1935 年版）之插页。编著者附识："这是徐先生十九年替我校正此书的遗墨，刊此志谢。"

# 致高植（二通，片段）[1]

## 一[2]

……你能不倦的写作，这练习本身就好。我信你一定有豁然贯通的一天，但你的旧作，我终不敢放心。第一，字句上粗糙处不少，但更关要的是描写与构局都不能说到满意。因为你写得多，我无法一气看，但每次我看总感文章的不成熟性，失之过繁的地方很多，你得好好下裁剪的工夫。固然，目前印出的东西尽有不如你远甚的，但我正为期望你写像样些再编，所以始终极踌躇把你小说交付出去……我信你一定能省悟到，我并且期望你能省悟到自己不愿把旧作拿去付印。人说灵感是不倦的工作的效能，我等着看你的真纯的作品……

## 二[3]

收读左行新法，就此实习，以为响应，佳否？我友金岳霖、傅斯年作左行已多年，见此必喜同志……

---

1 录自高植《志摩与我》(《小说月刊》1932 年 11 月 15 日第 1 卷第 3 期）。第一通标点符号系本书编者所加。

2 此信作于 1930 年。

3 此信作于 1930 年 3 月。

# 致郭嗣音（一通）[1]

嗣音我兄：

来书敬知，比以事忙，未即付复，为歉。市政府诸人近未相晤，致兄所托事未能附言方便。今既已进行有绪，最佳。卫生局如派人来，当如尊嘱答付。仲安先生生日内见时，亦当便为道安，想彼亦必乐为绍介也。

四方多难，乃有瑞征，江南不得佳雪既有年矣。我乡诗翁定然着忙，不知有何雅趣？摩居沪，惟知近送远客，奔波执教，更无善况为乡人道也。敬念

雪安

志摩

十二月二十三

1 据藏家提供手迹复印件。此信约作于 1927 年至 1930 年间，标点符号系本书编者所加。

## 致刘荣恩（一通）[1]

荣恩：

你回来，至喜。……我现在介绍一个诗人给你，陈梦家，你也许见过他的作品。他是鸡鸣寺的诗心。你带回北国的诗情，你俩一定能结交。

志摩

1　录自刘荣恩《鸡鸣寺的诗心》(《天津国民日报》副刊《文学周刊》1932 年 7 月 19 日第 10 期)。此信具体写作时间待考。

# 致李平（一通）[1]

孤帆我兄：

中社成立，适弟在宁，不获雅与其盛，怅怅何似！社址不知何日落成，亟盼之矣。适之已北去，但不久即归。兄何时有暇？拟趋候一谈。

志摩敬候

星四

1 据金黎明、虞坤林整理《徐志摩书信新编》(浙江古籍出版社 2017 年 4 月版)。此信具体写作时间待考。

# 致陶孟和（一通）[1]

孟和大哥：

我们第一句话是问候你，希望性仁到时，你已能派爱泼如常。

第二句话是责备，真的，我们都狠怪你，为什么单挑这个时候来生什么西班牙式的病，连累太太也得御驾南征。因为我们正在打主意演戏，难得性仁也狠热心，并且我们早算上你做lover。你台上的太太好，情人也好，你的一角是我们共献你的一个大恭维，我这封信是来逼着你帮我们完成这件大事。性仁带书下去，一切有她指导你，你不必担忧。好了，祝你康健。

志摩　丽琳　金岳霖

1　据《中国书店二〇〇九年春季书刊资料拍卖会图录》。此信具体写作时间待考。

# 致李祖韩（一通）[1]

册页十五叶敬乞便启

祖韩兄收

志摩拜干

1 据《中国嘉德国际拍卖有限公司 2008 秋季拍卖会图录》。此信具体写作时间待考。

# 致××（一通）[1]

今日下午与端公为朝阳烟事相对生愁，晚间驱车适往，冀稍贡劝慰。入门有寇遐之狗对客狂吠，登堂则太太老爷相对，方城气韵祥霭得未曾有，不禁欣诧或于大笑意者。

宫妮北极之行已收殊效，且闺中唇舌忍怨无常。我辈枉作杞人，不当拊掌大噱邪。案头有丽琳长函，首数行极状相春之意，不期海外仲连万亦及时而现。但愿一切坎坷自此平易，亦今秋一段佳话也。

承孟老带回寒衣，至深感念。后日有飞行之便，南去三五日即回，再图良晤，匆匆不及见矣。爬山、熬夜、吃蟹之劳，已颇消解否？为念。

志摩

六日

1 据《中国嘉德国际拍卖有限公司2013年春季拍卖会图录》。比信具体写作时间待考。标点符号系本书编者所加。

# 其他

云裳股东周信芳（麒麟童）王芸芳合影（刊《上海画报》1927 年 8 月 24 日第 266 期）

# 太戈尔杭州讲演之开场致辞[1]

太戈尔先生的声名，固已遐迩咸知。他好比春天的阳光，普照大地，得着他的，都有新生命，并且遇于各种不良底环境，他能用诗赋歌词去安慰他，愉快他。他有纯粹的爱，无远弗届。他今日看见西湖山水，就生出无限感想，并做了一首诗。他的意思，说山站在那儿，高入云中，水在他的脚下，随风波荡，好像请求他似的，但是他高傲的不动。今日到会诸君，在太戈尔先生面前，如此崇拜他，钦仰他，所以我将此山比喻先生，使我们心目中存一伟大悠久的印像，有痛苦能安慰，遇仇敌亦当爱，并且他对于人都有爱的表示。他游美国时候，心中反觉着不快乐，因为彼邦人士，不以爱之观念相崇敬，反以希奇的东西来看待他。先生最喜清净，所以不愿在公众场所讲演，但是他足迹所到的地方，总受人热诚的欢迎。他在法国讲演，听众之多，达数万人。他的说话，是从心灵里发出来的，不像杜威[2]、罗素、杜里舒[3]一般人，能解决什么问题，

---

1 录自《印诗人太戈尔在杭讲演纪》（上海《申报》1924 年 4 月 13 日、19 日、20 日第 18367 号、第 18368 号、第 18369 号）。据载，1924 年 4 月 16 日上午，浙江省教育会敦请泰戈尔讲演，"先由徐志摩君登台说明太氏的心境和态度"。题目和标点符号系本书编者所加。

2 John Dewey（1859—1952 年），美国哲学家、教育家。

3 Hans Driesch（1867—1941 年），德国哲学家。

他纯以爱之论调，作讲演的资料。据一般精通英文者的评判，先生的讲演声韵，好似鸟啼，而和蔼的态度，又似春风拂面。我很希望诸君，静听先生的讲演。

# 泰戈尔真光剧场讲演前之发言[1]

泰戈尔三两天之内，即将离去中国。泰氏此去，或即为泰氏永远不回之纪念。泰年已六十，身体不大健康，前此来华之时，泰之亲友，多不愿其长途劳顿。泰氏则谓际此春气和融，宜到兄弟古国之中华一行，遂将一手惨淡经营之学校事务，暂行托人料理，走数千里之海程，至我中国。而自杭州，而上海，而南京，所到必有公开之讲演。他之精神，因之甚为疲倦。今日医生诊断，请他善为保重，但他尚不以身体的困顿为悲悼。他因我国有一部分人对彼有所误解，于是他之精神大为懊丧。日前他问我，中国一部分人为什么要反对他。我答以不了解三字。其实泰氏之主张完全一革命之主张，倾向于社会统一，他最反对的是资本主义，物质文明，他来中国之盼望，即欲清除人间一切之障碍，今竟有人反对他，实为不幸之事。彼反对者之传单，与泰之本人，又有何关。今日为泰戈尔最后一次之讲演，下午即去西山憩息。我个人对于泰氏之牺牲精神，坚忍之志气，伟大之声音，高尚之人格，深为佩服。泰氏有如

1 录自《泰戈尔在京最后之讲演——昨日下午赴西山休息》(《晨报》1924 年 5 月 13 日第 1873 号)。又见《太戈尔在京最后之讲演》(上海《申报》1924 年 5 月 15 日第 18394 号)。据载，1924 年 5 月 12 日上午，泰戈尔在北京真光剧场做最后一次讲演，"在泰戈尔讲演前，徐志摩君发言"。题目系本书编者所加。

喜马拉雅山，只有高空中之青天，知道他之诚实伟大。现在的世界，充满了残酷忌刻，吾人解脱的方法，只有向泰戈尔的精神方面去求。

# 文学与美术[1]

名人的演讲，照规矩是从来没有过记者在前面加案语的，不，这一次我不能不抢在徐君前面讲几句话，不然，一月演讲的稿子到六月才发刊出来，岂非笑话？我要告诉读者，我本来不会当记者，尤其是记名人的演讲，更加是记当代大诗哲徐君的讲演，因为诗人口中讲出来的话，句句都带有诗味儿，那是最不可捉摸，万不能用文字记下来的，要不是贺麟君那天的再三督促，我真不敢冒这大险。贺君说朱君毅先生要我记好交给徐诗人校正，所以我在演讲的第三天，就把这稿交给徐君。过了六天，（那时清京交通并没阻碍，北京也并未闭城。）才得了徐君的答复，说接函时正“整备”（原函语）南行，笔记带去，有便改正再寄回。于是它有这荣幸，一直伴着诗哲在西湖看了梅花回来。可是两个月后，还没见音信。我又写了封信到北京去探听消息，过了一礼拜多，（我想大概是邮差故意迟误徐君的稿件的原故。）才得了笔记原稿及回信。徐君说“前次那演讲实在不成话，全是敷衍性质，那是他引为可耻的。”“希望你替我掩羞，别给披露了吧。”等话。我是笨到极点的人，不会听

1 载《清华周刊》1926年6月11日第25卷第16期，署“徐志摩先生讲演”、“皑岚笔记”。

话，把徐君反面的话，认做正面，但那只能怪我笨。诗哲把原稿改了一半，在上面很明白地大批特批道："不行，罗君，我勉强看了几页，实在看不下去，除非我自己另行写过。"我这笨人竟还不知道这是诗哲说我的记录不行，非他自己亲自动笔再做过不可的意思，(因为诗人说话多少总绕点湾儿，是不是？)竟真的相信是他认为"全是敷衍性质"，所以我真的"别给披露了"。昨天接到朱君毅先生的信，要我即日检交此稿给周刊在最后一期登出，这笔记是应朱先生之命而记的，我只得如命。我早说过我是个不会当记者的人，更是个笨到极点听不懂诗哲的话的人，我又说过诗人口中吐出来的话，是不能着痕迹去用笔（记）下来的，如果这里面有不是诗人的话语，有没带诗味儿的哲理，那全是我这笨记者的错，与诗哲的老招牌无关。据我看的话，〈徐〉读者与其看不懂我这不成话的记录，倒不如等着看徐君"自己另行写过的"吧。可是你们那年能得拜读（徐）君那篇"自己另行写过"的大文，那我可真不敢担保。

再者这文取材于贺麟君的记录很多，书此既示不敢掠美，亦示不敢独任其谤。

**记者**

诸君，今天校长可算是上当啦，花了种种本钱。汽车费，请我来演讲，真是做了一笔亏本生意。我以为项〔顶〕好是两三个对于美术有兴味的人，坐在一间小屋子里，火炉中有熊熊的火焰，可以抽烟，随随便便的畅谈，没有一定的题目，没有一排排的座位，那真的可以得点“烟士披里纯”，谈的人也自然高兴。现在叫我跑到礼堂上来一屋子满是人，——正式演讲——我先就吓一跳。并且校长又坐在那里监督，意思想不许你胡说，我如何能不窘？

我因为事忙，虽然前几天就听说有几位要学文学美术的朋友们要我来讲演，我都没功夫预备。我口才又不好，说起来恐不见动听，然而我竟敢来与专学美术的人来谈天，我的胆子也就够大。

现在有人学美术文学，是狠好的现象，原先总是学有用的东西，狠少有人学无用的东西（美术文学都是无实用的）（。）所以留学生回来，多半是大批的法律政治……化学工程。最近才有几个学文学美术的，这种转向的现象，狠引起我们期望。我们所以要学文学和美术，不是为名，不是为利，乃是感觉内心的要求，非要借文学和美术与以相当的表现不可。社会上的人年来渐渐的承认文学和美术所处的地位，这是使我们学文学美术的人听见高兴的事。但是学美术不是容易的一件事体，不管他有否特别之赋，但一种Artistic Temperament [1] 却万不可少，你如喜欢做官，说做官有希望，你就可以去学做官，学美术文学却要有真正的了解，若是连这点都没有，那是不能勉强去学的。

讲起外国的美术教育，这年头儿美法德意都狠注重，法国的美术院（“Beaux Arts”）虽是以美术教育著名，不过学校这地

1 Artistic Temperament：艺术气质。

方，多少总有点拘束，对于美术有兴趣的朋友，也不必一定要入校。

Art Student[1]有四条路可走：第一种是入一个美术专门学校，住完那学校必须的年限，拿一张毕业的文凭。第二种是所谓Café artist，过一种Saloon Life[2]，巴黎是著名的大都会，几百年的文化美术的中心点，其中一切，多少都带得有点文学的色彩和美术的味儿，在茶店酒馆中，你能常碰到一大群一大群的所谓“咖啡馆美术家”。说起他们的外表，那才无奇不有，头发也许几月不梳，蓬松像一棵乱麻，有的载〔戴〕上两副眼镜，有的穿一件长袍，睡衣拖鞋，一应俱全，常在茶馆出进，会面一谈就是整天，无拘无束，无所不谈，这种人是否Artist？狠是个疑问，皮毛易学，有美术家的外表而无真是学问的狠多，你如果要到里面去找真的美术家，就狠难找到几个，虽然从他们的脾气神味儿看来，好像每一个都是大美术家似的。第三种是所谓Garret artist（阁楼上的美术家），他们不大与人接触，自个儿躲在楼上，握着几枝笔，努力于美术的创造，过一种刻苦的生活，认真的对自己负责，这种人中间，颇多真有根柢的美术家。第四种是拜师父的美术家，如意大利文艺复兴Renaissance时代，Venice[3]，Florence[4]……等地方，是文化发源的老地，当地的人，生于斯，长于斯，有一种拜师傅的风气。从小就认定

1 Art Student：艺术生。

2 Saloon Life：沙龙生活。

3 Venice：威尼斯。

4 Florence：佛罗伦萨。

一位师傅，跟他一直学到老，和我们商店里小学徒拜师傅的味儿差不多。Giotto[1]小的时候是一个牧羊的孩子，他有美术的本能，闲着没事就从树上折下一株树枝，在地上乱画，有一天Cimabue[2]看见了他，觉得这孩子有根，便把他带回，教他学美术，后来成为美术界的大师。这四种是学美术的人可走的路。"咖啡美术"太浅薄，一不慎，许叫你把美术家的坏脾气给全套带回来，进学堂虽受拘束，但也是无法避免的事。

说到艺术，无非是表现自己心中的兴感，所以无论你是文学家或美术家，头一件顶重要的事，就是要抓住自己。Roma Nticism[3]就是要把心中的东西整个儿的表现出来，不受外界生活的影响。生活这东西本不只实际一方面，还有想像的，我们除吃饭穿衣……外，还有想像的生活，无论何人，无论何时，无论何地，总免不了有想像这东西在你脑子里活动。小时候看小说，晚上每每作英雄远征的豪梦，虽一物不知的俗人，他到剧场里看戏，看到悲欢离合孝子忠臣，也受一种感动，他的想像也居然能与戏剧化。有人借外界的刺激，来扩充他的想像，譬如有人非抽烟作不出小说，Dequincy[4]是个好例，他作东西，就非抽烟不可，但我们所要的，却不在此。大凡美术总是想像的结晶品，他有这样的重要，你想要知道一国的文化，就得要拿想像的高下作标准。宗教也是想像生活的一种，他的本身是要

1 Giotto di Bondone（1266/1267−1337年），意大利画家、雕刻家。

2 Cimabue（1240−1302年），意大利画家、设计家。

3 "Roma Nticism"，疑为"Romanticism"，即浪漫主义。

4 Thomas de Quincey（1785−1859年），英国散文家、批评家。

使人类精神的要求满足，并没有道德的关系在内，所以无论何种宗教，都为各国所不可少。（徐君的校正到此为止——记者）

现在的人，注重Economy[1]，只重实际生活而遗弃想像，有除了实际外不管其他之概，譬如说电影，你如看见里面一个人乘马遇危，或坐火车汽车遇险，你虽然觉得情形危险万分，但总不及实际上的可怕，这就是常人注重想像不及实际的一个证据。

艺术家自有他的与常人不同之点，顶不同的是在Vision[2]，艺术家的Vision是异于他人的。先说Practical Vision吧，这是一种对于生活实际的影响的现象，常人多半是见而不看，艺术家就不然，他是见而兼看的。至于Curiosity Vision（，）常人也有，譬如一个做生意的人，你拿一幅古画给他看，他也知道好，但是不会与他发生关系。普通美术家具有Aesthetic Vision（，）他们要找美术品中的Harmony[3]，画起画来，也非美的不画，非山水清秀的西湖不调颜色，非具有曲线美的模特儿当前不打草稿，然而真有本事的艺术家却不然，他具有Creative Vision，他有独自创造真美的能力，不以常人所谓美丑为美丑，从世人所谓美的中间见出丑的，丑的中间见出美的，去开世俗的好坏，专从物的本体上见出真美，譬如这屋子里的火炉，艺术家能从它里面看出Harmony，他写出来的火炉，是写出他所见的火炉，决非常人所能见的。又譬如说人头和西瓜吧，艺术家能从它们俩里面找出Harmony出来。一个瓶子，一双破鞋，摆在桌子上有什么好看？

1 Economy：经济。

2 Vision：视野，视角。

3 Harmony：和谐。

然而后期印像派如Van Gogh [1]……之流，能把他们所见及的真美写出来，叫你看见了爱不忍释，有人说Cegaune [2] 画葱，不但画出葱的活灵活现的形状，连葱的味儿都给画出来呢。

艺术家对于艺术要有一种特好的癖性，Van Gogh 画画，画得发疯，眼都瞎了，他在Sister Chaper [3] 里面，整天的画，壁上，天花板上，无处不有他老先生的大笔，搭起梯子在天花板上画，后来连头都弯不过来。他并不为名，也不为利，他是这样发疯似的狂画，无非感觉的内心要求的迫切，非要把它表现出来不可。杨时伯（？）是北京有名的弹古琴的人，他屋子里全是古琴，壁上挂的是古琴，桌上摆的是古琴，书架上搁的是琴书，……见面谈的是琴事，他对于古琴是这样的酷嗜，有人说他若是不学琴，他的性情太暴燥，会要杀人放火的。

美术家对于生活的态度，是要有准备牺牲的决心，不要以为美术是出风头的事，这是世界上顶苦的生活，不要受名利判引诱，要全应内心的要求。西人说得好（：）If you wish to be an artist（，）put off all the Grief（，）let you to be a mirror（，）reflect all you see [4]。有人说Benmt当他父亲死的时候，家里的人正哭得伤心，他老先生不慌不忙的抽出笔记本和笔来，坐下来慢慢的描

1 Vincent van Gogh（1853−1890 年），荷兰画家。

2 “Cegaune”，疑为“Cezanne”。

3 “Sister Chaper”，疑为“Sistine Chapel”。文中“眼都瞎了”、“整天的画，壁上，天花板上……后来连头都弯不过来”云云，并非Van Gogh（凡·高）之经历，实为意大利画家米开朗琪罗在画Sistine Chapel（西斯廷教堂）时的遭遇。

4 意即“如果想成为一个艺术家，就抛弃你所有悲伤。使自己成为一面镜子，反映你所有所见”。

写各人哭泣的状态。

如今人的生活太匆忙，东奔西走没多余的闲暇，性灵得不着时候修养静息和安慰，天才也没机会发泄和舒展，加以社会上的束缚又太多，功利入人心狠深，太重物质，做生意的味儿，到处闻得出来，洋钱的声音，震得耳朵发聋，赤金的光芒射得眼花，在这种社会里，美术怎能有充分的发展？但这正是美术家的责任，美术家要借着手上这枝彩笔，写出些清妙高超的东西，唤醒世人的心灵，洗掉人世的卑污。美术家要有“穷则独善其身，而达则兼美天下”的志愿。

诸君是要到美国去的，美国并不是没有美术教育，但须知美术是往内心求的。学校教师只能给我们以技术，内心的涵养，是要靠个人。Paris[1]和Florence都是学美术的好地方，站在山顶上看Florence全城就好像个大花篮，一盘鲜红碧绿的果子，或是一堆花样各别的珠宝。意大利空气的本身就是美术的，大雕刻，名画，到处都是，看了以后，美的兴感自然而来，在这样地方学美术，当然是事半功倍，若是到车马纷扰红尘十丈的支加哥去学美术，谁也知道是不成功的。

我今天随便说了一说，没次序得很，我本想来和诸君坐在一个小屋子里，随便抽抽烟，谈谈话的。今天谈的无头无绪，非常抱歉，盼望有时候能和诸君作个人的谈话。

---

1　Paris：巴黎。

# 现代中国文艺界[1]

## （一）引言

隔了两年多，回到北京来，好像回到老乡一样。这几天里头，会见了好多老朋友，又值天下大雪，看见郊外雪景，觉得高兴……从前曾来过贵校两次，不过开幕后，这是第一次。你们在这优美的地方——山西的紫光里，必有一种风雅之趣——得到风景的美感，我从城里来的人，觉得很舒悦性情，并感到自己所说的话，很粗。今天并不是来公开讲演，只不过把所感到的，略谈一二，就是关于现代文艺界的几句话。

## （二）支配思想的潜力

新文化运动，从一九一七年到现在，这十年中，社会的变迁，不在少数，并且变迁的速度，比我们理想的更快！因此，在我们生命的本体里面，起了很大的作用。结果凡思想，感情，言语，生活，种种人生的经验，起了很大的变化。不过

1　载《燕京大学校刊》1929 年 1 月 11 日第 17 期“讲演录”栏，署“讲演者徐志摩先生”、“笔述者李德荣”。

因为新势力来的太骤，使我们好像在运动场上赛跑，跑的连气都喘不过来！结果，从前潜伏在我们脑海里面的，现在都表现了出来。……从十九世纪到现在，世界上有种种新奇古怪的事情，因此我们的政治方面，社会方面，经济方面，思想方面，受了很大的影响！至于支配我们的潜力，第一是英文——文字——因为英文的介绍，文字本体的不同，构造的不同，表情的不同，使我们在思想方面，起了很大的变化。第二是西式的教育——像这样的房子，这样的座位，一个人在台上胡讲，好多人在下边〈……〉听，这是从西方传来的。每天早晨，从九点钟上课，一直到九点五十五分，从十点钟，一直到十点五十五分，从十一点，一直到十一点五十五分，这也是从西方传来的，总之，西方化的教育，给了我们"时间"和"空间"的观念，钟点的观念——Time Color。第三是西方的文学和艺术，西方的文学，影响中国思想最深的，第一是俄国文学，其次是德国文学，再次是法国文学，又次是英国文学。英国文学者，自莎氏乐府Shakespeare[1]以下，其余的很不完全。俄国的文学，给了我们很深的印痕，因为它的内容，满含着无聊，悲观，厌世，疯癫，因此引起了我们的同情。西方的绘画，美术，雕刻，建筑，也与中国的文艺界，有很大的影响。第四是西方的思想，政治，哲学，人生观，也介绍了到中国来，因此我们相对的各方面，也有了相当的变化，就从小小的一个书名子上，也可以看得出来……"超人"。第五是西方的科学的影响。科学

1 William Shakespeare（1564–1616 年），今译莎士比亚，英国诗人、剧作家。

的运动应用，和机械的发展，使我们的思想改变，使我的生活齐整和快。第六是电影。电影自然是以美国为中心，供给中级社会人的娱乐。因为它的后面，是清真教Puritant[1]，所以它的背影，是浓厚的道德观念。电影给我们介绍了两种事情，一是教你“做贼”，二是教你“做爱”。电影的价值，自是另一个问题，不过，电影的影响，使我们发生了很大的变化。其次是青年会，以卫生和社交为前提，把西洋的Pire[2]介绍给中国人。此外还有两个人行路，一个在另一个人的肩膀上一拍，喊到Haloo（。）第八是中国的刊物广告，满带着宣传的意味——商人用它为赚钱底目的，别人用它为宣传真理底目的，究竟宣传着什么真理？实际上不过变相的广告罢了。第九是留学生的影响。一部分的法国留学生和美国的留学生，把西洋和新大陆的宝贝带了回来。（这次去美国，曾有几件大事可记。一是美国人的喝酒，因为政府要厉行禁酒，就像那些性书及曲线美的图画在出版的时候，本来是没人看的，不过因为禁止的缘故，所以看的人才越多了。第二件大事，就是一个飞行家飞过大西洋。第三件大事，就是一个人爬在大铁球上，从加拿大的尼加瀑布那边，一滚滚到美国这边！当时曾昏了过去，还好，又活了过来，此外还有跳舞等等，也是可纪的大事。总之，他们的生活，是从机器中生出来的，这种人生观，也许是远大的。）不过留学生，却把这种宝贝的人生观，带了回来。我对于这种宝贝，虽不能不说几句话，不过也许像局外

1 今译清教徒。

2 “Pire”，疑为“Peer”（同龄人）之误。

人，不能领略它本身的价值，所看到的，也许是很粗浅的。不过留学生，带回这种宝贝来改良中国社会，能否成功，待考。还有留学生回国以后，觉得什么都是不合宜的——衣服不能穿，房子不能住，不过中国饭还可以吃。于是对于西方文化，盲目的或是半盲目的崇拜着。结果，环境的破坏！标准的颠倒！普遍的悲观！便是现代的一种情形。

以上种种全是支配现代思想的潜力，思想既然变迁，自然文艺方面，也受了影响……

## （三）文艺上所受的西洋影响

中国旧派的文艺，使我们不能满足，就像有人想中西戏剧，同情于“象征”一点。其实中国剧那里是“象征”，只不过重于“体格”罢了Theory of Stylization[1]。西洋美术是以音乐为标准的。中国美术是以“字体”为标准的。所以中国的绘画，只把所记忆的画了出来。这种画法，本身并不是不好，不过它的背后，没有“真”字，没有感情，没有生命，缘故是没有深刻“自然”的研究，所以做品并不是“自然”的对像。中国文章，只是文章没有思想。诗人也是一样，只弄文字的技巧，并不是表现自己，或把本身的经验，发挥出来。西洋文艺是重于

1 Theory of Stylization：风格化理论。

“直观”的Immediate Expression[1]（，）是把自己的主观的观念，发挥出来。关于这一点，并不是西洋比我们强，不过比我们在先一步罢了。就如前几年说“爱人”或是接吻，总觉得肉麻或是不自然，可是现在也都习惯了。可见表现是从习惯而来的，更可证明，我们的文艺，是步着人家的后尘……

## （四）印度的文艺

我到印度去，知道印度经过“过渡的时代”，在我们以前，因为他们接触西方的文化很早，不过有太戈尔身当其冲。他怎样走路，他不看不起本国的文学，他追求印度的旧有的真理，找到印度性的灵〈。〉感和普遍性，而成为民众的文学，所以能使人无条件的敬仰它，无条件的崇拜它，因为它能使人得到更新的灵感，人格的表现，灵的充分的表现……

## （五）结论

总之，西方对于文艺的态度，根本与我们不同。不过中国现代的文艺界，不当纯粹的采用西方文化，印度就是我们很好的参考……

---

1　Immediate Expression：直抒胸臆。

# 徐志摩的漫谈[1]

诸位同学，我们对于自己所经验深刻一点的思想，往往看的非常宝贵，非常神秘，轻易不顾为外人道，不过现在文学社同终南社既然要我来讲一些，那也没法！但是今天所讲的恐怕过于干燥，那或许是北方气候的影响？

出洋游历，现在是一件很时髦的事，差不多处处可以看见，甚至军阀政客，也纷纷出洋考察，现在考察回国的人，已经不少了，其报告各殊，只有惟一点是同一的，就是：西洋人跑的又快又远，我们非积极追赶，无以自存！吴稚晖先生就是碰命提倡物质文明的。照老看来，要是一个人，最低限度得会造一只洋马桶。胡适之近来居然也崇拜拜金主义，不遗余力；所以无论如何〈。〉可以说：中国现在追赶西方的轮轴，正在发动，不过同时处处都看到尝试和肤浅，只知屈从好奇心盲目的跟在别人背后喘喘的追，从不曾停一停步，认认前面是康庄还是穷途。所以现在我们就得暂停一停，抱着庄子“是其所非非其所是”的态度，把一般人重视的问题，看轻一些，把一般人看轻的问题，重视一些，同时当在我们的脉搏上辨一辨什么

1　载《国立清华大学校刊》1929 年 1 月 16 日第 34 期，孙悦信记录，与“鹏”记录《庐隐女士的文学漫谈》(《国立清华大学校刊》1929 年 1 月 18 日第 35 期）合题为《两篇漫谈》。

是〈。〉是，什么是不是，什么重要，什么不重要，方能使民族渐渐转向光明之途。

在我未讲我的漫游之前，我得先说一句，就是：我这第四次作欧美游，不知怎的，愈游的久，愈觉得我修养不够。我现在可归西方为一类，就是最高度的工业化物质文明化世界。美国是世界舞台上很有希望的一个，不过我总看不惯，不敢赞同。你看他的唯一要素，是机器，他在机器上可以长出眼睛来，可以长出耳朵来，可以生出感觉来，近来飞行的高潮，坐铁铅球从尼亚加拉瀑布滚到美国，和跳舞家跳到三四个钟头等问题，不是美国人注意的唯一目标么？欧洲的法英德等当然差不多，不过各有程度的参差：这种现象，普通说来，足以发生时代的厌倦，悲观的就会嚷世界已到末劫！

俄国和印度，都有他单独存在的价值；俄国我没有多大了解，至于印度，曾给我一个深刻的影像，虽印度的文明，代有消长，不过他自有他长成的元素，和特有的品格，决非遭际的迍邅，所可动摇分毫。至于一个文化，我以为至少有两根，即——自然的——天然的——根，与文化的——人为的——根。人不是文化，人是动物，因为产生在人的天地间，而发生一种影响。至于自然的根，当然托之于花草虫鸟，和自然的一切；那你在印度就可见恒河中成群的鳄鱼浮沉，同岗岭上斑斓的虎豹狮象，和美丽的孔雀。

我这次经过哥伦波，有一个不可磨灭的影像，映我脑蒂；是在猛烈的骄阳下罢，有一个老年的印度人，一丝不挂，露着他纯黑的肌肤，在椶树夹道的路上，赶着牛车缓缓而行，在那树林深处，还可见一所小土屋，他的妻和子同样的——赤裸的——熙熙然席地而坐，我看了顿时意识中发现一个头顶青天足踏黄土的自然产物。同时在那树林之表，透出一所大理石造的希腊式宫殿式的房，嵯峨宏伟，一望就晓得住的是西方人，意想中就有一个纱縠裹体的白种，或许在那里吃冰淇淋？不过我总觉得这种在西镶不进一幅自然的画！

杨先生（振声）的故乡——山东——我有一次到过，在那黄昏时候，经过泰山之麓，隐约中小屋中透出荳油的灯之光——这听说是奢侈了，因为普通是日入而息的，——映照着一群赤裸裸的人们，站在自然的宇宙间中惊视着我们这般洋鬼子，——假使剥了衣服，送到露天里，说不定两三个钟头就会死的？

印度人吃茶吃饭，都是用手，这亦是文化的结晶，自有他伟大的背景和价值，因为手是自然给你的匙子，何等的灵活和纯洁！我们放着他不用，反用污秽的不自然的著〔箸〕子刀子叉子，说也可怜！

一个人群能在极坏的环境里挣扎着，不断地继续存在，是靠一个大原则，王道不离乎人群；——而这种不变的原则背后，还靠着文学宗教的创造伟大力量，使民族彻底的统一。

中国伦理上有最宝贵的文化，——忠孝节义，我可以说无论时代变到什么田地，他终有他不朽的精神，犹之梁任公所说文化像宜兴的茶壶，亦犹之杭州某地（？）的大铁锅，虽历三四百年，仍有他祖宗的遗味存在，不幸中国现在的趋向，是表面上完全抛弃他的特性，你看凡是到过欧美的人，那一个不是欧洲化，美国化？

俄国的文化在我们看来有一种神迷，至于印度的学生，他的特性就强得多，他的自然的原素像驾牛车者的原素，——非常充分，无论那一个印度人，回到故乡来，没有不仍旧用手吃饭的。

说到中国学生，固然有很多对于中国文化着实发扬的，不过就一般看来，在他那全体的细胞里，很难找到他是一个自然的产物；你看：出洋的学生，在未坐外国邮船以前早就定了什么电机工程，机械工程，法律银行等等，只要文凭不发生问题，一到外国就可以报名，然后诸事不管的读他四五年，那硕士博士就稳到手了。或许在那四五年的历程中，发生一度小小的恋爱，或许成功，或许失败。说不定，到了末年可就着急了，纷纷写信到国内朋友处找寻饭碗，程度好的那清华燕京等等早就定去，不好的还得碰运气：这样看来，一般人对于自然完全没有欣赏的兴味，完全没有清楚的了解，只了解了教育当饭吃，是不可讳言的。事实上一个人做人，至少总得不辜负那自然所赋予的，总得造一点自己所要造的东西！

至于国内的学生呢，那又不同了，他们是时代的产物，他们的脑力有特别的组织，至少同我们三十岁以上的人迥乎不同；什么无线电的音波同恋爱爱波，都可以在他脑子的岑希拉（Cohera）里起个作用，使他整天价叫冤叫屈，又回复影响到他们的思想；一方面大人物们又在那里大声疾呼，为国家为民族谋改造，赶上西方，于是共产无政府等主义，又在他们脑海里轩起大波。好了，现在文学艺术一切也都跟着西方跑了。这种现象，真不晓得民族的命运伊于胡底？

假使我们民族还有一些生活的力量，可否再来一回尝试？还是回过头来找一找我们光明之路！

政治没有真正解决，徒引起无谓的牺牲思想也何莫不然？补药是滋养的，但是有时会得补死人！

现在再请诸位把一般人重视的问题：看轻一些，把看轻的重视一些，仔细地想一想事实的标准，——自然文化两根；不过中国智识阶级本来就很苦，因为同自然从来风马牛不相及，所以我们现在还得重视自然之根，实行到民间去，回我们的本土去，一面力谋改良本真，一面谋发展本真，更要在新生命中找到自己。

时代的要求，在人们的身上发生变化，我们从此要打破从前重视文字的地位，用现在的目光，用新的精神，把旧文化复活起来。

回到自然的故乡！

重新估计自己精神的价值！

印度同中国一样有独立的文化，受帝国主义的侵略，并且还甚些，不过侵略不要紧，他民族自有他超时间空间的生活要素，虽然十九世纪印度文化同外来文化有一度激剧的冲突，但结果所看见的影响更彻底，并且始终保存印度文化的本真，更容纳外来势力，而有一种健康的新的精神表现出来，这里甘地是一个代表；太戈尔不必说，他是一个逃学者，常常偷着在恒河里泛舟；还有科学家Base[1]，他说起话来老是诗人口吻，而最近

1 “Base”，疑为“Bose”，即Jagadish Chandra Bose（1858−1937年），印度科学家。

德奥等国却派人去做他学生，在那加尔各答的一个园中，大树亭亭之下，高台之上，就可以看到大哲如释迦般在菩提树下潜修。

当那甘地太戈尔等走到街上的时候，一般人都爬在他前面，抚着他的脚请教，因为他们自然的完全的人格，可以代表民族不灭的精神！

我们回过头来看看我们自己，——中国，有没有一个健全的自然的精神表现者，够我们崇拜？

总之西方人根本看不起我们东方人，我们必得发扬我们自然生活的真实性，同时把本真的同外来的文化，普遍地把他混合起来，造成一个独特的人格。

# 关于印度[1]

很想很想要来和年青的人谈话，那么今天是一个机会，而且，好的机会。但是，不成，时间的匆忙，心力的疲惫，事情的棘手，尤其是在思想上，这么样的棼乱，所以啊，所以今天我是空了两手而来。

说是学术演讲，不仅是当不起，而且也没有这般的胆大。算吧，就算是谈话，原说我是很想和年青的人谈话。

是在印度，有一种红心白瓣的小花，她们开放在树上，美丽得确要使人陶醉。可是，那花非常有意思。每到东方发白，园里充溢着朝气的时候，花便一朵朵开始别离故枝飞落在芳草地上。落叶缤纷，够多美妙的诗的境地呀。为此太戈尔学校里的女生们，起早把拦着篮子，大家争先恐后地盛着，不久花是满篮了，你我他都得将落花投掷在一位诗人之前。本来诗人跟文人的职务，是在鉴赏自然，领受这渗透在晨光与甘露中的花的香氛，一滴一滴汇集来，来贡献□文化。

这简直是不可能的，在现中国的这样环境之下，那得来如

1 载上海《新闻报》副刊《学海》1929年4月14日、15日第545期、第546期，署“徐志摩讲”、“陈伯吹记”。文末陈伯吹附记：“徐先生忙着筹备全国美术展览会，这篇东西他是没闲一看，所以有记错的地方，要求徐先生给我一个宽恕。”原刊文为句读形式，标点符号系本书编者所加。

许美妙？那得来如许休闲？谁又能去接近那晨光朝气呢？于是生活素中当然的不能□实。啊，要我把来怎么谈呢？实在我是不能想谈什么呀。是的，我曾去过欧美，真有些门外谈屑。现在就谈印度，再，在可尊敬的诸位青年前，又是这样的一个好机会，要把我内心常常存在的一些，呈献给诸位。我不久才从印度归来，印度的种种，印象于我特别的深刻，似乎永远不会忘掉那样。上周太戈尔先生来到这地过往的印象，不自觉地重又涌上心头，多了一度回忆。这个也许是我今天不得不谈印度的一个理由。

印度我已不止谈过一次，在旁的地方，我们要清楚地认识印度，是。

再没有一个国家，再没有一个国家的文化如此的巍峨，像印度样地。一千年以前，为了交通不便，为了关山阻隔，使中国与印度的文化缺乏了沟通的机会。固然这是一种遗憾，然而终于我们的玄奘去了，诚如《西游记》上描写着的“九九八十一难”那样难。可是长途跋涉的代价，到终被酬偿了这部庄严灿烂的佛教史。所以依历史地位说，中印早有了关系的，早有了友□的。此次我去了来，亲切地感到，“中印是兄弟国”。我在那里如归故乡，丝毫不感觉到异样。如果有人这么说：“印度是亡了国的。”啊啊，那是他对于印度全然没有了解认识。印度是无国界的印度，此点得要认清。本来是我们对于印度的观念，异常的空泛抽象。没有识过字的人，他们的意识中“印度时佛国”，这诚然是笑话。但是呵，所谓有识的人，他们研究印度，便以头绕红布的“红头阿三”为对象。这那可行？

虽然阿三头上有一块红布在，可是在红布上是找不出真的印度的，好比坐井观天那样地探求天。在这里，敢说，或者武断说“世界上的民族，能以兄弟的亲切来对待中华民族的，唯有印度人”。

诸位是没有看见过，要不是想到印度去的话（怕大家也没有这个动机），偶然的，一个印度人遇见一个英国人，或者是一个法国人，立刻神经紧张，血液腾沸，一种仇视的表现十二分的明显。然而我者番去他们那里，他们的热烈的欢迎，比如欢迎一个兄弟的归来，从一个远的地方。这是自然的流露，纯情感的，于他们是无假装的可能性。特别是一般青年，极要与我结识谈天。啊，他们一样的与我们沐浴在革命之高潮中。最是可感激的，他们对着我们的国民革命，成功的祝福，同情的给予。当去年我们国民军北伐时，很多的热血的勇敢的青年，要组织红十字队来救护我们的受伤的革命战士。可是呻吟在英帝国主义铁蹄下的印度人，毕竟不能实现这种圣洁的工作（往往像这样的消息，住在这里的我们是不能知晓）。我们年青的人，应该于历史上、地理上去认识印度，要认得清清楚楚的，同时印度对于我们的好意，也要收受起来。

文化，印度民族的文化，它的精神的愉快是显著得很的。不比欧美的极物质文化的烦恼，不能领受自然的伟大与崇高，至于使人没有多量的生命力、活动力。说到文化，我们不妨用譬喻说，谁都知道树木是有根的。根，吸收土壤中的营养分，然后滋长发荣。同样的，文化也有根。什么根？依我的见解，有二：

其一，自然的根。这话怎么讲，就是说棕榈等树只能适合于热带的生存，温带自有温带的植物刚好在温带之下长生。天时、地理，给予他们各个的影响，这是自然的。为了自然的影响各有各的，于是印度有印度特有的文化，中国有中国特有的文化，俄罗斯的，法兰西的，各有它的特点，这又是很显明的。可是其他的文化，却决不能如印度这般的高超玄妙。住着温带的人，忙于生活问题中的衣、食、住，一大半的精力与时间便这样浪费去了，而这些衣、食、住于印度人却完全不成问题。这不是说印度人可以不穿，可以不吃，可以不住，比较的他们易容[1]得多了，衣只要裹着一条布就够了。这里有一个证据，甘地曾提倡每人自己织些布来穿，试问这里的人可办得到？食自然食粮是人生重要到再重要□□的东西，而且我们一到冬令，须得吃脂肪质的肉类。印度人则不然，他们全民族除回教徒外，都种着蔬菜吃。住一阵的雨过去了，树木分外显得嫩绿，清凉的意味分外觉到爽快，并且雨是洒不进这荣茂的林子。绿林中架着一个白幕，这种住居多么舒适，多么富有诗意。自然的现象既美妙到如此，生活的条件又单纯到如此（生活相对的不受物质支配），一方面思想自然而然地高超了，一方面尽有时间及精力去向文化的路上走，所以印度的文化自然得可爱。“自然”，怎的可爱，又可用来一个比喻，盆子里的花木，虽或很整齐，很均匀，但是到底是病态。看野外的高树，几多的自然而有生气。

1 “易容”，疑为“容易”之误。

其二，文化的根。一个文化里，自然地包含许多原素，又自然地具备一个大原则。这个原则，要永远地保存，却要永远地革新。若然，文化就有蓬勃的气象了。换句话说，孔子在过去的时代中，他的功德是不可磨灭的，然而现今的批评家，大肆攻击。固然忠孝在当时某种情景之下，的确可以激发人们的精神，如今是不合潮流而失却生命了，但反过来说，文化的真精神，要自己产生去，发扬去，创造去，要有一个鲜明的特质。中国的文化很危险，一直到现在止，从封建制度成功那时候起。所谓文化，狭义的说，是全民族中极少数人员负责，而念书人的智识阶级，完全与自然隔离，深居简出，不接触一丝的阳光，这毕竟太“城市化”了些。改革是需要的，却决不能全盘的放弃了而模仿。这里可以借用西洋的一个故事来说明，“泼去浴盆里的洗澡水，连一个在洗澡的小孩子也摔了出去”，岂不是成了笑话？在印度承受了帝国主义的重压，要比我们□多吃苦些，但是他们的文化，依然异常的充实，富有生命的活力。这不是什么，他们的文化与自然紧紧地拥抱着的。

印度，而今也正在革命过程中进行。不过提起“革命”两个字，立刻大家会联想到“苏俄”、“中国”、“土耳其”，再也不会有“印度”二个字的印象在脑膜上。然而呵，他们同样的与我们在积极进行，或者要说更积极些。只是在重压之下，仅能活跃于内在的心里，而绝对的不容于外现，这是事实。其实酝酿愈久，爆发愈烈，将来的收获是可以乐观的。

革命，甚一种解释，是人生经验的集合而感应于内在的心，同时在某种情景之下产生一种反抗——心的活动。真正的革命是要在生活的血液里起着变化，极端的破坏之后，演化出一个新的花样。好像孩子们要的万花筒，一下子翻倒过来，换着一个新鲜的奇异的美丽的花样，是破坏的，却又是创造的。革命是够多么伟大。

我们莫要把来忘了，世上在南方的一个印度，在北方的一个苏俄（似乎现在要谈苏俄，很有些忌讳，但这不是学者应有的态度，虽则鲍尔希维克主义[1]是我们极端反对的。最近一位美利坚的老哲学界杜威氏，他去了苏俄来，曾有过记载。这记载我正在翻译，反正大家将来都可以看到。我想他是有了经验的，还有了好的学问，当然他的话也是有了相当的价值的，而他的意见恰和我雷同。他老人家说："苏俄此次革命，至少在历史上有重大的意义，相当的位置，深刻的教训，就是社会上的现象，也不是浮泛的。"不错，在美国举行美术展览会的时候，苏俄的出品不仅是质的美满，量的方面更有一个可惊的数目。这也足够证明他们的人口活动的活跃）。这两个国家的革命，所采取的方式恰恰相反。一个是暴动，把所有的全都打倒；一个是内热，把所有的情绪在紧张，在冲动。不久的未来，印度的革命，也会开始外现，而刻画着一个明显的轮廓给世界上的人瞧，而且他们的革命是彻底的。原来革命的目标，换一句话说，是革命的效能，在解放个人灵性的自由。民族是同样的，而印度正需求乎此（政治的革命，在革命中占据小的一部分）。

在他方面说，印度有着高贵的文学家太戈尔，有着可敬的

---

1 今译布尔什维克主义。

社会学家甘地，有着惊人的科学家抱斯[1]……于祖国都有着努力的成绩，现在还不断地在努力，要使祖国放出异彩之光，照耀整个的宇宙。值得佩服的，他们能在帝国主义宰割之下去把固有的文化保存发扬。更值得我们礼赞的，印度民族中尽有宗教的不同，言语的不同，甚至族类的不同，但近百年来感受了外侮的耻痛，觉醒了民族的意识，认识了民族的地位。不论太戈尔、甘地是印度某一个地方的人，而全印度的人却一致拥戴他们，把来当作印度民族的代表，印度民族崇拜的征象。一个民族有了共通标准的人物，一切的一切，是易容上那轨道去。现时期的印度，正在初期革命的印度。

又许多的印度革命青年们，怀着满腔热血，眼里闪动着泪光，整天在英人严密防范之下进行革命的工作。等于我们去年“五三惨案”时的大流血后的大活动，今年已有好几次了。据说有一个青年，为了革命而连续的过了十六年监狱生涯，今天出狱，明天进狱，不能不说有着大无畏的精神。他们极盼望我们中国的青年与他们携手合作，要叫碧眼儿瞧瞧东方民族的颜色。最重大的一种使命，要叫亚细亚的民族一个个站起来。就是这么老的年已七十的太戈尔，也还在东奔西走，为着祖国，为着友邦，为着弱小民族。一次，他曾在南洋群岛的一个华侨的场合中演说，“非得认识自己祖国的文化不可，非得使祖国站起来不可”。他伤心大半的华侨都“马来化”了。当英国派印兵来华时，他竭力宣传，“印兵不能去，更不能去在一个兄弟之

1　即 Jagadish Chandra Bose（1858−1937 年）。

邦”。

话说完了。我们的天职，在要使有那么一天——交溶各民族的文化，而结晶全世界的崇高的文化。青年们，这是我们的职责。青年是可爱的，老年是可怕的。这又为甚？为的是老年进于固定的状态中去，全部的给习惯支配了，不如青年的有创造性，灵动心。啊，活泼的童心，伟大的宇宙，这才是青年的家产。童心，即到了老依然是永远的青。话太拉杂了，原谅。

一九二九，三，二五，于大夏。

# 在全国美展闭幕典礼上的演说[1]

此次美展会浅显的说是空前，深意的说是开展美术的起源。余信此次美展与国史美术史有光荣的，会之本身的成绩是另一问题，然朝野合作的精神，固不易磨灭。吾人要倍养此好精神，来谋更进一步之努力。忆最初预算本会经费二万元时，当局对此，多相视而笑，似乎对此二万元有极重大之困难，然整百千万之军费又如何？吾人闻之，不无惘惘。此虽有特殊情形，固当谅能，而此会实现之不易，可以知矣。考古希腊用民众政治，雅典城所用经费由艺术家及人民共同商配，故希腊得保存文明至今。至如苏俄，彼对于艺术教育、艺术事业尽力的提倡，使革命有创造性。关于博物馆，在莫斯科一处有六十余所，所谓谋民众美术的设施则如此。所以鄙人希望吾国美展不仅年年开，每季开，处处多开，如长江小孤山、南京莫愁湖、杭州西湖等，都应使其成一美区域，而又多美术事业机关以作广大之施展，以美代宗教之说，完全以感情为重心，又固然要以体躯活动，更要以精神辅助。吾人认为最重要的，须将美成一力量，渲染到生活上。

1 录自《全国美展闭幕典礼纪盛》(上海《申报》1929年5月3日第20156号)。据载，1929年5月1日上午，全国美展会在新普育堂大礼堂举行闭幕典礼，马叙伦、孟寿椿、岑德彰、褚民谊、叶恭绰、徐志摩等先后演说。题目和标点符号系本书编者所加。

# 太戈尔在上海各团体欢迎会上的讲演[1]

余青年时代之光阴，多半消磨于印度恒河两岸，常日默坐河畔，在野鸭群中，得心灵之感觉，而一生诗歌思想，亦均从自然中得之，故见山水花鸟，都觉十分自然。若令于正式会场，当众演说，则恐不能自然将所蓄意思，尽情宣泄耳。余最初对于中国之感觉，实于印度大戏剧家嘉利达[2]之剧中得之。盖其中有一场，以风飘旗帜，流苏动荡，而此流苏，即为中国制品。在此种含有诗意之感觉中，即得中国文化极深之印象。中印两国，本有极深之关系，佛教自印度传来中土，即为中印两国文化互换之机会。印度以自身文化作礼品，赠诸中国，中国乐于接受，此种伟大的、牺牲的、包罗万象的精神，充溢于东方，因而造成东方伟大之文明。至余此来，实受一种感动，对于中国目前处境之危险，事端之纷繁，人民之痛苦，均所深知，每为祈祷，希望得安然度此难关。余之来也，非旅行家，非传教者，实为求道而来，故余所携，惟敬与爱。余至中国，

1 录自《太戈尔欢迎会记》（上海《申报》1924年4月19日第18368号）。又见《沪团体欢迎太戈尔大会记》（天津《大公报》1924年4月22日第1张）。据载，1924年4月18日下午，泰戈尔在上海宝山路商务印书馆图书馆会议所讲演，“由徐志摩翻译”。题目和标点符号系本书编者所加。

2 Kālidāsa，今译迦梨陀娑，约生活于5世纪，印度古典诗人、剧作家。

如居古庙，每觉背后有无数牺牲之精神，因得成就如此伟大之文化。惟世界日趋于败坏，故吾人在任何地方，均得见彼死笨无生气之痕迹，而予吾人以无限之创痛，即如余来上海，在城市间固未曾得见丝毫足以表现中国文化之精神，此诚深以为憾。野草支蔓，损及田禾，此种现象，实所痛心。中国文化因物质文明而被创，犹之魔鬼展其破坏之舌，尽吞我生命之涎，欲不哀痛，又乌乎可？以言文化与物质，则如谷粒比钻石，谷虽不如钻价之巨，而其真价值乃远过之。物质发达，真趣消失，将来世界，恐徒见闪烁死的光彩，欲觉生的物类，且不可得，即如印度恒河，固世界有名之大河，两岸风景，幽美绝伦，今则烟突林立，机声盈耳，自然真趣，消失无遗，每为之唏嘘长叹，惟吾人既生人世，不能完全脱离社会，物质文明，亦未尝无所用。余之所言，盖因物质文明在人生历程中所处位置，颠倒乖乱，遂造成无限之恼闷。余非政治家，亦非外交家，不过一纯粹之诗人，只知心有所感，尽以告人。见兹中国文化，被物质所迫，濒于危险之境，不得不据实以告，深望于人人心中，引起反抗的精神，以维护东方固有之文化，而此种工作之具，尤非牺牲不可。

# 太戈尔在南京东南大学的讲演[1]

余乘轮溯扬子江而上，于昨夜月色朦胧时，登甲板瞭望，沿岸风景，依稀莫辨，于村林中窥见两三星火，回顾船上乘客，多入睡乡，鼾声大作，因发生种种感想，觉得世界上现时未普遍的光明，就等此村林中之星火，社会上乏清明的感觉，就等此乘客中之酣眠。及船近金陵，晨光熹微，鸟声杂树，无数帆船，顺风直驶，稳渡中流，又觉得此种光明浩大现象，即将来世界人类，经过混沌状态，由牺牲奋斗所得结果之比例。就亚洲民族特性及进化史观之，文化事业伟大的建设，不但并不觖望，而且希甚望大[2]。溯上古时代，猛兽为患，人类几难生存。迨智识渐次进化，运用灵明之脑筋，主宰一切，学术势力膨涨，野蛮势力，乃自然淘汰。今世界障害文化之恶魔势力如猛兽者甚多，排除责任，在于青年，排除方法，不在武器，当以道德势力，精神势力，相团结，发挥伟大之感化力，以贯彻人类和平亲爱之主旨。近世文明，专尚物质，并不为贵，亚洲民族，自具可贵之固有的文明，宜发扬而光大之。运用人类之

---

1　录自《太戈尔在宁讲演纪》（上海《申报》1924 年 4 月 22 日第 18371 号）。据载，1924 年 4 月 20 日下午，泰戈尔在东南大学体育馆讲演，“演讲历一小时余，讲毕由徐志摩登台译述”。题目和标点符号系本书编者所加。

2　“希甚望大”，疑作“希望甚大”。

灵魂，发展其想像力，于一切文化事业，为光明正大之组织，是则中印两国之大幸，抑亦全世界之福也。

# 泰戈尔在济南教育界欢迎会上的讲演[1]

今日诸君得听最可爱、最可敬之老人恳切沉痛之演说，谅必十分安慰。鄙人亦即大胆为之翻译。老人开口谓：我们可亲爱的兄弟们，余今日得与诸君相见，心中甚觉欢喜，不过最痛心者，既不能用印度话演说，又不能用中国话演说。昔日中国与印度，关系最深，其媒介为佛学，自印度佛学输入中国后，遂在释家文化史上，大放光明。中国自汉代而后，各种哲学，无不受佛学之影响，佛学入人之深，亦非他种学说所能及。现在虽已有不适用者，有须修改者，然融会贯通，责在吾人，不能因噎废食。余之主张，为敬与爱，但余在上海讲演后，有出传单登报反对吾之学说者，其措词为余系主张无为，反对物质主义者，实为最堪痛心之事。譬如混沌未开地球未产出时，原为一团恶浊大气，日月光明，不能侵入。今日吾等处物质主义、武力主义之下，犹之在恶浊大气中，不见天日，备受摧残，但余相信，物质主义、武力主义，决不能永远存在。吾辈

1 录自《济南教育界欢迎太戈尔》（上海《申报》1924年4月24日第18377号）。又见《泰戈尔过济盛况补志》（天津《大公报》1924年4月25日第2张）。据载，1924年4月22日下午，泰戈尔在山东省会议场讲演，"演说约四十分钟，系用英语。太氏讲完后，休息五分钟，由徐志摩当众翻译"。题目和标点符号系本书编者所加。《大公报》本与《申报》本在文字上有较大出入，兹附录于后，以供参考。

之敬爱主义，终有昌明之一日，余立志与物质主义奋斗。诸君如肯相信，余最感激。再则，余在杭州时，有人赠吾石印一，上刻“太戈尔”三字，余心中大觉感动。余并非宝重区区方寸之石，所喜者为此后“太戈尔”三字，将留印于一部分中国人脑筋中。

附：

亲爱的朋友们啊，我爱你们的热烈欢迎，心中非常的感激，非常的喜悦。大家之所以欢迎我，大概是因为我可以代表印度人。中印之间，文化上有一种很深的关系。佛教之传入中国，即如印度文明传入中国之一大关键。印度与欧洲各国不同，没有强暴之武力，没有侵掠的政策，只有爱与文化。自从印度的文明传入中国，两大民族之间，譬兄弟一般，已发生一种不自觉的精神上的关系。今天我演说所用的语言既非印语，又非中国话，用的乃是英文。这语言上的隔阂，乃是一件最疼心的事，而诸君犹很热心的来听敝人演说，由此可以证明我们有一种不自觉的了解，譬如天上的月亮，他照在水上，地上，树上，虽然无一语，而水也，地也，树也，与月亮有相互的自然了解与同情。我在杭州的时候，有位朋友送给我一颗图章，上刻着“泰戈尔”三字。我对此事很有感动，可以使我了解人的名字与社会里的关系。印度小孩降生之后，有两种事要紧：第一要与他起个名字，第二要给他少许的饭吃，然后这小孩子便与这社会上发生了不可磨灭的关系。我这图章上刻着中文名字，头一个字便是泰山的“泰”字。我得此后仿佛就有权利可以到中国人的心里，去了解他的生命，因为我的生命，是非与中国人的生命，拼作一起不可。我在上海时，也曾有人撒传单反对我，说是方今正在以物质文明相竞争时代，忽有人专讲精神未免过于迂腐。他不知道物质文明，已发生了极悲惨的结果，惟有这人道主义与普遍的爱，可以降与人间幸福。现在之怀疑神灵之说者，殊无充足之理由。方世界未成立之前，空中纯是大气弥漫，那时谁信有日月星辰，而太阳光终能发现，朗耀世界。现在神灵尚未昌明，譬如宇宙之在混沌时代，将来精神世界定可打破黑暗而光照全世。我之所说他人信从，我固欢迎，他人不信，或反对，我亦不为动摇，当坚持不磨作永久之宣传。

# 泰戈尔游杭之感想[1]

余今日在此，未尝自知为演讲人者，因余对于演讲，素不愿为，以非演讲家也。兹承诸友热忱待遇，必欲余立此讲台上宣言数语者，实余之不得已也。 顾余所以至杭，为羡慕西子湖畔之胜景，睹斯山水，加以研究，实与余偕之山水有同一之容貌，具相似之音调焉。以外观论，世上形形色色，无分别之足云，鸟鸣兽啼，同一情也，但余想念及此，当产生一种疑虑焉。吾人睹此，多有不能了解者，人与人之语言何以不能相同？不独此也，彼此时生误会，不能以肝胆相见者，于是中心藏之，不知何术以舒快之，以了解之，实一疑问也。余至西湖之灵隐寺见飞来峰有二雕刻和尚，系昔日由印度输入中国者，是可知当时印度文化，灌输于中国矣。然此乃表形上事，若以内容言之，盖予已感想于印度之一部。而北飞来峰者亦授吾以一点不磨灭之思考之结晶，询与印度之飞来洞，若出一辙，是亦具征人心之相似一致耳。飞来峰上有形如童子手掌之一物，更如我印度当初代表人类之所为者，盖使予觉予之知识与昔人同。然予此来，固含有一点使命，有不可蜕脱之关系在，故既

1　录自《印度诗圣与飞来峰上之雕刻》（《晨报》1924 年 4 月 22 日第 1852 号）。据载，1924 年 4 月 16 日下午，在浙江省教育会演讲厅，“泰氏登坛讲演，由徐君翻译”。题目系本书编者所加。

来此，当盘桓若干时日，愿求近世文化之进步，而授之国人，使中印两大民族，彼此衔接，互相热爱，而吾人最大之关键，则必由光明途径上行之，今日乃其时矣。世人目光，以为近代交通便利，科学发达之功也，然而正所以为吾人之改造耳，科学虽进步，而不能与我有切实之使命者，则含辛茹苦之时更多，抱愁怀忧之日更甚矣。彼大好湖山明媚春光，吾人遇之，其乐无极，而有时不合吾意，则一变而为愁云惨雾者，亦此物此境也。然则余之来游中国，征尘仆仆，不知者以为寻乐，知我者又当如何邪？精诚所感，固无往而不利，吾自省尚非徒求有形之行踪而柔远怀忧，亦为吾人应有之思想焉。今日文明时代，吾人发生无限意见，以与此世界潮流相沆瀣而求诸一己者，首在明晰，特吾观于万般万类，焉能穷彻底而无憾耶？为国人者对于民族之精神如何，地位如何，亦有未尽了解者，彼灵隐所刻画诸模型，曷尝具有异想之色彩，但思之重思之，则颇表示一人类文化之使命焉。是故吾人当以毅力应付此五浊之变迁，乃为人应用固有之努性，而后求其所得，或可如愿以偿。吾亦甚望中印两大国，彼此益复交通，温故知新，五洲民族之大源，发展至于无极。昔者有多数印人，漫游杭地，惜花爱月，乐山玩水，过此则脑球中仅仅留一丝之印象，未尝稍虑其文化与进境。其游行也，第昙花一现，暂饱眼福耳。余之此来，慕其景而重其境，不觉有无限之感概，睹斯造作，瞻仰风味，大可以动吾心者，即此人类一致之精神也。而欲达消弭种种之冲突，诸凡之谬见，非养成互相援助之美德不可，否则自绝而绝人也。印度无海陆军可以自治，无政治能力可以自为，而此弱点中，求其不可埋灭者，惟此灵犀一点耳，舍此更无他求矣。是故余之莅中华，为爱中华也。爱中华者，欲期此二大民族得以相将相助，无鲜介强制之念，存乎其间，斯已慰矣。吾亦甚望中国人民尽为吾之良友，他日群起欣欣然以来临吾印，得一就印求学之良机，并希有国际大学产生其中，以供多数国人研究人类应有之知识，达到共同协助之幸福焉。虽然，以近世环境观之，殊觉可悲可惧，故余不自量，当大声疾呼而言曰：人类精神之一致，不以彼此之隔膜而有障碍也。余一作无他，惟灵隐中似觉有一种伟大之改造，犹如暗窟中呼之而出者，如此声浪，亲密无异吾父。谓我二大民族从此咸在此声浪中，遵是途以行，打破其故旧之习惯，而完成其善良之结果，固余属望者也，吾挚□之华友乎！余行矣，愿各勉之！

# 泰戈尔在北京雩坛的讲演[1]

吾今日受诸君热烈之欢迎，使吾心中大为感动。盖诸君今日所以欢迎吾者，乃以亚洲民族和平亲爱之精神，及基此精神所发之和声也。吾今所欲告诸君者，为东方文化与西方文化不同之处，及吾人对于东方文化之希望。诸君须知吾亚洲人士受西方人士之压迫，已非一朝一夕，然彼等所用以压迫吾人者无他，体力及智力而已。吾人受西方人士过度之压迫，几自忘吾人所已有之位置，以至西方人士来吾人之亚洲，吾人竟不能以主人之资格欢迎之。吾人不知吾人家中所藏，究有何物，更不知在此家藏各物之中，究竟何者足以为欢迎西方人士之瑰宝。以故对于嘉宾，遂不能有所贡献。然究其实，吾人并非无宝藏，足以结好嘉宾，乃恋眠未醒，不曾正眼自顾其宝藏耳。唯是今吾人有以结好嘉宾之期不远矣。盖人类乃分期进化者，今吾人已进化至于第三期也。吾人历史之初期，为洪水猛兽时代，在彼时人与洪水战，又与猛兽之爪牙战，以争生存，虽吾

1 录自《泰戈尔对京学界演说——东西文化之不同，吾人前途之光明》（《晨报》1924 年 4 月 29 日第 1859 号）。又见《纪泰戈尔之雩坛演说》（天津《大公报》1924 年 4 月 29 日第 1 张）。又见《太戈尔在先农坛之演讲》（上海《申报》1924 年 5 月 1 日第 18380 号）。据载，1924 年 4 月 28 日下午，泰戈尔在北京雩坛内之东坛讲演，“约历一小时之久”；“泰氏演毕，休息十分钟，由徐志摩简单译其演词”。题目系本书编者所加。

人之力，不如洪水猛兽，而吾人因有脑力之故，遂卒战胜之。至于第二期，则为体力智力战争时代，体力智力强者，遂征服其较已为弱者。今西方人士，正到达于此时代，故彼等所以用为征服一切之具者，均不出于此智力体力之范围。唯吾东方人士，则已超过此时期矣。吾东方人士今已到达于第三期，吾人已霍然醒觉，知体力智力征服之世界而外，尚有一更光明，更深奥，更广阔之世界，吾人于黑暗寂寞之中，已见一导引吾人达于此光明，深奥而广阔之世界之明灯，唯吾人如欲到达此世界，则吾人不可不知服从与牺牲，乃吾人到达彼世界之唯一阶梯。吾人欲得最大之自由，则必须能为最忍耐之服从。吾人欲得最大之光明，必须能为最轰烈之牺牲，何则，服从之后，即自由之路，牺牲之后，即光明之灯也。吾人往者如未破壳而出之雏鸡，虽在壳中，亦非无光明。然其光明乃极小限度之光明，必须破壳而出，乃获一更大之光明。而此日之吾人，即已将破壳而出之雏鸡也。世人对于吾人——譬诸雏鸡也，固多疑为不能破壳而得最大之光明者。第吾人则自信必能破壳而出，且到达于真理之最深处。唯吾人尚须有一度之大牺牲耳。牺牲自普通人观之，自是损失，但以吾人所知，则损失初不外肉体之损失，而肉体虽受损失，精神则不受损失，且可因此大损失而得一大利益，此利益维何，即使吾人得以到达最光明之世界是也。总之，未来之时代，决非体力智力征服之时代，体力智力以外，尚有更悠久，更真切，更深奥之生命。吾东方人士今日虽具体已微，然已确有此生命矣。西方人士今固专尚体力智力，汲汲从事于杀人之科学，借以压迫凌辱体力智力不甚发达者，即吾人亦尚在被压迫之中。但吾人如能为最大之牺牲，则吾人不久即可脱离彼等之压迫矣。此次吾至中国，吾深感中国乃一至奇异之国家，中国有如许绵延不绝之历史及伟大悠久之道德，而其道德又适为牺牲之道德，恰如吾人想像中之一国家。此为吾最感动而欣喜者。而今日诸君之热烈欢迎，则尤为吾之所感谢不已者。

# 泰戈尔对北京青年的第一次讲演[1]

余年虽长，余之须发虽白，然余非腐朽时代精神之代表，余之革命的精神，犹昼夜不息之流水。余不为不知老之将至，抑且自视为一活泼之幼童焉。余以一八六一年，生于印度之阪格耳，盖一非常之时期。斯时宗教文学界等，皆呈新旧互相冲突之势，思想界极为混乱，于是遂同时产生三种之革命运动。一曰宗教运动，二曰文学运动，三曰国民运动。关于宗教运动者，以当时宗教界所受种种压迫及束缚，已到必须爆裂之时机，有类乎江河之淤塞，不能不加以疏濬，于是阪格耳人乃起而疏导之，务使死水化为活水，解除一切束缚而到达于新时代，其为此运动之中心者，则为吾父等。至于文学之改革运动则为吾为其中心。吾自能握管为文，对于文学，即抱革命的思想。我以为为文学不宜受任何规则之束缚。一受束缚，即失去文学中之真我，而文学中之诗，则尤须有真我，其价值乃能存在。故余之于诗，遂毅然决定，不问形式，不守格律，另创一在表现真我上最为适宜之文体，以表演之。世人虽多反对余之剧烈改革，然余因发见一前导之灯，知向此而行，必无迷途之

1 录自《泰戈尔昨天讲演纪略——述其运动文学革命之经过》(《晨报》1924 年 5 月 10 日第 1870 号)。据载，1924 年 5 月 9 日上午，泰戈尔在北京真光影戏院讲演，“演毕休息十数分钟，又由徐志摩为之翻译”。题目系本书编者所加。

患。且以文学为表演吾人之思想者，吾人于既已进化之后，自不能适用在吾人未进化之前，用以表演吾人思想之文学。故彼等纵以吾之所为为儿戏之一种，吾则仍从事创造吾所认为适宜之文学，以开发吾人之灵泉，绝不生灰阻之心。厥后卒因吾之不折不挠，而幸告成功，不唯阪格耳之文学风气，为之一变，且予世界文学界以极大之影响矣。又次为国民运动，此运动为抵抗英国之压迫而起。当时是，印度所受英人之政治的压迫，及经济的压迫，有无以复加之势。无论何人，均呈惶惶不可终日之状，于是皆思求所以免除此种压迫之痛苦者，而反抗英国政治的革命，亦随之而产生矣。吾生时即值此重要时机，故吾所造就者亦特伟，吾者已发见一光明之路，殊愿引今日与会诸君，同向此光明之路而猛进。吾以为一人可析而为三，一曰肉，二曰心，三曰灵魂。肉为最无关重要者，心次之，灵魂则为吾人生命之源。生命之在地球，恰如流水之奔江河。流水之奔江河，过去之水，非即今日之水，又非明日之水，固源源而不息，故亘万古而常新。生命亦然，乃进化的，非呆滞的，故吾人必须有革命，必须日日新，又日新，然后此生命乃成为活泼泼之生命。唯吾之所谓新，非新其羽毛之谓，乃探吾灵窟，抉出可以永久存在之新生命，使之趋于神明之路之谓。盖徒新其羽毛，则为肤浅之新，暂时之新，仅能成一现之昙花，与吾人灵魂之永久存在问题初不相关也。于此有为吾人所必须注意者，则为舍旧维新之方向是也。吾尝至欧洲，欧洲人之衣短，吾人之衣则长，欧人不知衣之长短与人生之永久与暂时也，遂讥不与彼相类之长衣为野蛮人之服饰。虽然，此大误也，吾人所必需者，乃灵魂之修养，非肉体上之供给。且吾人须知彼欧人之所谓文明野蛮，乃以机械之精良与目为标准者。试问目下之机械专制时代，果适合于吾人之要求乎，吾敢断言之曰，是不然。文明之发展，决非到此即为止境者，吾且窥见一较深较广之世界，已显于吾人之眼历中。此世界即所谓神明的境界，其光明较今兹机械专制之世界，且不能以度量计之。唯欲到此境界，则尚须有所努力，其努力维何，即培养牺牲的道德是已。再质言之，第一期之世界，为体力征服，第二期为体力智力二者之征服，第三期则为道德征服。今欧人文化尚未达到第三期，故在机械专制之下，不唯不知反省，抑且自引为满足耳。

吾之家庭，实一极健全之家庭。吾家人虽有研究宗教，文学，美术，音乐之殊，然皆为革命的，反抗的，故吾家之人，所成就亦甚巨。今窃愿中国亦人人具此革命的反抗的精神，以求万古常新之新生命。

# 泰戈尔高谈佛理[1]

**何　雯**　印度最近佛教及婆罗门教之状况？

**泰戈尔**　印人崇拜佛教，故近今婆罗门教所有之仪式，多已归纳于佛教之中。

**何　雯**　印度九十六种外道，现尚存在否？

**泰戈尔**　派别甚多，不胜列举，然多皈依佛法也。

**何　雯**　世界哲学，莫高博于佛理，中印两国人士，欲发扬东方文化，宜宣传佛教，为世界消除劫难，此意当否？

**泰戈尔**　此意极是，予深望世人倾向为善，互相亲爱，尊重道德和平，俾不致魔鬼以物质的实利主义，破坏我精神上之文明。且魔鬼之所为，实地狱之种子也。

**黄攻素**　素食究于吾人有益否？

**泰戈尔**　予在本土，曾素食二十五年，极能保养健康。后游美国，因种种不便，遂不克守严格之素食。其实肉食极不洁净，每为败德致病之原，故素食实最所主张者也。

**沈钧儒**　此次来游北京之感想如何？

1　录自《泰戈尔高谈佛理》（《顺天时报》1924 年 5 月 18 日第 7246 号）。又见《太戈尔关于佛教之谈话》（上海《申报》1924 年 5 月 20 日第 18299 号）。据载，此为 1924 年 5 月 16 日泰戈尔与北京佛教讲习会会员之谈话，“由徐志摩、邓高镜通译”。原刊为句读形式，标点符号系本书编者所加。

**泰戈尔**　前观纽约、伦敦、巴黎、加尔谷塔、上海等大都会，见皆提倡恶浊知识，人人以牟利为能事，建筑设备，尽物质上之工巧。殊不若北京之自然开化，花草树木，有天然之美观，予极表好感。盖予深望世人反朴归真，生活上力求节俭，重农作而不重工巧，庶不为讲物质实利者所支配也。

**张相文**　我欲发展佛教，使向西方传布，益令东方文明，真有价值，于意云何？

**泰戈尔**　予信真理为一，本无东方、西方之分，故尝劝印度佛教徒及学者，努力向西方宣传教化。予所办之大学院，容纳十数国之士子，即灌输善的知识，振导和平。中印均为世界文明古国，颇望设法结合，一以谋精神教育之发展，一以谋农业生活之安全。有某君素研究农业，将来可请其来华，同时望中国学者，亦多往印度为幸。

**何　雯**　一切科学，出于哲学。哲学固最精于印度之释迦牟尼，彼能解决宇宙中现在未来，又能救拔世人，使了生脱死。现在世界，魔鬼之力正盛，吾人应负救世之责，从事于感化与宣传，将来可组织中印学会，互通声气，请问此法善否？

**泰戈尔**　予此次来华，本有斯意。希望中印两国人士，为精神之结合，共谋发扬东方文化，实最欣福。

# 太戈尔在山西太原的讲演[1]

我（太戈尔氏自称，下仿此）这次由印度来到中国，又绕道来到山西，得与诸位在此谈话，我的心中实在欢喜不了。中国与印度，在世界上都是东方的古国。而中印的文化关系，亦发生较早。所以我到中国来，好像走到了第二故乡。可是东方的中印两古国，到现在都成了被西方物质文明压迫的国家。不仅中印两国，以外许多的弱小国家，都被少数国或少数人压迫着。世界本是无尽的宝藏，世界所有的物产，尽可以供全世界人之享用而有余，近被少数人利用种种力量（水力电力汽力），总而言之，科学的力，尽量的采掘开发，攫为已有，把持独占，作为资本；又利用之以奴使群众，或压迫别的弱小国家。因此使全世界多数人的生活，都沦到水平线以下，他们却

1 录自《太戈尔莅晋演说补志》（山西《来复报》1924 年 7 月 13 日第 305 号），文前有“记者识”：“太戈尔氏以五月二十一日莅晋，二十二日在文瀛湖畔自省堂讲演。听者万人空巷，自省堂竟无隙地。太戈尔氏来时，几无路可走，乃由旁门而入，直上讲台。首由冯教育会长略为报告，即由太戈尔氏讲演，时约三十分钟。讲毕，由徐志摩君翻译。因人数太多，翻译声浪较小，词句多带土音，大半不能明白，所以翌日太原各报，皆未见登出讲演稿之全豹。记者位次于讲台相近，对于讲演大意，自信尚不误会，因特补志于此。但距离听讲之日已久，又未必不无舛错，阅者谅之。”据载，1924 年 5 月 22 日，太戈尔在山西太原文瀛湖自省堂讲演，时约三十分钟；“讲毕，由徐志摩君翻译”。题目系本书编者所加。

大享特享其非分的过分的福。现在说一譬喻，世界上是起了蝗虫，农人们辛苦力作的禾稻，满山满地青枝绿叶蓬蓬浡浡的禾稻，都被蝗虫咬的咬掉了叶，折的折断了枝，噬的噬去了心，那么世界上的强者优者，即所谓世界上的少数人，他似居于征服者的地位，侵略者的地位。世界上的物质享用，几都归他们独占。他们自必可以锦衣玉食修其身，享尽天下无穷之福。但以我推测，如此贪得无厌，以少数人奴使群众的局面，长久下去，于他们未必有利。试看自欧战后，军国主义资本主义之将崩坏，物质文明之渐归破产，便可知道。在这里又可说一譬喻。比如一个母羊，生下若干小羊，本来这个母羊的乳，是足够那若干小羊吃的。可是其中有一小羊，特别恃强，往往把持母羊的乳，不给别的若干小羊吃，自己一味的想多吃。那若干小羊，因营养不足，自终归于饿瘦，或饿死。但那恃强的羊，因吃得太多，或者也要胀死，或饱死。这种局面，如何能永久支持呢？所以我以为人类世界，本来是极美丽的，极和谐的。因世界上少数人的私欲抗进侵略残杀竞争嫉妒，把极美丽的世界，弄得极丑恶了；极和谐的世界，弄得极紧张了。世界又本来是充满了生命活气洋溢的，又因少数人用政治经济的努力奴使群众，压迫弱小民族，把极有活气的世界，弄得死气沉沉，大多数人皆失其有望之乐了。由此看来，我们多数人，凡是被征服的，被压迫的，被失去生命的，都应该联合起来，把本来美丽的世界，还他一个美丽；本来和谐的世界，还他一个和谐；本来充满了生命的世界，拿回我们的生命；并且还须把无尽宝藏的世界，很节俭的使用。俾我们的生命，永久在这无尽宝藏的世界里，美丽和谐的生跃着。我自信我是带有这种使命来到世界，我希望大家赞助我这种使命之成功。

## 恩厚之在山西太原自省堂的讲演[1]

鄙人此次系第二次来晋，而泰戈尔先生之来晋，则系专诚而来。因先生将赴日本，由北京赴日本，本拟取道朝鲜为便，今迂道南行者，为来山西故也。因数年前即闻山西之名誉，想望久矣。今幸得到此，先生非常欣慰，鄙人得侍先生重游旧地，尤为欢喜。鄙人数年以来，追随先生在印度实行与农民合作主义，极有效验，益足证明先生理想价值之巨。甚愿地理人情与印度相去不远之山西地方同志诸君，一致的共向光明大路上走。将来同志渐多，人类一致的觉悟，自足以挞倒现世界之伪文明（徒崇尚物质之文明），而实现人类基础之真文明（精神文明）。愿共勉之。

1　录自《各地政教现况撷要·泰戈尔先生游晋纪盛》(《来复报》1924 年 5 月 25 日第 298 号)。据载，1924 年 5 月 22 日下午，泰戈尔私人秘书恩厚之（L.K.Elmhirst）在山西太原文瀛湖公园自省堂“讲演约半小时，仍由徐君逐段翻译”。题目和标点符号系本书编者所加。

# 国家的组织（National Organization）[1]

今天来到这里和诸君相见，非常欣幸，但恰遇着贵国多难，而又值邻邦不仁善的时候，今天我所讲的题目是国家的组织。现在的世界，是一个非常的世界，自有历史以来是没有过的。由十八世纪起，科学发达，人类生活发生种种新的需要。科学发达的结果是：

1. 人类以太的征服——在一地之内，只要有相当的设备，就可以听见世界各处的声音；反过来说，一个人说的话，就可以传播于全世界。

2. 人类科学的应用——科学发达之后，人类应用科学上的知识，逢山开路，遇水搭桥，把空间和时间都缩小了。

科学发达，政治，经济，社会也都发生了新的变化，产出新的组织。今天所讲的就是关于政治，经济，社会这三方面：

第一，政治方面，政治在人类生活里极关重要。没有政治组织，则经济，社会都谈不到，法律和秩序是社会的基础，尤必依赖政治。现在社会组织，其最大目标，则为组织一个大社

1　载《北京大学日刊》1931 年 10 月 16 日第 2709 号，署“讲演者　牛津大学教授Prof. Adams”、“翻译者　徐志摩”、“侯封祥　笔记”。文末有一段“附白”：“此稿所记，与原意相差的地方不知多少，而遗漏的话又很多。本不足刊载，因章先生廷谦索取，故出之。侯封祥”

会；在这个大社会中无论男女都能得着自由，各个人贡献其天赋才力，以促成社会的进步。

现在的民主政治不是不变改的，这个是进化的。已往之数百年经验，形成种种不同的组织。今日的代议制度，已渐不为一般人所信。但我个人对此，却有不可动摇的信仰。我认为代议制度是随时变化的。国会组织，最重要的，应先团结民众，由地方政府，而造成中央政府；人民才力，贡献于地方政府者，进而贡献于国家。现在国家主义之上，又有更大的国际主义。世界上的国家，现正谋解决国际间的问题呢。

第二，经济方面——我们知道政治是经济生活的条件。反过来看，经济又是政治存在的条件。在经济中最重要的问题为资产问题。有的人主张完全废除私有制，有的人主张维持私有制。亚里士多德谓“私有制是人类到良好生活上的道路上去的工具”(，)可见废除私有制是不容易的事情。私有制既不易废除，我们现在就应该研究如何使资产为人类生活之需要。而不为人类争夺之目标；现在的国家也应该研究如何把资产划分界限，何者为私有，何者为公有。但各国不同，国家的经济情形各异，如何研究，应按着情形去下工夫。现在我提出几点来讨论：

1.金融问题——这在当前为各国最注重的事情。二三年以来，世界上经济，即起不景象。近之为英国之停止金本位制，也足使人注意。中国今日之经济情况，更宜加意研究。

2.交通问题——现在的国家，若没有好的交通方法，随地贯通，那就不能算做新式的国家。

3.农民问题——农夫下种于地，耗〔耕〕耘收获，为多数人食之所仰。农民问题，最近更为学者们所注意。现在的农业生产，已改变数千年之旧法；美国西部之农田有数万亩连在一起者，运用机械，故生产量之加大。在欧洲及中国各部，农业组织仅限于一家。我们现在应研究如何把小农业组织起来，使知运用机械，享受科学上的福利。丹麦对于农业组织，最为进步，已走在我们头前，给我们的教训不少。

在此联带说的就是工艺问题。农业和工艺同时解决，生活才有基础。当前我不知道中国有何困难，一国平时无准备，战时必更无办法。中国工业才渐渐发展，我希望中国工业发展。不要走欧洲各国已往所走的错路。

第三，社会方面——社会组织是要把生活的目的表现出来：不但要安全的生活，而且还要好的生活。在社会组织之中最重要者则为教育问题。希腊哲学家谓一国之好坏，视其教育之良否。教育为社会所重，古今一样。教育是多方面的，有高等教育，有〈，〉职业教育，……总之，教育是对于生活全体负责任的。

为近世纪所最注意者，尚有公共卫生问题。欧战时，各国征兵，才发见一般人身体不好，欧美如此，不知中国如何？注意公共卫生，地方与中央，应共同合作，一国与世界各国也应该共同合作。现在的政治，地方与中央外，民众团体也应该联络起来。二十世纪最大的活动，就是人民自动的合作运动。

附带说的，就是：社会组织无论如何大，还是得靠个人。我们是文明国人，我们的言行，就应负责任；不经验之事，不能轻信。从前爱国的人，谓“只问国不国，不论对不对”。这种态度，到现在就不一样了。再者物质主义，是偏隘狭陋的，我们应把自己的才智贡之于人类社会，勿为物质主义所囿。

# 徐志摩启事[1]

# I

## 下星期，四年级汉译练习

Translation exercise for the fourth year: —

Ah, Moon of my Delight who know'st no wane. The Moon of heav'n is rising once again: How oft hereafter rising shall she look. Through this same Garden after me—in vain!

From Joseph Conrad's "Youth": —

"And this is how I see the East. I have seen its secret places and have looked into its very soul; but now I see it always from small boat, a high outline of mountains, blue and afar in the morning; like faint mist at noon; a jagged wall of purple at sunset. I have the feel of the oar in my hand, the vision of a scorching blue sea in my eyes. And I see a bay, smooth as glass and polished like ice, shimmering in the dark. A red light burns far off upon the gloom of the land, and the night is soft and warm. We drag at the oars with aching arms, and suddenly a puff of wind, a puff faint and tepid and laden with strange odours of blossoms, of aromatic wood, comes out of the still night——the first sigh of the East on my face. That I can never forget. It was impalpable and enslaving, like a charm, like a

---

1 载《北京大学日刊》1924 年 11 月 6 日第 1562 号。

whispered promise of mysterious delight.

## Ⅱ[1]

Readings in Victorian Literature:

Ⅰ—Carlyle:—

Sartor Resartus-Selections in Manly's Prose.

Hero worship: Hero as Poet; Dante; Shakespeare.

Essays: Essay on Burns.

(Everyman's Library series:—Sartor Resartus and Hero worship in one volume; Essay on Boras in Carlyle's "Scottish and Ober Miscellanies.")

Introduction to Sartor Resartus by W. H. Hudson in the Everyman edition.

Essay on Carlyle by Augustine Birrell in E.Rhys' "Modern English Essays".

Wilhelm Meister(Goethe): translated by Carlyle; also obtainable in the Everyman series.

Memorials and Letters of Jane Welsh Carlyle (Mrs. J. A. Frond's Life of Carlyle.)

Ⅱ—Elizabeth Barrett Browning and Robert Browning:—

Edward Dowden: Life of Robert Browning (Everyman)

William Sharp: Life of R. Browning (Great writers series)

Lafcadio Hearn: Study in Browning —"Appreciation of Poetry" (Macmillan 17/6)

Poems of Robert Browning } Oxford Poets
Mrs. Browning }

Also Poems of R. Browning in two volumes in Everyman series with an introduction by Arthur Waugh.

Study selections of Robert and Barrett Browning in the Golden Preasury (World's

1 此部分为徐志摩所列维多利亚时期文学相关阅读书目。

Classics)

Also read selections in the Oxford Book of Victorian Verse; Read especially: —

Mrs. Browning's "Sonnets from the Portuguese" and "Confession";

Robert Browning: —

Rabbi Ben Ezra

Home Thoughts from Abroad

The Last Ride Together

A Light Woman

The Laboratory

Pippa Passes

In a Gondola

My Last Duchess

The Lost Mistress

Ivan Ivanovitch

Abt Vogler

The Bust and the Stature

Home Thoughts, from the Sea

Garden-Fancies: the Flower's Name

Meeting at Night

# 志摩小曼启事[1]

小曼有病，志摩有事，游艺演剧，一概辞谢。

徐志摩　陆小曼同白

1　载《小日报》1928 年 1 月 4 日第 509 期。又载上海《申报》1928 年 1 月 6 日第 19691 号，题为《徐志摩陆小曼启事》，无署名。原刊文为句读形式，标点符号系本书编者所加。

# 昆剧曲词[1]

## 拾画（小工调）[2]

（小生上唱引）惊春谁似我？客途中，都不问其他。

（白）脉脉梨花春院香，一年愁事费商量。不知柳思能多少，打叠腰肢斗沈郎。小生柳梦梅，卧病梅花观中，喜得陈友知医，调理痊可。只几日春怀郁闷，无处忘忧。今早石道姑说，后边有座花园，尽可游玩，为此特地前来。妙吓！果然好个葱翠篱门，可惜倒了半架。不免进去一游。凭栏仍是玉栏杆，四面墙垣不忍看。想得当时好风月，万条烟罩一时干。果然好一座大花园也！

（唱）【好事近】则见风月暗消磨，画墙西正南侧左。苍苔滑擦，倚逗着断垣低垛，因何蝴蝶门儿落合？

（白）吓！原来以前游客颇盛，题名在竹林之上。

（唱）客来过，年月偏多，刻划尽琅玕千个。早则是寒花绕砌，荒草成窠。

（白）阿呀呀！好一座太湖石山子，一霎时竟倒坏了！咦，石底下

---

1 载《上海妇女慰劳会剧艺特刊》（大东书局1927年8月印制），未署名。黄梅生《勘校以后》云："徐先生除了担任编辑外，还做文章，整理戏词。"徐志摩所整理的戏词除《昆曲曲词》外，另有《〈汾河湾〉唱词》。原刊文为句读形式，标点符号系本书编者所加。

2 昆曲《牡丹亭》选段。

是甚么东西，待我拾起来看。吓！原来一幅小小轴儿！不知甚么故事在上。吓！原来是观音喜像！善哉吓善哉！也罢，待我捧到书馆中焚香顶礼供奉，强如埋在此中。有理吓有理！

（唱）【**千秋岁**】小嵯峨，压的这旃檀合，便做了好相观音悄楼阁。片石峰前，多则是飞来石，三生因果。请将去在炉烟上过，俺头纳地，添灯火，照得他慈悲我。俺这里尽情供养，他于意云何？

## 叫画（六字调）[1]

（小生上白）待我细展开一看。阿呀！好庄严法相吓！

（唱）【**二郎神**】能停妥这慈容，只合在莲花宝座。咦为甚独立亭亭在梅柳左，不栽紫竹，边傍不放鹦哥？

（白）原来不是观音。

（唱）只见两瓣金莲在裙下拖。

（白）是尊嫦娥。呸！不像吓。我想既是嫦娥呵！

（唱）并不见祥云半朵。嗳也非是嫦娥。

（白）既不是观音，又不是嫦娥，哙难道到是人间女子不成吓？哈哈哈。

（唱）这画蹊跷，教人难揣难摹。

（白）啐！只管胡猜，帙首之上有小字数行，待我看来。近睹分明

1 昆曲《牡丹亭》选段。

是俨然，远观自在若飞仙。他年得傍蟾宫客，不在梅边在柳边。吓！原来是人间女子的行乐图。呸！何言不在梅边在柳边？嘘咻，真乃奇哉怪事也！

（唱）【集贤宾】蟾宫那能得近？他怕隔断天河。

（白）阿呀美人吓！想你有此容貌，怕没个好对头。

为甚傍柳依梅去寻结果！

（白）想天下姓柳姓梅，却也不少，偏是小生叫柳梦梅。论起来梅边小生有分，这柳边小生亦是有分的。

喜偏咱梅柳停和。

（白）咦这美人的面庞，熟识得紧，曾在那里会过一次？一时再也想不起了。

我惊疑未妥，似曾何方会我。

（白）吓我想起来了！去春曾得一梦，梦到一座大大花园，有株梅树。梅树之下，立着个美人。额哪哪哪，正是这个面庞！他对我说："吓！柳生吓柳生，你与俺有姻缘之分，发迹之期。"唔，可是你说的？你说是也不是，说嘘说嘘哟！

（唱）你休见左，敢则是梦中真个？

（白）待我来细细认他一认。咦，这美人却有半枝青梅在手？看起来兀自提掇小生一般。

（唱）【莺啼御林】他青梅在手诗细哦，逗春心一点蹉跎。小生待画饼充饥，姐姐似望梅止渴。未曾开半点么荷，咦他含笑处朱唇淡抹。

（白）咦，看美人这双眼睛，好不顾盼小生。小生走到这边，是看着小生。小生走到那边，哪，又是看着小生。阿呀美人吓！你若见爱小生，何不请下来相叫一声？请吓请嚧，哈哈哈，柳梦梅你好痴也！

（唱）晕情多如愁，欲语只少口气儿呵。

（白）小娘子你画似崔徽，诗如苏蕙，行书逼真卫夫人也。小生虽则典雅，怎道得小娘子万分之一？蓦地相逢，不免和韵一首。丹青妙处却天然，不是天仙即地仙。（竟是地仙，地仙）欲傍蟾宫人近远，恰如春在柳梅边。岭南名士柳梦梅熏沐敬和。小娘子，这就是小生的拙作，到要请教。

（唱）【簇御林】他题诗句声韵和，猛可的害相思颜似酡。

（白）阿不是这等，待我很很的叫他几声吓！美人小娘子！姐姐吓！阿呀，我那嫡嫡亲亲的姐姐吓！

（接唱）向真真啼血你知么？莫怪小生我叫叫得你喷嚏一似天花唾。咦，下来了动凌波，请吓请盈盈欲下，啐全不见些影儿那！

（白）小生呢孤单在此，少不得将小娘子的画像，做个伴侣儿，早晚嚜玩之，叫之，拜之，赞赞赞之。

（唱）【尾声】俺拾得个人儿先庆贺，敢柳和梅有些瓜葛。美人吓只怕你有影无形盼杀我！

（白）阿呀呀，这里有风请到里边去。小娘子请哟，小娘子是客，自然是小娘子请，小生啜随后。请吓，阿呀请了！（下）

# 游园（小工调）[1]

（旦上唱引）【**绕地游**】梦回莺啭，乱煞年光遍，人立小庭深院。贴上接注尽沉烟，抛残绣线，恁今春关情似去年。

（白）小姐！（旦）晓来望断梅关，宿妆残。（贴）小姐，你侧着宜春髻子恰凭栏。（旦）剪不断，理还乱，闷无端。（贴）已吩咐催花莺燕惜春看。（旦）春香，可曾吩咐花郎扫除花径么？（贴）已吩咐过了。（旦）取镜台衣服过来。（贴）晓得。云髻罢梳还对镜，罗衣欲唤更添香。小姐，镜台衣服在此。（旦）放下。（贴）是。（旦）好天气也。

（唱）【**步步娇**】袅晴丝吹来闲庭院，摇漾春如丝。停半晌，整花钿，没揣菱花偷人半面，迤逗的彩云偏。

（贴夹）小姐请行一步。

（旦）我步香闺怎便把全身现。

（贴）小姐！

（唱）【**醉扶归**】你道翠生生出落的裙衫儿茜，艳晶晶花簪八宝瑱。

（旦）春香！

（唱）可知我一生儿爱好似天然，合恰三春好处无人见，不隄防沉鱼落雁鸟惊喧，则怕的羞花闭月花愁颤。

（贴白）来此已是花园门首，请小姐进去。（旦）进得园来，你看画廊金粉半零星。（贴）这是金鱼池。（旦）池馆苍苔一片青。（贴）踏草怕泥新绣袜，惜花疼煞小金铃。（旦）春香！（贴）小姐！（旦）不到园林，怎

1 昆曲《牡丹亭》选段。

知春色如许？（贴）便是！

（同唱）【皂罗袍】原来姹紫嫣红开遍，似这般都付与断井颓垣。良辰美景奈何天，便赏心乐事谁家院？朝飞暮卷，云霞翠轩，雨丝风片，烟波画船，锦屏人忒看的这韶光贱。

（贴夹）小姐，杜鹃花开的好盛吓！

（旦贴）【好姐姐】遍青山，啼红了杜鹃。

（贴夹）这是荼蘼架。

（旦）那荼蘼外烟丝醉软。

（贴夹）是花都开，牡丹还早呢！

（旦）那牡丹虽好，他春归怎占的先。

（贴夹）小姐你看那莺燕叫得好听吓！

（旦）间凝眄，听生生燕语明如剪，听呖呖莺声溜的圆。

（贴白）小姐，这园子委实观之不足。（旦）题他怎么？（贴）留些馀兴，明日再来耍子罢。（旦）有理。

（唱）【尾声】观之不足由他遣，便赏遍了十二亭台是枉然，到不如兴尽回家闲过遣。

（贴白）小姐，你身子走乏了，歇息片时。我去看看老夫人再来。

（旦）去去就来。（贴）晓得！瓶插映山紫，炉添沉水香。（同下）

# 扫花（小工调）[1]

（生上白）蓬岛何曾见一人，披星戴月斩麒麟。无缘邀得乘风去，回向瀛洲看日轮。贫道吕岩字洞宾，京兆人也。忝中文科进士，素性饮酒任侠，曾于咸阳市上，酒中杀人，因而亡命，久之贫落。道遇正阳子钟离权先生，能使飞升黄白之术。见贫道行旅消乏，遂将石子半斤，点成黄金一十八两，吩咐贫道，仔细收用。贫道心中有疑，叩了一头，禀问师父，此乃点石为金，后来可能化为石乎？师父道五百年后，乃化为石。贫道立取黄金抛散，虽然济我一时缓急，可不误了五百年后遇金之人？师父哑然大笑道："吕岩吓吕岩，你有此一点好心，可登仙界。"遂将六一飞升之术，心心密证，口口相传，行之三十余年，忝登了上八洞神仙之位。只因前生道缘深重，此生功行缠绵，性颇浑成，心存度世。今奉东华帝旨，新修起一座蓬莱山。山门外有蟠桃树一株，三百年其花才放。时有浩劫罡风，等闲吹落花片，塞碍天门。先是贫道度了一位何仙姑，来此逐日扫花。近来奉东华帝旨，何仙姑证入仙班。因此果老仙翁，又着贫道驾云腾雾，往赤县神州，觅一人来供扫花之役。

（贴内白）好风吹落花片也。

（生）何姑笑舞而来也。

（贴上唱）【赏宫花】翠凤毛翎扎帚叉，闲踏天门扫落花。恁看那风起玉尘砂，猛可的那一层云下，抵多少门外即天涯。

（白）洞宾先生稽首。

（生）仙姑少礼。

---

1　昆曲《邯郸梦》选段。

（贴）何往？

（生）恭喜你领了东华帝旨，证入仙班。因此果老仙翁，诚恐你高班已上，扫花无人，又着贫道再往尘寰，度取一人，来供此役，敢支分杀人也。

（贴）此先生大功行也。但此去度人何处？那蟠桃会可赶得上否？

（生）自然赶得上。

（贴唱）【么篇】恁休再剑斩黄龙一线差，再休向东老贫穷卖酒家。恁与俺高眼向云霞，嗳，洞宾呵！恁便得了人须要早些儿回话，嗳，若迟呵！错教人留恨碧桃花。

（白生下）何姑已去，不免将磁枕褡袱驾云而去者。

（唱）【粉蝶儿】秋色萧疏，下的来几重云树，卷沧桑半叶浅蓬壶。践朝霞，乘暮霭，一步捱一步。刚则是背上葫芦，这淡黄生可人衣服，【醉春风】则为俺无挂碍的热心肠，引下些有商量来的清肺腑。这些时瞪着眼下山头，把世界几点儿来数数。这的是三楚三齐，那的是三秦三晋，更有那找不着的三吴三蜀。（下）

## 思凡（小工调）[1]

（旦上唱）【诵子】昔日有个目莲僧，救母亲临地狱门。借问灵山多少路，有十万八千有余零。南无阿弥陀佛。

1　昆曲《孽海记》选段。

（白）削发为尼实可怜，禅灯一盏伴奴眠。光阴易过催人老，辜负青春美少年。小尼赵氏，法名色空，自幼在仙桃庵内出家，终日烧香念佛，到晚来孤枕独眠，好凄凉人也。

（唱）【山坡羊】小尼姑年方二八，正青春被师父削去了头发，每日里在佛殿上烧香换水，见几个弟子们游戏在山门下。他把眼儿瞧着咱，咱把眼儿觑着他。他与咱，咱共他，两下里多牵挂。冤家！怎能彀成就了姻缘？就死在阎王殿前，由他把那碓来舂，锯来解，把那磨来挨，放在油锅里去煠，阿呀由他则见那活人受罪，那曾见死鬼带枷，阿呀由他火烧眉毛，且顾眼下！火烧眉毛，且顾眼下！

（白）想我在此出家，非关别人之事吓！

（唱）【采茶歌】（转正工调）只因俺父好看经，俺娘亲爱念佛，暮礼朝参，每日里在佛殿上烧香供佛。生下我来疾病多，因此上把奴家舍入在空门，为尼寄活。与人家追荐亡灵，不住口的念着弥陀。只听得钟声法号，不住手的击磬摇铃。击磬摇铃，擂鼓吹螺，平白地与那地府阴司做功课。多心经都念过，孔雀经参不破，惟有莲经七卷，是最难学，咱师父在眠里梦里，都叫过念几声南无佛哆呾哆萨嘛呵的般若波罗。念几声弥陀，恨一声媒婆。念几声娑婆呵，嗳叫叫一声没奈何。念几声哆呾哆，怎知我感叹还多！

（白）越思越想反添愁闷，不免到回廊下散步一回，多少是好！

（唱）绕回廊散闷则个。绕回廊散闷则个。

（白）你看两旁的罗汉，塑得来好庄严也！

（唱）【哭皇天】又只见那两旁罗汉塑得来有些傻角，一个儿抱膝舒怀，口儿里念着我；一个儿手托香腮，心儿里想着我；一个儿眼倦开，朦胧的觑着我。惟有布袋罗汉笑呵呵，他笑我时光挫，光阴过，有谁人，有谁人肯娶我这年老婆婆。降龙的恼着我，伏虎的恨着我。那长眉大仙愁着我，说我老来时有甚么结果。（接唱）【**香雪灯**】佛灯前做不得洞房花烛，香积厨做不得玳筵东阁，钟鼓楼做不得望夫台，草蒲团做不得芙蓉芙蓉软褥。奴本是女娇娥，又不是男儿汉，为何腰系黄绦身穿直裰。见人家夫妻们洒乐，一对对着锦穿罗，阿呀天吓不由人心热如火，不由人心热如火！

（白）今日师父师兄多不在庵，不免逃下山去。倘有机缘，亦未可知。有理吓有理！

（唱）【**风吹荷叶煞**】奴把袈裟扯破，埋了藏经，弃了木鱼，丢了铙钹。学不得罗刹女去降魔，学不得南海水月观音座。夜深沉，独自卧。起来时，独自坐。有谁人孤凄似我，似这等削发缘何？恨只恨说谎的僧和俗，那里有天下园林树木佛？那里有枝枝叶叶光明佛？那里有江湖两岸流沙佛？那里有八万四千弥陀佛？从今去把钟楼佛殿远离却，下山去寻一个年少哥哥，凭他打我骂我，说我笑我，一心不愿成佛，不念弥陀般若波罗。

（白）好了，且喜被我逃下山来了！

（唱）【**尾声**】但愿生下一个小孩儿，却不道是快活杀了我！（下）

# 《汾河湾》唱词[1]

**青衣** （西皮原板）儿的父，去投军，无音信，全仗儿打雁，奉养娘亲。将弓弹和鱼镖，与儿拿定。莫等那日落，儿要早早归程。

（摇板）一见娇儿出窑门，倒叫为娘我挂在心。悲切切，且把这窑门来进，等候了丁山儿，打雁归程。

**老生** （西皮摇板）催马来到汾河湾，见一顽童打弹玩。弹打南来张口雁，枪挑鱼儿水浪翻。翻身下了马走战，再与顽童把话云。

**青衣** （西皮倒板）娇儿打雁未回程。

（正板）不由我，一阵阵坐卧不宁。我只得出窑外，把娇儿盼定。眼睁睁，日西沉，不见娇儿归程。

**青衣** （快板）先前说是捎书的人，如今又说儿夫君。说得明白来相认，一字有错万不能。

**老生** （倒板）家住绛州县龙门。

1 载《上海妇女慰劳会剧艺特刊》（大东书局 1927 年 8 月印制），未署名。原刊文为句读形式，标点符号系本书编者所加。

（原板）薛仁贵好命苦，无亲无邻。幼年间父早亡母又丧命，撇下了仁贵无处存身。自古道姻缘一线定，柳家庄上招了亲。你的父嫌贫心太很，把你我夫妻赶出了门庭。夫妻们双双无投奔，破瓦寒窑去安身，每日里窑中苦难禁。没奈何立志去投军，结交了弟兄们周青等。跨海征东把贼平，幸喜得狼烟俱扫尽，保定了圣驾转回京。前三日修下了辞王的本，特地回来探望柳迎春。我的妻你若还不肯信，来来来，算一算，算来算去十八春。

**青衣**（摇板）自从你投军十八春，为妻为你受苦情。今日等来明日等，等你回来我好做夫人。

**青衣**（摇板）听罢言来胆战惊，凉水激顶怀抱冰。可怜你遭不幸，无端丧命。阿呀我的儿呵，怎不叫人痛伤心！气上心来用口咬，看你心疼不心疼。

# 附录

# 徐志摩致奥格登英文书信的发现及其价值[1]

刘洪涛

## 一、书信发现的背景

中国现代著名诗人徐志摩曾于1921–1922年在剑桥大学留学，其间与许多英国著名作家、学者相识，有的还建立了深厚友谊，其中就包括查尔斯·凯·奥格登（Charles Kay Ogden, 1889–1957年）。香港学者梁锡华先生搜集、编辑、翻译的《徐志摩英文书信集》出版于1979年，为读者了解徐志摩在剑桥与罗素、罗杰·弗赖、魏雷等人的交游提供了重要的线索，但限于当时的学术条件，梁锡华先生还无从知道徐志摩给奥格登写过信。

那么，徐志摩致奥格登的六封英文书信又是如何来历呢？原来，奥格登有收藏书籍、保存文件的习惯，他是学界名人，交际极其广泛，财力又雄厚，因此一生有大量积累。奥格登终身未婚，没有子嗣，他于1956年去世后，遗产被弟弟弗兰克·奥格登（Frank Ogden）继承。弗兰克不久就把奥格登的十万

1　原载《齐鲁学刊》2006年第3期。

册藏书出售给了加利福尼亚大学洛杉矶分校，但留下了奥格登的文件，因为他发现，这些文件中有众多奥格登与乔伊斯、维特根斯坦等作家、学者的通信，相当重要。弗兰克于 1957 年去世后，奥格登的大部分文件辗转到正语学会——这是他生前一手创办，推广基本英语的一个机构——由奥格登的律师朋友马克·海默（Mark Haymon）管理。在 1980-1981 年，奥格登书信文件中的百分之八十由正语学会委托英国克鲁肯镇的拍卖商劳伦斯（Lawrence of Crewkerne）拍卖，加拿大麦马士德大学（McMaster University）购买了其中的百分之九十，包括徐志摩写给奥的书信在内，其余则被英国伦敦大学、美国得克萨斯大学等大学买下。徐志摩的书信就这样来到了麦马士德大学，与奥格登的其他文件一起，保存在大学图书馆的威廉·雷迪档案与研究数据库（The William Ready Division of Archives and Research Collections）。图书馆还特别建立了奥格登档案（C.K.Ogden Archive），并将这些书信归入 30 号箱。

梁锡华先生编辑翻译的《徐志摩英文书信集》（台北联经出版实业公司 1979 年版）中的一部分英文书信即在 20 世纪 70 年代从加拿大麦马士德大学罗素档案馆获得。但由于麦马士德大学在 1981 年才购进奥格登收藏书信，所以梁锡华先生没有能够见到徐志摩给奥格登的这六封英文书信，世人也以为不会再有徐志摩的英文书信，根据这使它们在麦马士德大学奥格登档案馆又静静地躺了 24 年。最近，笔者有幸发现并翻译了这些信件。根据这些信件提供的线索，徐志摩与奥格登的密切关系才浮出水面。经由对这些书信所涉人事背景的考证，徐志摩在剑桥活动的许多具体内容和细节进入了我们的视野。

## 二、见证友谊，讨论语言学问题

奥格登曾就读于剑桥大学美德林学院，学生时代就已经有很大名气。他是剑桥一个重要的学术、思想组织邪学社（Heretics Society）的创始人之一，长期担任该学会主席，邀请过众多思想、文化界名人举办讲座。奥格登还创办了《剑桥杂志》，在第一次世界大战期间，这份杂志成为一个有关政治和战争的国际论坛，引起广泛注意。后来奥格登把精力集中于编辑出版学术著作，以及语言学研究。再后来，他将其语言学研究成果应用于实践，创立了“基本英语”，在全世界掀起了轰轰烈烈的“基本英语”运动。

徐志摩与奥格登相识，大约在1921年7月间。徐志摩给奥格登的头两封信分别写于1921年7月12日、18日，当时他还在剑桥以南六英里的沙士顿（Sawston）住。第一封信告诉奥格登，自己因为要去伦敦，所以与他无法在星期二见面，希望把见面的时间推迟到下星期。从这封信的口气推断，徐志摩是在和奥格登安排他们的初次见面。六天后，徐志摩给奥格登写了第二封信。显然在此期间徐志摩已经见过奥格登。徐志摩告诉奥格登，有两位张姓中国朋友也想见他，希望他能安排一个时间，到沙士顿来与大家会面。徐志摩1922年9月离开欧洲回国。在回国的第一时间，他就给奥格登邮了一张明信片，报告自己旅途顺利，只是天气太热。同时徐志摩请奥格登给自己寄一本弗赖（Roger Fry, 1866−1934 年）在 1920 年出版的《视觉与构图》。1923 年 5 月 10 日，徐志摩又给奥格登写信。此前奥格登给徐志摩来过信。在这封信中，徐志摩要求奥格登给自己邮寄一本他和理查兹（Ivor Armstrong Richards, 1893−1979 年）合著的《意义之意义》（*The Meaning of Meaning.London*: Kegan Paul,Trench,Trubner & Co.,Ltd,1923）。他还告诉奥格登，自己已经把他的信在两份大报上发表，并且就奥格登在信中所讨论的问题征求了一些中国学者的意见。遗憾的是，到目前为止，我们还不知道奥格登给徐志摩的这封信发表在什么报纸上，也不知道信的具体内容。但根据现有资料，可以推测奥格登的意见会涉及他这一时期正在进行的语言之魔力的研究。《意义之意义》这本艰涩的著作，应用 20 世纪初期心理学、语言学方面最新研究成果，深入探讨了语言的歧义现象，语言与思想的关系，对语言的控制和利用等。西方学者认为，《意义之意义》是 20 世纪 20 年代最为重要的著作之一。就奥格登和理查兹本人而言，《意义之意义》可以说是他们后来一系列学术发展的起源，如奥格登的“基础英语”，理查兹的新批评理论，都把根扎在《意义之意义》的思想资源之中。理查兹曾说中国人不像西方那样注意语言活动的方法和结构，这是实话。况且在 20 世纪 20 年代，中国的现代语言学研究刚刚起步，对奥格登、理查兹的语言学思想可能还无从知晓。因此，徐志摩告诉奥格登，他信中讨论的问题在中国很难找到知音：“我遇到不少学者表示对这一问题有兴趣，但未能发现他们的意见有任何中肯之处，也难契合你的观点。”徐志摩信中说他在去年圣诞节时给奥格登邮了一本胡适的《论逻辑》(即胡适的英文著作*The Development of the Logical Method in Ancient China*. Shanghai: The Oriental Book Company, 1922)，好心的徐志摩希望奥格登能在这本书中找到一些对自己思考有益的东西。

## 三、为梁启超、胡适出版英文著作穿针引线

徐志摩1921年11月7日曾给罗素写信(见梁锡华编译《徐志摩英文书信集》)，讨论“心理学、哲学与科学方法国际文库”丛书(以下简称“国际文库”)拟出版的一本介绍中国哲学思想的书的作者人选问题。徐志摩1923年5月10日、11月15日给奥格登写信，也涉及奥格登担任学术编辑、罗素担任学术顾问的这套系列丛书。奥格登1920年曾协助创办《心理》(*Psyche*)杂志。由于要打理杂志的印刷、出版、发行等问题，奥格登与该杂志的出版商The London Firm of Kegan Paul, Trench, Trubner & Company建立了联系。后来他被该出版公司聘为学术编辑，为出版商策划选题，编辑出版。奥格登先后为这家出版社策划了五套丛书选题，“心理学、哲学和科学方法国际文库”即为其中之一。这套丛书在头十年间出版了百卷之巨，把那个时代许多大师的著作都囊括其中，如维特根斯坦的著作。

“国际文库”丛书的本意是介绍世界范围内各民族最优秀的哲学思想，包括中国是理所当然的事。罗素刚从中国访问归

来，了解中国哲学界情况，他推荐胡适的《中国哲学史大纲》，显然是经过深思熟虑的。但徐志摩在上述给罗素的信中认为，胡适的《中国哲学史大纲》并不适合翻译出版。理由是这部著作只写出了上卷，其中又包括大量西方读者不感兴趣的枯燥考据，篇幅太长，而且胡适太忙，恐怕没有时间做这件事情。这些理由十分充分。继而徐志摩建议，由梁启超承担一本"有关中国思想的书"。他在信中介绍梁启超"是中国最渊博学者中之一，也很可能是具有最雄健流畅文笔的作家。他在解放中国思想，以及介绍普及西学方面所作的不懈努力，值得我们万分钦仰。他在学问上吸收与区别的能力是别人永不能望其项背的"。徐志摩是梁启超的入室弟子，他如此热情洋溢地举荐老师，一方面固然因为梁启超是理想人选，但徐志摩与梁启超的这层师生关系恐怕也是他举荐的重要原因。而徐志摩与胡适建立深厚友谊是后来的事情。

罗素对梁启超并不陌生。梁启超发起创办的讲学社是邀请罗素到中国讲学的主要团体之一。罗素在中国期间，与梁启超多有交往，并留下深刻印象。所以罗素和奥格登当即接受了徐志摩的建议。梁启超也十分高兴地接受了这个建议，这后来促成了他的《先秦政治思想史》一书的出版。梁启超在《先秦政治思想史·自序》中说："治中国政治思想，盖在二十年前。"也就是说，他在20年之前即有意写这样一部著作。但显然罗素和奥格登的邀请，大大增加了梁启超实现多年夙愿的动力。与此同时，在1922年秋冬间，梁启超应聘在东南大学和北京政法专门学校举办中国政治思想史讲座，1923年初由商务印书馆出版的《先秦政治思想史》即根据这些授课的讲义整理而成。

梁启超完成的《先秦政治思想史》与罗素、奥格登要求的“中国思想”在涵盖范围上有一定出入。对此徐志摩的解释是：“这和思想通史大致是一码事”（徐志摩 1923 年 5 月 10 日给奥格登的信）。梁启超完成的是中文本，翻译成英语的任务最初由徐志摩承担。徐志摩的翻译工作开始于 1923 年 4、5 月间。他在给奥格登的信中说：“到目前为止，我只翻译了导言。书的篇幅极长，翻译成英文，我想起码有 350 页。如果我下决心干，估计一夏天可以干出不少活。不管怎样，我个人认为这是东方极有价值的著作，我不会在意花几个月时间翻译它。”（徐志摩 1923 年 5 月 10 日给奥格登的信）徐志摩显然十分认真地对待此事，他甚至准备把部分译文寄给英国汉学家翟理斯和韦利（魏雷），要听取他们的意见。但由于徐志摩这一时期太忙，到 1923 年 11 月不得不放弃了翻译计划。这在徐志摩 1923 年 11 月 15 日给奥格登的信中得到证实，徐志摩说：“至于梁先生的书，我真是惭愧极了，一方面对不起你，另一方面也对不起梁先生。我不是不愿意承担这一翻译工作，但这意味着要花三个月时间全身心投入，而我挤不出这么多时间。同时，西伯利亚的秩序已经恢复，我现在正计划再一次去欧洲旅行。我不久还会给你写信。”

梁启超在《先秦政治思想史·自序》中有“徐志摩拟译为英文”[1] 的话，这说明在书出版前梁启超与徐志摩已经有了翻译

1 梁启超：《先秦政治思想史》，《梁启超全集》第 5 册，北京出版社 1999 年 7 月版，第 203 页。

的约定，徐志摩也预计能在1923年夏天完成翻译工作。因此，“国际文库”在1923年出版之著作的扉页，都印上了梁启超将要出版的《中国思想的发展》一书的书目。由于徐志摩没有能够完成英译，出版之事只好一拖再拖。到1927年，“国际文库”拟出版书目中仍然有梁启超的《中国思想的发展》。由于主编奥格登以及罗素对中国思想文化的重视，他们始终支持促成梁启超这部著作英译本的出版。徐志摩放弃翻译后，改由北京一位“世界通解丛书”的编辑L.T.Chen接手完成。最后，梁启超的《先秦政治思想史》英译本终于忝列“国际文库”，由英国科根出版社于1930年出版。这个英译本增加了译者弁言、作者生平概略和重要术语索引等三部分内容。[1]

罗素和奥格登接受了徐志摩请梁启超写一部著作的建议，但也没有放弃请胡适写一本类似著作的打算。由于梁启超提供的是一部断代政治思想史，写一本全面介绍中国思想的书的任务就落在了胡适头上。徐志摩1923年11月15日给奥格登的信对胡适接受这个建议抱有信心："胡适博士几天内就会来北京。我可以有把握地说，他会很高兴把自己的书在英国出版。我见到他后再写信给你。"1924年2月11日的信告诉奥格登，胡适接受了在英国出版他的著作的建议："胡先生很高兴你打算在英国出版他的书。我相信他不久就会给你寄去他改定的稿子。或许他已经回信给你了。"事实上，胡适并未写信给奥格登，奥格

1 Liang Chi-Chao. *History of Chinese Political Thought: During the Early Tsin Period.* London:Kegan Paul ,Trench,Trubner & Co., Ltd,1930.

登档案中也没有胡适这部“改定的稿子”。可能是胡适并未寄出稿子。但奥格登仍然一直在等待。我们从 1930 年“国际文库”从书扉页上印制的拟出版书目中，还可以看到胡适的《中国思想的发展》。遗憾的是，罗素和奥格登所期许的这部著作，胡适终于没有完成。

## 四、为松坡图书馆选购英文书籍、遭遇丧亲与失恋的双重打击、关于泰戈尔访华

徐志摩在 1923 年 5 月 10 日、11 月 15 日给奥格登的信中，都提及为刚刚成立的松坡图书馆添购外文图书事宜。我们知道，反对袁世凯称帝的蔡锷（字松坡）将军 1916 年病逝后，梁启超即打算建一座图书馆纪念这位共和英雄。经多方奔走，松坡图书馆终于在 1923 年春天成立，馆址设在北京西城石虎胡同 7 号。徐志摩受聘担任刚刚成立的松坡图书馆第二馆的干事。第二馆专藏外文书籍，徐志摩就负责外文书籍的采购以及英文函件的处理。从上述两封信看，奥格登显然是徐志摩在国外采购图书的重要代理人，而奥格登也的确是适当的人选。一则奥格登与徐志摩的私交到了称兄道弟的程度，愿意不辞辛苦为他选购图书。二则如前所述，奥格登与出版社关系密切，对图书市场了如指掌，他主编的“国际文库”丛书荟萃了当代哲学、心理学、社会学等领域学术研究的精华。三则奥格登本人就是出色的学者，站在学术前沿，有选购优秀书籍所必需的敏锐眼

光。第四，奥格登性喜藏书，对书的嗜爱令他把选书购书看成一件乐事。徐志摩在信中告诉奥格登，如果诸事顺利，每年松坡图书馆能有500镑用于购书。徐志摩还告诉奥格登，他邮寄的第一批四包书已经收到。他准备请梁启超再汇一些钱给奥格登，以便他继续购置图书。他要求奥格登也赠送一些“你认为我们需要的书”，这其中包括徐志摩格外点名的奥格登与理查兹合著的《意义之意义》。

徐志摩1924年2月11日给奥格登的信，透露了在祖母病逝和失恋的双重打击下的痛苦、哀伤体验。徐志摩祖母于1923年8月27日病逝，追求林徽因无望，令他精神十分颓废。他在信中写道：

> 我偶尔出去旅行，有时也写点东西，在台上台下讲讲话，有时哀悼一下（我的老祖母去年夏天过世了），叹叹气，除此之外就是彻底的茫然。丘比特的箭或许永远地拒绝了我的光临，这是我思想麻木、精神空虚的原因。不仅社会本身，就是当前的时局也完全让我厌烦；我相信，他们在我身上也看不到任何吸引人的地方，结果我就是孑然一身。我现住在老家城郊的一栋房子里，附近有一片树林，风从林中刮过，传来阵阵呼啸声，应和着我的叹息，在我就像一曲庄严的交响乐。这里的鸟多极了，我经常听它们的声音，对它们说话，特别是对最吵的那种。镇上的人说我半疯癫，或讥讽我是诗人。我本来内心就有一种虚荣，他们的讥讽，反而助长了我的怪僻。我的态度

正变得越来越粗鲁，精神也越来越愤世嫉俗，腔调也越来越古怪，——简直像幽灵一样叫人捉摸不定。真的，从两边的窗子向外看，再没有什么比眼前这番景象更像亡灵居所——到处都是坟冈、碑铭、敞开的棺木、墓地、祖宗灵堂、牌位、匾额——那样扎眼了。据说就是这栋房子里闹鬼。毫不奇怪，我也变得和鬼差不多了。

徐志摩生动真实地传达这种情感的书信寥寥无几，这封信即为其中之一，因此有很高的参考价值。此信还提到泰戈尔即将访华，他要担任陪同，以及他对泰戈尔访华可能造成的影响的推测：

我猜泰戈尔在剑桥没有赢得多大的欣赏，但你们不至于太苛刻，叫他骗子或小人或讨厌鬼——这种名号在你们这些知识分子口中非常时髦。他备受中国年轻人的爱戴，简直不可思议，其中的主要原因是，在所有用英语写成的诗歌中，唯有他的诗歌具有他们称为“完美的智慧”的东西。因此，他对中国的访问将证明是激动人心的，他会比以前到中国讲学的人更受欢迎，人们会以更大的热情迎接他。

后来的事实证明了徐志摩的推断。此外，徐志摩还把接待泰戈尔访华，看成是从痛苦情绪中摆脱出来的良药。鉴于徐志摩追求林徽因，以及泰戈尔访华之经过，已经为中国读者所熟知，这里就不多做介绍了。

## 五、徐志摩剑桥交游的意义

众所周知，徐志摩是一个交游非常广泛的人，这一性格特点在剑桥表现得淋漓尽致。梁锡华在他的《徐志摩新传》(台北联经出版事业公司 1982 年 10 月第 2 版）中引述徐志摩的朋友、文学批评家理查兹给他的信说："徐志摩朋友遍剑桥"，这一点在徐志摩 1924 年 2 月 11 日给奥格登的信中再一次得到证实。徐志摩写道：

> 狄老和阿瑟·韦利不久前让我振奋了一下子。兰姆瑟有一段时间没有消息了。瑟伯斯坦有一两次胡乱写了几笔，其他人则音讯全无。我真的很想听到剑桥的消息。只要是英国信封的款式和味道就能让我激动，更不必说大家的字迹了。为什么理查兹和福布斯从未有片言只语？还有伍德和布瑞斯维特？当然，我自己也从未给他们写信，但请代我向所有这些朋友问好，让他们知道，如果他们肯经常屈尊施爱于我，他们会发现我不是毫无感激之情的。

在徐志摩给奥格登的信披露之前，人们已经知道他与狄更生（即此信中所称的"狄老"）、罗杰·弗赖、罗素、韦利、嘉本特、威尔斯等英国学者、艺术家、作家的深厚友谊，知道他拜访过哈代、曼斯菲尔德等著名作家，还知道他与康拉德、萧伯纳等著名作家见过面。但这封信提供了一批新的名单，把徐志摩在剑桥的交游圈子进一步扩大了。笔者打探到这些剑桥学者的来历，发现他们个个来历不凡：

弗兰克·兰姆瑟（Frank Plumpton Ramsey, 1903—1930 年），数学家、哲学家，就读于剑桥大学温彻斯特学院和三一学院。后来成为剑桥大学国王学院的研究员，剑桥大学数学讲师。著有《数学原理》、《论形式逻辑问题》，在数理逻辑、经济学的等领域方面有突出贡献。兰姆瑟还是著名的剑桥学术思想组织邪学社的创始人之一。

瑟伯斯坦（Sebastian）是徐志摩的剑桥朋友对斯普罗特（Walter John Herbert Sprott, 1897—1971 年）的昵称。斯普罗特是社会学家，1919 年进入剑桥大学克莱尔学院学习道德科学，后来长期担任剑桥心理学实验室的试验员，是经济学家凯恩斯、作家福斯特的密友，著有《性格与身份》（1925 年）等。

理查兹（Ivor Armstrong Richards, 1893—1979 年），文学批评家、教育家，剑桥大学英语系的创始人之一。著有《意义之意义》（与奥格登等人合作）、《文学批评原理》、《孟子论心》、《实践批评》、《科学与诗》等。理查兹开创了新批评流派，为英美现代主义文学奠定了理论基础。徐志摩在剑桥期间，与理查兹交往密切。理查兹曾在 1929 年至 1930 年到北京清华大学担任访问教授。

福布斯（Mansfield Duval Forbes, 1889—1936 年），历史学家，时任剑桥大学克莱尔学院研究员。他提携过文学批评家理查兹，对剑桥大学英语系创建有过贡献。

伍德（James Edward Hathorn Wood, 1890—1985 年），徐志摩在剑桥时的朋友。曾与理查兹、奥格登合著《美学基本原理》一书。

布瑞斯维特（Richard Bevan Braithwaite, 1900—1990 年），哲学家，剑桥大学国王学院研究员。

20 世纪 20 年代是剑桥大学人文学术的黄金时代，而徐志摩是这个时代的见证人。上述人物中的绝大多数都在相关领域做出过突出贡献，青史留名。从徐志摩与他们的交游中可以发现，他是一位出色的文化交流使者。经由他与这些学者、作家的交往，他把英国知识界最新的潮流带到中国，把英国知识精英的注意力吸引到中国；同时，徐志摩也给英国知识界见证了新文学在异国土壤中萌芽的过程，以及中国传统文化在新一代作家身上的延伸和发展。最早论述徐志摩在这方面贡献的英国学者是新批评理论家理查兹，在他写于 1932 年的《中国的文艺复兴》（“The Chinese Renaissance”）一文中，论述了“五四”新文学特征以及所受外国文学，尤其是英国文学的影响。理查兹认为，中国文艺复兴一个极其重要的特征是中断了与本国传统的联系，转而向西方学习。中国向西方学习过程中面临的两大困难：其一是古汉语无法发挥应有的翻译媒介作用；其二是西方文学中的浪漫情感与中国传统道德规范相龃龉。理查兹乐观地指出，一些作家诗人已经成功克服了这些障碍，徐志摩就是一个典型的例子。徐志摩是理查兹在文中论述的一个重点，他追忆了与徐志摩在英国和中国的交往，还引述了徐志摩的一首诗。理查兹认为，由于徐志摩在中西文化交流过程中所发挥的重要作用，他的去世不仅对中国是一个损失，对世界也是一个损失。但理查兹并不气馁，在文章结尾，他断言中西文化交流的趋势不可阻挡，“一个新的时代正在被这场东西方的联姻所开创”[1]。

徐志摩当年在剑桥的一位至交，汉学家韦利（Arthur David Waley, 1889−1966年）在1940年曾写过一篇文章《欠中国的一笔债》（“Our Debt to China”）。他在文中深情回忆了徐志摩在剑桥的学习和交游经历，论述了他对战后英国知识分子的影响。韦利指出：“我们对中国的文学艺术所知已不少了，也略懂二者在古代的中国人中所起的作用。但我们却不太清楚文学艺术这些东西在现代中国有教养的人士中的地位如何。我们从徐志摩身上所学到的，就是这方面的知识。”韦利同时指出，徐志摩的影响是多重的，他丰富了中国人关于英国的知识；他是如此动情地描写英国风景和建筑的第一个中国人，他让中国人知道，英国不单有人口密集的商业中心，也有拜伦潭、国王学院的教堂，以及康沃尔海岸。此外，徐志摩还翻译了不少英国诗歌，把英诗格律介绍到中国。韦利进而认为，徐志摩对英中文化关系走向“一个伟大的转折点”做出了贡献却没有受到重视，这是英国知识界“欠中国的一笔债务”[2]。

---

1 Ivor Armstrong Richards. The Chinese Renaissance. *Scrutiny*, 1/2, Sep.1931, P102-113.

2 Arthur David Waley. Our Debt to China. *The Asiatic Review*, Vol.36, July 1940, P557.

# 关于徐志摩的一封信、几条佚文及其他[1]

陈学勇

先说信。徐志摩写给凌叔华的信很多，凌叔华称有七八十封。有人怀疑未必这么多，我是相信的。再多些也相信，有段时期他俩的关系非同寻常。但这些信绝大多数未得见之于世，或许将永远散失了。幸而凌叔华在 1935 年主编《武汉日报》“现代文艺”副刊时，将信删略处理，以“志摩遗札”为题披露过六封，我们才得以窥见书信的大致内容和文采。它们真是情文并茂，每一篇都是徐氏风格的散文，为各种徐志摩全集、书信集所必收。近年又披露了一封留存于中国社会科学院近代史研究所的徐致凌短笺，新录入虞坤林编、学林出版社 2004 年 7 月版《志摩的信》，再录入韩石山编《徐志摩全集》“书信卷”。原件仅存开头百余字，显然缺残，徐志摩给凌叔华的信均很长。因为原信少了落款页，虞、韩二位的收编均未能注明年月日。这是可嘉的严谨态度。如果深入研读此信及相关资料，尚能推断它写信日期。便于后面的行文方便起见，再录示原信。

1　原载《湖南科技学院学报》2007 年第 1 期。

叔华：

我又忍不住要写信给你了。这时候，我单身在西湖楼外楼，风还是斜，雨还是细。我这愁人的心曲，也就不言而喻了。堂倌倒颇知趣，菜也要得，台上有鱼有虾，有火腿。半通远年已经落肚，四肢微微生暖。想起适之，彭春，与你，就只你们三位可以领略这风雨中的幽趣，可以不辞醉的对案（？）痛饮，可以谈人生的静，——此外都不成了。[1]

内容明确表明信写在西湖，是个有风有雨的日子。考徐志摩生平，这样的时间、地点、天气，有两回，即1924年和1925年。徐志摩曾于9月15、16两日连续致信胡适谈及此刻与去年同一时节的西湖风雨。据虞坤林考订，致胡适信写于1925年，那么两年都在初秋的9月。致凌叔华信写在1924年的可能性极小，这一年徐志摩与凌叔华相识不久，难以写出这般抒情言深的信。徐志摩要求凌叔华做他“抒情信”的收信人，始于该年的深秋。[2] 从9月15、16日致胡适信得悉，1924年那回有旁人与徐同游西湖；1925年这回，14日虽有其父伴行，15日则“我在楼外楼对雨独酌，大吃鱼虾”。于是印证上了致凌叔华信中的话：“单身在西湖楼外楼”，“有鱼有虾”。致胡适信此举印证

1 韩石山：《徐志摩全集》（第六卷），天津人民出版社2005年5月版，第306页。

2 见《志摩遗札》，《武汉日报·现代文艺》1935年10月4日第34期。

"想起适之"云云。可做旁证的还有，徐志摩1925年9月16日写给陆小曼的信上，也说到"昨天在楼外楼上微醺时那凄凉味儿，眉呀，你何苦爱来！"[1]由此大体可以推断出徐志摩致凌叔华这封信的写信日期了吧。

再说佚文。它们本不算什么佚文，既不成文，也不成段，只是一两句话。然而，韩石山编的《徐志摩全集》实在不让《鲁迅全集》的编法，只字不漏，连《晨报副镌》上这样短的一行也网罗进来，按题目《小启一则》："张家瑞、钱寿二君鉴：请示详址，以便送函。前开地址均未递到。"[2]再如一则《更正》："本刊上期姜华君《松花笺引言》中薛涛误印苏涛，合应更正。"[3]那么，循韩先生例，我不妨也录存两条韩先生遗漏的"佚文"，分别按上题目，供他补遗。

其一：

《鹞鹰与芙蓉雀》按语

我有一次问太谷尔在近代作者里他最喜欢谁；他说他就喜欢赫孙（W.H.Hodson）。志摩[4]

其二：

1 《志摩日记》，书目文献出版社1992年8月版，第74页。

2 韩石山：《徐志摩全集》（第三卷），天津人民出版社2005年5月版，第83页。

3 韩石山：《徐志摩全集》（第三卷），天津人民出版社2005年5月版，第130页。

4 载《晨报副镌》1925年11月5日第1302号。

复彭浩徐

因民鉴，来示指正甚是敬荷。志摩[1]

第三条《〈幻梦〉更正》[2]，烦琐而无意义，恕不再录。其实第二条也谈不上意义，但多少显示了徐志摩的谦虚态度。第一条则小有意思，至少透露了一点大文豪信息。总的说这几条都很琐屑，而韩石山所编“全集”琐屑尤甚。然而这般琐屑不是毫无意义，有时沙里藏“金”，还真有不应等闲视之的内容。譬如韩先生编入的一条：

《人权保障宣言》附言

这样看来，终究还是上海人文明些：非法杀了人还有这许多出来人说话的。北京呢？[3]

“宣言”起因于上海罢工领袖刘华遭当局逮捕并被秘密杀害，43位签名者多系著名的作家、文化人，如郭沫若、郑振铎、叶圣陶、汪静之、丰子恺、章锡琛、王伯祥、周予同，也不乏共产党人，如沈雁冰、蒋光赤、楼建南、应修人，沈雁冰正领导着工人运动。“宣言”措辞严正，控诉现状黑暗：“淞沪数十万人民身体，无日不在幽忧恐怖之中，而言论行为，无日

1 载《晨报副镌》1926年10月4日第1452号。

2 载《晨报副镌》1925年12月28日第1416号。

3 韩石山：《徐志摩全集》（第二卷），天津人民出版社2005年5月版，第270页，载《晨报副镌》1926年1月25日第1430号。

不在钳制压迫之下。”[1]最后提出保护自由集社、不得随意逮捕、废止秘密行刑等四点要求。这般具有政治色彩的文本，徐志摩立即刊布于他编辑的副刊，可见他人道主义立场、态度何等的鲜明。补缀的这句话，又于支持“宣言”外，更在呼吁人们出来说话以维护正义。末尾“北京呢?”问得掷地有声。后来证明北京同样有人挺身说话，包括徐志摩，用诗的语言。那是执府门前发生了“三·一八”后，不几天徐志摩就在《晨报副镌》发表了饶孟侃抨击执政府的诗篇《三月十八》。再过几天又发表了他自己创作的同一题材同一主题的诗篇《梅雪争春》，诗最后两行是:“白的还是那冷翩翩的飞雪，但梅花是十三龄童的热血!”[2]这一天他还发表了众多诗人控诉惨案的作品：刘梦苇的《寄语死者》和《写给玛丽雅》、于赓虞的《不要闪开你明媚的双眼》、闻一多的《欺负着了》、李健吾的《回去!》、杨世恩的《“回来啦”》、饶孟侃的《天安门》。还有闻一多的声讨文章《文艺与爱国——纪念三月十八》。无疑这是徐志摩策划的一个颇具声势的诗歌专辑，为中国现代诗歌史不多见，特别在所谓“象牙塔”里的诗人中格外罕见。这些诗集中于徐志摩等创办的《晨报》副刊《诗镌》，在它的创刊号。专辑与创刊，或许属于巧合。巧合并不有碍我们的认识和评价。由于鲁迅与陈西滢的论争后来的读者多误解，以为徐志摩那个圈子的文人完全是当政的辩护士。其实不然，几乎与《诗镌》专辑同时，即将嫁与陈西滢

1 《人权保障宣言》,《晨报副镌》1926年12月25日第1430号。

2 志摩:《梅雪争春》,《晨报副镌·诗镌》1926年4月1日第1号。

的凌叔华，就在陈西滢编辑的《现代评论》杂志，发表了题材、主题类似上述诗篇的小说。至今仍怀有误解的读者，应当正视这些史实。徐志摩这条再次说明他的立场、态度，而且是一贯的，并非有人以为的是同当政沆瀣一气的辩护士。

# 关于徐志摩、陆小曼的佚文[1]

丁言昭

最近因为写《陆小曼传》，查阅了不少资料，在上海图书馆看旧报时，发现徐志摩、陆小曼的两篇文章，一篇是徐志摩在 1929 年 9 月 29 日《罗宾汉》上发表的《严正声明》，另外一篇是陆小曼在 1932 年 3 月 24 日《晶报》上的《陆小曼的一封信》，疑是佚文。为此，我立刻查阅了《徐志摩全集》和《陆小曼诗文》，里面没有收入这两篇文字。

现将当时的背景材料简略地介绍一下，并把两篇文章全文刊载。

1927 年 12 月 6、7 日天马演艺会，在夏令配克戏院（即新华电影院，已拆除）演出两场。其中有一出《玉堂春》。

由于翁瑞午与陆小曼的行当都是青衣，不能同时扮演玉堂春，翁瑞午就让陆小曼演玉堂春，自己反串小生王金龙，徐志摩和江小鹣演蓝袍和红袍。

徐志摩是他们当中最“业余”的，不懂戏规，在舞台上出了点洋相。演出时，徐志摩坐在桌后，可是他穿着靴子的脚，

1　原载《档案春秋》2007 年第 11 期。

总是不由自主地伸到桌帏外面，这大约是他写诗时养成的习惯吧。

说实在话，徐志摩对这样的演出，是十二万分的不愿意，可是碍于陆小曼和江小鹣的面子，他只得勉为其难，他在日记里写道：

> 我想在冬至节独自到一个偏僻的教堂里去听几折圣诞的和歌，但我却穿上了臃肿的袍服上舞台去串演不自在的“腐”戏。我想在霜浓月澹的冬夜独自写几行从性灵暖处来的诗句，但我却跟着人们到涂腊的跳舞厅去艳羡仕女们发金光的鞋袜。[1]

经过这次让徐志摩感到不舒服的演出，过了一年多，他再一次莫名其妙地被人推上“舞台”，在1929年9月的《罗宾汉》上，刊登了《陕灾义演赈会之票串》，内中说到徐志摩夫妇合演《玉堂春》。这真是无稽之谈，弄得徐志摩非常生气，不得不在1929年9月29日《罗宾汉》上，发表严正声明。声明如下：

> 《罗宾汉》主撰诸先生：今天的贵报载有《陕灾义赈会之票串》一则，内有愚夫妇合演《玉堂春》剧目，这或许是传闻之误。但如果“洛侨”先生的消息是得之于陕

1 《眉轩琐语》，《徐志摩全集补编（4）》，上海书店1994年2月版，第160页。

灾义赈会或该会之宣传人员，则我们不得不借重贵报的地位，郑重申明这是完全无稽之谈。前年我们曾经为了却不过朋友的央求，胡乱串演过几次戏，但已往的经验却并不是过于愉快，我自己于演戏本是完全外行，又无兴趣，内人虽则比较的有兴致，但她年来的身体简直是疲弱到一些小事都不能劳动，不说演剧一类事。所以我们对于演剧一事是决不敢再轻于尝试的。这次陕灾义赈会的消息，说来更觉可笑，事前一无接洽，也不知是那位好事先生随意把我们的名字给放了上去，连累不少的亲友都特来问及，这也算是小小的一种恶作剧了。现在更离奇了，竟然连剧目都给排了出来，真是叫人好气又好笑的，为了及早解除外界的误会以及招摇人等的“胡来”，我们特写这信给贵报，敬请立即刊入下期，不胜感念之至。敬颂撰安。

上个世纪20年代发生的事，与现在有人恶炒是多么相似啊！

1932年王赓因为向日人“献地图”而被捕，在上海轰动一时。

此事与陆小曼毫不搭界，但就是有那么一些人喜欢把水搅浑，发一点桃色新闻。说王赓与陆小曼死灰复燃，王赓又重新追求美人，为了弄钱，把军事地图献给日本人。

这事传到陆小曼的家里，家人都为陆小曼打抱不平。陆小曼自从徐志摩去世后，一直生病卧床，根本没有出去过，为什么要无缘无故地恶意中伤她呢？陆小曼的母亲得知此事后，气得发病，一定要派人去向王赓问个明白。这个任务落到了陆小曼的堂兄弟陆耀昆身上。

陆耀昆与王赓的关系非同寻常，在陆小曼与王赓离婚后，两人还是常有来往。陆耀昆到了南京，见到王赓，将陆家发生的事情都一一讲给他听。

“受庆，你这回是闯大祸了，害得小曼一家都不得安宁。”陆耀昆说。

“小曼怎么了？”王赓关切地问道。

“她原先就病着，听到外面的流言蜚语，病就更重了，连陆母也气得发了精神病。”陆耀昆口气沉重地说着。

“外面说什么了？”

“说你为了陆小曼，将地图献给了日本人……”

“真正是岂有此理！那些人实在是该死！为什么要造谣？”王赓的眼睛湿润了，眼泪慢慢地淌下来，停了一会儿，继续说：“阿哥，我心里真是很难过，怎么会这样的？怎么会这样的？”接着，王赓将此事的经过一五一十地讲给阿哥听。

陆耀昆回来后，将这次去南京的事情讲给陆小曼听，可是陆小曼越想越气，在1932年3月24日的《晶报》上发了一篇《陆小曼的一封信》，前面有一段是编者按：“故徐志摩君夫人、陆小曼女士，近有人传与王赓仍时往还，女士昨致函本馆，嘱为刊布，为录于左。”

下面陆小曼写道：

大雄先生阁下：久不聆教，甚系下怀，兹有一事，烦请先生在贵报借我寸地，赐予披露，则不胜感激之至。曼自去冬志摩遇难，心碎肠裂，万念俱灰，一病月余，今始初离药炉。近为志摩编排遗稿，及学习书画等事，朝夕埋头于纸墨之间，足不出户者已有数月，几不知槛外为何世矣。□各报因竞载王赓被捕事，间有涉及曼之处，不胜骇异，窃曼与王赓离异六年，至今绝无往来，而各报有谓曼仍与王青鸟往还，又有谓曼向各方营救王赓，甚至有谓与彼重赋同居之雅，此种捕风捉影之谈，无非好事者所为，本不足一辨，唯恐各界误听讹传，名誉所关，万难缄默，素仰先生为志摩至好，望将此信即日披露，以释群疑，存殁两感。祇颂撰安。陆小曼谨启。

陆小曼的信发表后，竟遭来另一小报《福尔摩斯》的挖苦和讽刺。在 1932 年 3 月 28 日，有位署名绿鸥的作者，写了篇《王赓竟有两个》，说陆小曼将另一个王赓当作这一个王赓，“故作函某报更正，亦一趣闻也”。

虽然陆小曼发了此信，可还是有好事者过了两年后，仍然在津津乐道地说王赓与陆小曼的事情。在 1934 年 5 月 30 日第 3 张第 10 版上，有一文《王赓已恢复自由　有赴德留学说》，说要带陆小曼到德国去。但结果并没有这回事。

# 徐志摩书信尚需重新整理[1]

陈建军

前段时间，我因编《废名往来书信辑录》，四处查阅民国时期报刊，竟无意中翻得徐志摩的一束信札。这束信札共有 11 封，是徐志摩 1925 年至 1931 年间写给画家刘海粟的，原载上海《文友》半月刊（郑吾山编辑兼印刷发行人）1943 年 7 月 15 日第 1 卷第 5 期，题名为《志摩手札——给刘海粟》。同时还刊登了一张徐志摩半身照。这束信札是《文友》半月刊记者何煜根据刘海粟所提供的原件抄录的。在刊发这组信札时，何氏特地写了一段“前记”：

刘海粟——这东方艺坛的巨人。

约在两个月前，刘氏从巴达维亚返抵阔别四年的上海后，记者便不时去拜访。在一个细雨迷漫的上午，忽蒙刘氏把他珍藏了已达二十年的已故诗人徐志摩的书信，交给了记者。他说：

“你可以在这些信件里，找出我和志摩的友情，是怎

1 原载《鲁迅研究月刊》2008 年第 9 期。

样的恳切和明朗……”

记者为了这些颇有意义的珍品，不敢自秘，所以把它一一抄录，以飨爱好徐氏诗文的读者。

这束信札中有两封，即第五封（1926年1月30日）、第六封（1927年7月），均未收入坊间流行的几种徐志摩书信集，当为佚简。兹过录于下：

海粟：顷来知贤伉俪俱感小不豫，为念。美展会今得杏佛电，蔡蒋亦出席，须延期至星期一下午二时，即盼转知。伯鸿先生已谈过否？明日中午或再来。志摩候。

海兄：忽然而行，慌忙无极，兄处竟不及走辞，思训文亦无暇阅看，幸兄善宥之矣。明日早九时新关码头启程，然勿敢劳相送也。胡公均候。志摩拜别。

第一封（1925年9月24日），各种徐志摩书信集漏收了前半截：

海粟：二信都到，常言说天才天忌，人才人忌，这回看来，是有点道理。要不然，为什么人人这样的怕你，他们也说不出所以然来，只是有些怕，因此不敢……。现在的情形大概严彭是不成事实了，虽则所说严早有非异人任的架子，行严简直不管，但最近索性叫老牛干，省得麻

> 烦。方才我们商议，与其来一个不相干的人弄得我们几个朋友进退二难，还不如上面放一个一无成见的牛爷。全内行既不可得，爽性来一个全外行，并且现在办学最难是经费！牛爷是部里人，筹款当然比旁人便利，所以我们意思暂时请他上去，也算是没办法中的办法。

其余八封，在句读、文字、标点上，也与已版《徐志摩全集》书信卷（香港商务印书馆 1983 年 10 月版）、《徐志摩书信》（晨光辑注，湖南文艺出版社 1986 年 1 月版）、《徐志摩日记书信精选》（顾永棣编选，四川文艺出版社 1991 年 7 月版）、《志摩的信》（虞坤林编，学林出版社 2004 年 7 月版）、《徐志摩书信集》（韩石山编，天津人民出版社 2006 年 6 月版）、《轻轻的我走了：徐志摩书信集》（傅光明编，中国三峡出版社 2006 年 10 月版）等有较大出入。我粗略统计了一下，仅异文就有上百处之多。

以前看徐志摩致刘海粟的书信，有些地方总令人感到一头雾水，莫名其妙，不知所云。如："你可以去电万升医院找他"（1925 年 9 月 24 日）；"适之有此接洽，令我咽唾不置"、"我海外交游类皆如此，亦十有八九老人忘年交，有时最真切也"（1925 年 10 月 29 日）；"连得两函敬荷。小鹣大婚"（1926 年 12 月 11 日）；"鱼在水，佛在山"、"小曼得帕，乃如小儿汤饼，极快乐"（1930 年 12 月 10 日）。对读新发现的信札，乃有拨云见日之感，原来"万升医院"应为"万昇酱园"；"接洽"应为"机会"，"我海外交游类皆如此，亦十有八九老人忘年交，有时最真切也”应为“我海外交游类皆六十乃至八十之老人，忘年交有时最真切也”；“连得两函敬荷。小鹣大婚”应为“连得两函，敬悉小鹣大婚”；“佛在山”应为“虎在山”，“如小儿汤饼”应为“如小儿得饼”。香港商务版《徐志摩全集》的底本是1936年前后陆小曼和赵家璧合编的《志摩全集》(未刊)，《志摩全集》所据该是原信件，而其差错竟有如此之多，实在让人不可思议。当然，《文友》半月刊中的11封信，也有不少错误之处，如第七封将“常玉”误为“常至”，第九封中的“太言”实系“太玄”之误等。另据信中史实推断，第七、第八两封信的写作时间似应为“民国十八年”，而非“民国十九年”。

据说，刘海粟一直很好地珍藏着徐志摩的信件，即使在十年浩劫中也未毁失。在《忆徐志摩》一文中，刘海粟曾谈到徐志摩信的去向："志摩给过我十几封信，被学生周宗琦借去学习，他出国之前，我再三索要，他说给一位青年人借去未还。"[1]徐志摩五十周年忌日前后，刘海粟对来访的谷苇讲过：原信件被周宗琦转借他人后，另外一个朋友抄了17封半信给了他。这些抄件，最早的一封写于“民国十四年七月末日”，最后的一封写于“民国二十年八月”[2]。谷苇想必是知道详情的，遗憾的是他仅披露了1925年10月29日的一封信，而这封信又与《志摩全集》中的完全一样。至于另外16封半信具体写的是什么内容，则不得而知。《志摩全集》共收徐志摩致刘海粟信19封，最末

1 见沈虎编:《刘海粟散文》，花城出版社1999年4月版，第214页。

2 谷苇:《新发现的一批徐志摩信件》，《文坛漫步》，湖南人民出版社1985年9月版，第155–157页。

一封是1931年10月4日写的，其余18封始于1925年7月31日而迄于1931年8月22日。因此，我怀疑刘海粟所得17封半信，并非据原信件转抄，而是录自《志摩全集》。

徐志摩致刘海粟的这11封信的原件，如果还在人间，相信会有公之于世的那一天。不过，在原信件尚未“出土”之前，新发现的这组信札，无疑是批珍贵的资料，至少可以作为校勘徐志摩相关书信的重要依据。

徐志摩诗文网（http://www.xzmsw.com）上传了一批徐志摩书信原件影照，其中《致伯父（徐光济）》（1917年10月7日）、《致林徽因》（1924年5月22日）、《致李祁》（1926年5月16日）、《致张幼仪》（1926年12月14日）、《致赵家璧》（1931年6月30日）等数封信与已版几种徐志摩书信集也存在着不少异文现象。另有《致江绍原》（1928年11月4日）和《致丁文江》（1926年6月24日）二信未见收入各种徐志摩书信集。徐志摩致丁文江信，全文如下：

在君大哥：

小弟小顽皮，果然急了老阿哥，告罪告罪！但如去函“先生”“敬候”为大不敬，则来函“弟江顿首”云者岂是以言敬耶？

振飞哥来畅谈几次，末次在福来饭店与适之三人专谈老哥，至三时之久不懈，是岂□[1]所谓敬也欤哉？

1 原件此字不清，疑为“在”字。

振飞已归，此函到时想已见过谈过，京友概况，当可憭然。通伯淑华已定本星六订婚，七月十四结婚，老哥送礼须从速，如不及寄即加入我等公份何如？

歆海家在北京路四二五号万昇酱园，得暇希约谈，我下周或南归，冀一面晤。

嫂氏在沪佳胜为念。

志摩候好　六月二十四日

迄今为止，收罗徐志摩书信较全者当属虞坤林编的《志摩的信》和韩石山编的《徐志摩书信集》，但是仍然存在失收、失校现象。看来，徐志摩书信确有重新整理的必要。

补记：

1926年，刘海粟随信寄给徐志摩《西溪》、《秦淮渡舟》、《南高峰绝顶》等六幅原画缩印品，希望徐志摩为每幅画题句。同年9月3日，徐志摩复信刘海粟。信中说："你要我在每张上题句，但那办法有些迹近复古，我觉得不敢尝试；我决意写这信去当替代，说话也来得方便，恳切。"此信后与蔡元培1926年8月27日所作短文，总题《对于刘海粟近作的两个批评》，发表在上海《新艺术》半月刊（倪贻德主编，上海艺术学会出版，光华书局发行）1926年9月16日第1卷第10期。蔡、徐二人之文前，有一段编者按语："刘君海粟，集其近作十余幅，在国外精印，刻将装订出版，名曰海粟近作；其友人蔡元培，徐志摩，梁启超，张君劢皆见其印张而有批评，兹先将蔡徐二君之文刊之于后。”1928 年 9 月 20 日，《海粟近作》由上海美术用品社出版，徐志摩信作为“题序”之“四、徐志摩（志摩的一封信）”收入其中。徐志摩信第三自然段云：

> 我不很懂得你的中国画；就我见到的，仿佛是摹仿前人的居多，并且不定是认真与用心的作品。我尤其不赞同你那些太近玄学一类的题记，放在画张怪碍眼的。在西洋画中，你的人像画我也不怎样恭维。你似乎得意你那“启瑛”，但可惜我没福见过。最末一张人像画我在上海见到的，如你知道，是你的“张君劢”。那可是不含糊的失败；笔力虽则要得，见到处虽则尽有，但我总觉得你那一次的下手太匆促，因此在画上容易看出概念的不莹彻，结构的不匀整：那张画是不完全的。

以《志摩全集》为底本的香港商务版《徐志摩全集》收录了徐志摩的这一封信，但没有上述一段文字。这段文字也未见收入后出的各种徐志摩全集或书信集。辑入《志摩全集》中的书信，都是陆小曼抄录的。这一段酷评刘海粟早年画作的文字，大概是陆小曼“为尊者讳”而故意不收的。

再记：

徐志摩 1926 年 9 月 3 日致刘海粟信，又载同年 9 月 19 日《晨报》副刊《星期画报》第 2 卷第 53 号，末署日期为“九月一日”，文字上与《新艺术》本多有出入。

# 徐志摩的佚诗《远山》[1]

张慧

1933年7月6日南京《中央日报》副刊《中央公园》革新号[2]刊出一首题为“徐志摩遗诗”的《远山》，全诗如下：

远山上有一抹的停云，
紧偎着个玲珑的尖峰？
那尖峰是你在我的心中，
我的恩情是偎着你的云。

江天里激起一柱的惊涛，
在风光中翻成晶莹的珠雨，
那江水是我那风和光是你，
我为你翻飞为你嘶啸。

1 原载《新文学史料》2009年第1期。

2 1933年7月1日，《中央日报》副刊《中央公园》刊登“中央公园预告”：“本园自七月五日起，内容革新，除特约海外名家撰稿外，欢迎读者投稿。……”1933年7月5日，《中央公园》刊“本园启事”：“本园革新号，本定今日起始，兹因前任编者，本日稿件已编就付排，故革新号改自明日起始。此启”。

《中央公园》作为《中央日报》的第二代副刊，于1932年5月21日创刊，它同第一代副刊如《青白》、《大道》等在编辑方针上出现了显著的不同，编者在《开场白》中就明确地指出："过去本报的副刊似乎是纯文艺的，大概是文艺得太过分了吧！好像不大得到群众的彩声，现在则要往副刊文艺'大众化'方向走，不要像从前那样的曲高和寡，不大受一般人欢迎。"正是本着这样一种"大众化"的编辑方针，《中央公园》在此阶段发出了"通俗"的声音，也刊登、连载了一批通俗作品。但是从储安平接手"革新号"[1]开始，《中央公园》似乎又开始恢复了它在《开场白》中批判的"纯文艺"的精神，虽然此时《中央公园》的面貌是"雅俗共存"的。"革新号"之前很多未连载完的通俗作品还在一定程度上有着延续，但储的编辑思想从"革新号"中就体现得十分清晰。徐志摩的这首"遗诗"刊登在"革新号"的重要位置，是储安平对"纯文艺"、对"新月派"的一种缅怀和肯定。

储安平曾经在上海光华大学就读，接受过徐志摩的文学熏陶和教诲，同新月派后期作家邵洵美、陈梦家等关系也较为密

1 关于储安平主编《中央公园》：1933年10月13日《中央公园》刊登方玮德《在厦门》通信两封；1933年10月27日，刊登方玮德与署名安平的通信两封。在方玮德信中，他这样写道："安平：来厦门不曾给你写信，听说中央公园上登载了我两封信，不知是什么人给你的。……"安平回信："玮德：我说我这小编辑可真有门道，只轻轻的施一下小计，你就不来信亦不成。……"据此可推测储安平此时为《中央公园》的编辑。

切，是“新月派”后起之秀之一。[1]储在大学期间热爱文学创作，在《北新》、《真美善》、《新月》等较有影响的新文学刊物上都发表过文章。徐志摩逝世后，储在《悼志摩先生》中写道：“我写散文多少是受着他的影响的。‘在相识的一淘里，很少人写散文。不过，’他说，‘在写作时，我们第一不准偷懒……’对于他这份督促我永远不该忘记。”[2]虽然储安平同徐志摩有着师生的情谊，但就现在徐志摩留下的书信及日记来看，他同储安平的接触并不是很多。那么，这首“遗诗”又是怎么被储安平发现并发表的呢？

综观“新月”众作家，同徐志摩和储安平关系都较为密切的有陈梦家和邵洵美两人。陈梦家在中央大学读书时，诗作就得到了徐志摩的认同，《那一晚》在徐志摩的推荐下发表于《新月》；此后，陈梦家开始了写作新诗的旅途，并在 1930 年同徐志摩、方玮德一起合办《诗刊》杂志；徐志摩逝世后，陈梦家又为徐志摩整理编辑了诗集《云游》。在《诗刊》期间，徐志摩很有可能将自己的诗稿置于陈梦家处，由于某些原因而导致未及刊载，由陈一直保留着。但如果是陈梦家保存的，在他编辑整理《云游》时，很可能将这首《远山》刊出，可是《云游》中并未收录《远山》，所以陈梦家将这首诗交于储安平的可能性是有的，但似乎不大。

在《远山》发表后的第二天，《中央公园》刊出一首邵洵美

---

1 陈子善：《“新月派”的后起之秀》，谢泳、程巢父主编：《追寻储安平》，广州出版社 1998 年 8 月版，第 19—20 页。

2 储安平：《悼志摩先生》，《新月》1932 年第 4 卷第 1 期。

的诗，全诗如下：

人和人的距离够多么远——
荷叶在水面上，
信笺在书桌上，
一个在地北，一个在天南。
心和心的颜色够多么像——
我刻着一首诗，
你刻着一首诗，
这一首寂寞，那一首凄凉。

这首诗的题目也叫《诗》，诗的意味十分明显，“人和人的距离够多么远”、“一个在地北，一个在天南”，表达了一种相思怀念之情。邵洵美和徐志摩的关系一直都是密切的，很多人都戏称徐志摩是邵洵美的哥哥，因为他们长相相似。当然，他们相似的不只是长相，还有一种自由文人的气质，如同《诗》中所说“心和心的颜色够多么像”。邵洵美和储安平的关系很难具体考证，但是就邵洵美对储安平文学活动的支持来看，无论是邵洵美支持的时代图书公司出版储安平主编的《文学时代》杂志，还是储安平每编一个新的副刊，邵洵美都是积极地向其投稿，甚至储安平那个不为人知的夭折了的刊物，邵洵美也为之写了稿[1]，可见邵洵

1　邵洵美译：《费克（J.E.Feeker）论高踏派的诗与批评》，《中央公园·文学周刊》1934年7月12日第10期。储安平在文后附言此文是邵洵美为其之前所编的某个刊物所撰文，其刊虽曾付印，但最后并未出版。

美与储安平的关系是较为密切的，加之邵洵美和徐志摩的密切关系，这首遗诗保存在邵洵美那里的可能性也是存在的。假设邵洵美在将其奉献给了《中央公园》后，又附上诗作一首，往日挚友之情涌上心头，作了这首《诗》，表达了对老朋友的一种怀念之情，也是未尝不可。当然，这些都是笔者的推测，这首“遗诗”背后的故事到底如何，还有待更多史料的发掘。

储安平在《中央公园》刊登《远山》这首“遗诗”，首先是对徐志摩作为“新月派”精神领袖的一种认可；其次，也是储安平为“新月派”继续发声开辟阵地的一个昭示。在随后的《中央公园》里，新月派后期的代表作家，如陈梦家、邵洵美、方玮德、曹葆华、沈祖牟等都发表了作品，《中央公园》一度也是以新月后期作家作为撰稿人阵容的。直至1934年5月10日，储安平转而主编《中央日报》新辟的副刊《文学周刊》，《中央公园》的撰稿人阵营才转移至了《文学周刊》。

笔者查阅韩石山先生主编的《徐志摩诗歌全编》和天津人民出版社出版的搜罗最为齐全的《徐志摩全集》，发现这首《远山》都未被收录。《远山》的上节讲述“我”和“你”的关系，“我”是“停云”，“你”是“尖峰”，“停云依偎着尖峰”；下节从“停云”、“尖峰”转而至“江水”和“风和光”，“我”是“江水”，“你”是“风和光”，江水在风和光中化为了珠雨。如果上节强调的是“我”和“你”的一种相依相偎的关系，下节则是在强调“你”对于“我”的意义，因为“你”将“我”化成了“珠雨”，所以“我为你翻飞为你嘶啸”。虽然诗歌上下节在形式上的呼应是明显的，但在意义层面上，下节却是显然更进一层的，最后一句也是整首诗的升华，充分表达了“我”对“你”的深厚感情，全诗是一首浓烈的爱情诗歌。

《远山》延续了徐志摩诗歌浪漫主义的特征，将外界物象同诗人内心的情感紧密地联系，从而发出“爱”的声音，狂烈而又奔腾，是“浓的化不开的”。诗中的物象“停云”、“尖峰”、“江水”、“风和光”表达了一种爱的宣言和力量，诗人内心的情感被外界事物不断地撞击着，他的“单纯的信仰”也不断地彰显着。徐志摩这种用物象来表现诗人情感的作品还有很多，如《情死》中的“玫瑰”、《月夜听琴》中的“琴声”、《荒凉的城子》中的“城子”等。但《远山》的特点是它的物象都是大自然的景物，无论是“停云”的优雅还是“尖峰”的气势，在徐志摩的笔下都化作了万千的感情，情感的漫溢已经完全让这些自然景象画上了“美”与“爱”的色彩，所以这也是一首浪漫主义的爱情诗歌。

徐志摩的诗歌还擅用一种象征手法来表现自我的意识和情感，这首爱情诗的自我意味最明显的是“云”这个意象。“云”在徐志摩的诗歌中总是代表诗人自我，如“我是天空里的一片云，偶尔投影在你的波心——”(《偶然》)；“我就像一朵云，一朵/纯白的，纯白的云”(《爱的灵感》)。在《远山》里，诗人同样是沿用了“云”这个有着古典美的意象物，利用“云”对诗人进行自我的认同，“我的恩情”就是“依偎着你的云”，“云”这个意象直接指涉的也是诗人自己以及诗人的情感；另一方面，“尖峰”这个比拟意象的存在，虽然是明确比喻为“你”，但这样的比拟，只是为了说明“尖峰”在“云”的心里，也就是

“尖峰”在“我”的心里。也就是说，这首爱情诗是一种“自我”感情剖白式的诗歌，表达的是“我”对“你”的感情。虽然诗歌在内容上“你”和“我”是呼应的，但更多的是“我”对“你”感情的一种表白。徐志摩的诗歌很多是借物咏情的，借此来表达诗人对“爱、美、自由”精神的追求。

《远山》因为创作时间的不确定，很难确切揣度它背后的声音。但在文本解读上，这首诗讲究内在精神和外在意象的统一，表达了诗人对爱情的追求，又蔓延着一种浪漫主义情绪，这些都是徐志摩诗歌风格的体现。鉴于储安平对徐志摩的尊重与爱护，《远山》冒名徐志摩“遗诗”的可能并不存在，可以肯定这首诗是徐志摩的佚诗。《远山》埋没 75 年之后终于被发掘出来，还是值得庆幸的。

# 陆小曼佚文《萤火虫》和徐志摩“附注”[1]

张慧

1928年4月21日上海《中央日报》副刊《文艺思想》刊登了一篇陆小曼的译文《萤火虫》，译自英国作家Richard Garnett的*The Twilight of the Gods*，只有一千四五百字。笔者发现这篇译文并未收入百花文艺出版社2002年1月版《陆小曼诗文》，这也是目前已知的陆小曼首篇问世的译文作品。

《中央日报》是民国政府时期国民党中央机关报。1928年2月1日创刊于上海，1929年2月迁至南京出版。上海时期的《中央日报》存在时间较短，只有一年不到，但对文艺副刊的态度却相当宽容，几乎每周五天都有刊期相时稳定的副刊，如《摩登》、《艺术运动》、《文艺思想》等。这些副刊都是纯文艺性质的，看不出多少党报背景色彩，如《摩登》是由田汉、王礼锡编辑。这一时期副刊发表的作品也是各种类型的，如田汉的长革命史剧《黄花岗》、沈从文的短篇小说《爹爹》、戴望舒的诗歌译作等。副刊《文艺思想》创刊于1928年3月20日，是《中央日报》的第一代文艺类副刊，撰稿人多是当时知名文学

1 原载《书城》2009年第1期。

家或文艺理论家，如美学家林文铮翻译的波德莱尔的《恶之华集》[1]就是在这个副刊上持续连载的。

陆小曼是个才女。她擅长丹青，写得一手好字。她同徐志摩合作的五幕剧《卞昆冈》，创作的小说《皇家饭店》以及后来公开发表的《爱眉小札》中缠绵的情书，都显示了很好的文字功底，也渐渐得到了现代文学研究界的承认。但以陆小曼的身份地位，她的译文出现在《中央日报》副刊中，还是很奇怪的。加之她本身对写作稍有倦怠，即便偶尔为之，也往往是在徐志摩的要求之下。那么，这样一篇译文又是如何诞生的呢？译文文末，徐志摩竟亲自附注，说明了陆小曼翻译此文的缘由。这篇“附注”也未收入《徐志摩全集》：

> 近来小曼一提笔就嚷头昏，要她写成一点东西实在不是易事。那天浩徐来，要我替中央附刊留心文稿，我随口说让小曼给译点小说吧。浩徐倒是不含糊，他一回去就接连着派人拿信来催稿。这回小曼可急了，要我给她想办法，替她临时抱佛脚。她说长的她没有力气译，“贫相”的她又不愿意译。这倒是个难题目。我想了好久才想起 Richard Garnett 那本 *The Twilight of the Gods*。果然翻着了这篇《萤火虫》，正好！文章短，意味深，再好也是没有的了。嘉耐德是英国文学界里一个博学鸿儒，与 Leslie Stephen 和

1　林文铮的译文《恶之华集》最初刊载于《中央日报》特刊《摩登》中；《摩登》无故停刊后，继续在《文艺思想》上连载。

Edmund Gosse 齐名的。他的夫人就是几乎包办全部俄国文学的康丝当斯嘉耐德（Constance Garnett），我们东方人能够赏鉴到俄国几个大家的作品的（，）谁不感激这位大气魄的女翻译家。

这篇文章原来是在追稿的高压下完成的，而徐志摩在这篇译文中究竟又出了多少力，就不言而喻了。当然，陆小曼的英文功底也是不容小觑的。那么，这个追着陆小曼要稿的浩徐又是谁呢？浩徐，即彭浩徐，也就是当时《中央日报》的总编辑彭学沛。他曾是《现代评论》的编务，与经常在此刊发表文章的沈从文交情不错。据丁玲回忆，胡也频后来得以编辑《中央日报》副刊《红与黑》，正是由沈从文举荐给彭学沛的。1928 年正值《中央日报》创刊，彭学沛时任总编辑，他主动请徐志摩帮《中央副刊》留心文稿，是对徐志摩文学才华的一种认可。彭学沛和徐志摩的关系现在无从细证，但就徐志摩的做法来看，他无法拒绝彭学沛的盛情，只得让太太陆小曼来敷衍。谁知彭学沛竟如此执着，接连几日追稿。最后，徐志摩只得帮陆小曼构思选题，由陆小曼译好投去，彭学沛才肯罢休。但面对彭学沛的盛情邀请，徐志摩事实上并未领情，在陆小曼这篇译文以后，上海时期的《中央日报》竟未曾发表徐志摩的任何文章，其中缘由还有待更多材料的挖掘和研究。

当然，徐志摩未曾给《中央日报》投稿，也很可能只是偶然为之，毕竟他还是亲自为陆小曼的文章附注，也算是还了彭学沛一个人情。陆小曼的这篇译文是一个童话故事，讲述了一只贪心的萤火虫的故事。译文文字优美，语言顺畅，富有童趣，体现了陆小曼的翻译才华。此文在埋藏了 80 年后被挖掘出来，还是值得庆幸的，尤其对那些曾经误读陆小曼的人而言，这更是展现陆小曼才华的一个有力证据，而更让人惊喜的是徐志摩的亲笔附注。从附注的内容看，将这篇《萤火虫》理解为是二人合作的作品也不为过。巧合的是，《萤火虫》发表前 10 天，也就是 1928 年 4 月 10 日，《新月》刚发表了徐志摩与陆小曼合作的五幕剧《卞昆冈》。只是后来诗人早逝，这样夫唱妇随的文坛佳话再也没有过了。

附：

萤火虫

**陆小曼 译**

有一个幻术家为要研究学问隐居在一处森林内的一所茅屋里。这是在热带地方的一个夏天。在那屋子相近的树林里住着一只最美丽的萤火虫。她带在身上的光是耀眼的亮，可是又软和又闪动的，像是那黄昏晓，每回她从青林深密处穿进又穿出的时候像是一单炷的火焰，她歇在叶子上喘气或是倒挂在树枝上放光的时候像是一盏灯；要不然就像一个游行的流星（，）当她在最高的树顶光头一亮亮滑溜过的时候；这些把戏她常常玩，因为她是一只好胜的萤火虫。她慢慢的认识了那幻术家，有时候她歇下来坐在他的头发里发光，或是在他的书篇上爬过曳着她的光阴的尾光。那幻术家比什么都看重她！

“她该长一对多媚的眼要她是一个女人！”他心里想。

有一次他对她说：

“你一定是顶快活的，你这少有的又美又亮的小宝贝！”

“我是不快活的，”那萤火虫回话说：“我是什么东西，话说回来，我还不是尾巴上带着一枝小蜡的一个飞虫子？我愿意我是一个明星。”

“就算，”那幻术家说，拿他的魔棍碰了她一下，她就变成了高高在上的一颗美丽的明星。

过了几晚那幻术家又问她这回满足不满足了。

“还是不，”她回说。“我是一个萤火虫的时候，我爱飞到那儿就飞到那儿，来去都由我。现在我可得一定在什么时候升起什么时候落下，也就有这么一忽儿放亮，没有得多。我一点也不能飞了就这慢申申在天空里爬着。在白天我竟不出来，我就亮着也没有人看得见。我常常教雨，雾，云给蒙住了的。就在我照得顶亮的时候，人家喜欢我也比不上我做萤火的时候，这天上多的是别的明星。不错在夜晚我是看见人家仰起头来看着我，可是我又怎么能知道他们看的是我呢？”

“天然的规律就许这样来，”那幻术家对她说。

“您别跟我讲什么天然的规律了，”那萤火虫说。“我没有造作什么规律不规律，我为什么得受它们的指挥。您再让我变别的东西吧。”

“那你做什么？”那好说话的幻术家问她。

“我在这儿一路爬着，”那是说，“我瞧着有这么一流清亮的柔软的光。那是从你书房那台灯里来的。它从你那窗户流出来像是一河小银的流波，又凉爽又暖和的，让我做那么一盏吧。”

“算数！”那幻术家说：〔。〕那星就变了一盏可爱的玻璃灯，放在他书房的一个壁龛里。

她的贞洁的光（，）他念书的时候尽照亮着他的书篇。到了时候吹灭了她然后上床去睡。

第二天早上那灯又发气了。

“我没有让你拿我吹灭的，”她说。

“那你就得自个儿萎灭了去。”那幻术家说。

“什么！”那灯叫起来了，“我还不是凭着自己的光亮着吗？”

“当然不是：现在你既不是一个萤火也不是一个明星。这回你得靠着旁人。我要不把这油膏加下去你就得永久黑着。”

“什么？”那灯又灭了，“我自己再没有光亮！你得让我做一盏光亮着的长生灯，要不然我爽性灯都不做了。”

“唉，可怜的朋友，”那幻术家忧愁的回答她，“只有一个地方可以长生的。我可以让你做一盏墓宫里的灯。”

"好，"那灯说。那幻术家就拿她变成了一盏异样的神密的灯，人们开掘往古帝王或是术士的墓有时发见那一类，虽则没有油膏，可是永久保持着一炷光彩。他就带了她到一处墓宫，在那里长眠着一个伟大的君王，满身熏着异香，穿着黄金袍服的，他把她放在那尸体的头边，那可怜的主意不定的小萤火虫究竟在那坟窟里得到安息没有，我们除非自身到她那里去就无从知道。但是那幻术家自管封止那墓宫的门，心里转着念头走回了家去。他正走进他的茅屋，又见另一只萤火虫一飞一闪的在树林里出进，比原先那一只一样的漂亮。她是一只聪明的萤火虫，十分满意于这世界以及这世界上的一切，尤其满意于她自己放光的尾梢。要是那幻术家乐意收养她，我们可以相信她一定愿意和他同住的。但是他再也不看着她了。

# 徐志摩的佚诗与佚简[1]

赵国忠

1932年5月17日在《天津国民日报》第5版，新增一副刊《文学周刊》，刊头是周作人题字，每逢周二出刊，每期用四开一整版。同年7月26日出至第11期后，随着《天津国民日报》停刊而终刊。这个刊物标明中国文学研究会主办，实际是由南开大学的几位学生负责编辑。这块园地既发创作，也载译作，固然以新文学为主，同时也不避旧辞章。重要的作品有陈梦家的《〈歌中之歌〉译序》、戚佑烈的诗论《三百篇表现的人间苦》、刘荣恩的小说《初晚——献给我已故的母亲》等。但从总体上看，登载有分量的作品不多，绝大部分为青年学子的习作。不过在浏览时，我却找到了徐志摩的文字——一首短诗，一通书简。

1932年6月14日《文学周刊》第5期，在版面的显著位置刊登一首《想像你的句》的新诗，标明是"徐志摩先生遗作"，诗前还有编者加的一段按语，对诗的写作时间及何以在本刊发表均有交代。

自1931年11月徐志摩因飞机失事而遇难后，编辑其诗文全集的工作即已启动，但因种种原因，迟至1969年，才由台北

1　原载《文汇报》2011年3月24日。

传记文学出版社出版了第一部《徐志摩全集》，此后又有香港商务印书馆五卷本的《徐志摩全集》，上海书店在这基础上，又增补四卷。而现在市上最通行且收录最为齐全的是2005年天津人民出版社出版、韩石山先生主编的八卷本《徐志摩全集》。当然，这里所谓的最为齐全，仅是相对而言，遗珠恐怕在所难免。像这首《想像你的句》，即为各种全集所遗漏。此处连按语一并照录如下：

## 想像你的句

这首诗是志摩先生写来送给一位友人的，大约是在他未故前的那个五月里。道歉是必需的，因为诗人已经不在，不能得到他发表的地方和时候的同意。但我们以诚恳来给世界上一点美。志摩先生的友人们，不以为我们唐突吧！

想像你的句
如同一支饱餐着风
开向海天澄碧处的
航船；

运用你的字
如同一只蝴蝶
在花香与露气间
舞动他的粉翅。

夜深听雨时写此即以奉贻　志摩

这短短的一首小诗，内容并不晦涩，是赞扬某人的文字的，抑或，极有可能赞扬的是某人的诗作，但作者仅用两个形象的比喻便真实自然地表达出了情感。

徐志摩在他的《猛虎集》序中，曾谈到写诗的艰辛：“且不说诗化一类的理想是谈何容易实现，就是平常在实际生活的压迫中偶尔挣出八行十二行的诗句都是够艰难的，尤其是最近几年，有时候自己想着了都害怕。”“就经验说，从一点意思的晃动到一篇诗的完成，这中间几乎没有一次不经过唐僧取经似的苦难的。”然而上面所录的这首，因是写给友人的，最初也没预备发表，反而给人感觉写得更加轻巧，仿佛是信手拈来一样。

1932年7月19日《文学周刊》第10期，刊登了刘荣恩《鸡鸣寺的诗心》一文，这是对陈梦家自传体小说《不开花的春天》所作的书评。文章起首，作者先讲了一件事，说在许久前的一个夏日，收到这样一封信：

荣恩：

你回来，至喜。……我现在介绍一个诗人给你，陈梦家，你也许见过他的作品。他是鸡鸣寺的诗心。你带回北国的诗情，你俩一定能结交。

志摩

这封信，也未见收入已出版的各种徐志摩作品集，当是一封佚简。虽然内容不全，有些以省略号做了替代，成为残简，然仍觉珍贵。比如它透露刘、陈的结识由徐志摩牵线，而且两人后来确实有了交往。刘荣恩借徐志摩原话作题目的这篇文章，便写到初次见面的情景及留下的印记，在他笔下，陈梦家“头发也不长，脸也不绿，只是一个平凡的大学生。在我家他连抽了二支烟卷（他自己的），他说，他在家里不敢抽烟。原来，这位先知也在本地家乡里受压迫的。在青烟的漩涡中，真是一位爱好做美梦时代的孩子，醉了诗的人，多是美梦的追求者，幻想的追求者”。信中，徐志摩把“鸡鸣寺的诗心”许给陈梦家，看出对这位弟子非常地了解。鸡鸣寺是南京的一座著名古寺，离此不远是国立中央大学，陈梦家在该校求学时，恰巧徐志摩也在执教，因喜爱新诗，便投在徐的门下。这座寺庙之于陈梦家的生活具有一种特殊意义，隔三岔五地总孤零零地一人跑来探幽访古，寻找诗意，这里俨然成了他诗絮飞扬的道场。徐志摩善于提携后进，他介绍这一南一北（刘荣恩 1930 年毕业于燕京大学，后长期在天津生活，1948 年去伦敦定居）两位诗坛新人相识，当然对他们有所期许，而两人也没辜负徐志摩的期望。陈梦家不必说了，刘荣恩后来也有《刘荣恩诗集》（1938 年）、《十四行诗八十首》（1939 年）、《五十五首诗》（1940 年）、《诗》（1944 年）、《诗二集》（1945 年）、《诗三集》等作品问世，只是这些均为自费出版物，多是赠给友人，读者不易见到罢了。

走笔至此，忽然生出一个想法。如果允许猜测，我斗胆地把前面所录那首《想像你的句》，也认为极有可能是写给刘荣恩的，只是发表时，在诗前的按语中，刘觉得不便说出自己的名字，便做了“送给一位友人”的处理。

# 徐志摩与《天籁》[1]

陈建军

1902 年，美国南北浸会差会议决定在上海创建一所浸会大学和道学书院。1906 年，道学书院开办，北浸会传教士万应远为院长。1909 年，浸会大学堂开设，校长是南浸会传教士柏高德。1911 年，大学部与道学院合并为上海浸会大学，北浸会传教士魏馥兰任校长。1914 年，中文校名更换为沪江大学，英文名仍沿用Shanghai Baptist College（简称Shanghai College）。1929 年，英文校名改为University of Shanghai，报教育部立案，两年后正式启用。1951 年，由上海市人民政府接办。1952 年，全国高等学校院系调整，沪江大学整体解散，其各专业并入复旦大学、华东师范大学、上海交通大学等相关院校，原杨树浦校园转归新成立的上海工业学校（上海理工大学前身）。

《天籁》是由沪江大学学生创办的一种综合性刊物，其出版情况大致如次：

1912 年 6 月创刊，初名《天籁报》，中英文合刊，每季出

1 原载《博览群书》2012 年第 7 期，原题为《徐志摩在〈天籁〉上的三篇佚文》。

版一册。出版经费自筹，上海浸会大学天籁报社印行，首任社长是郑章成。1914年第2卷第3号起，改署“沪江大学校天籁报社印行”。自1917年3月起，由沪江大学、杭州蕙兰中学、苏州晏成中学、宁波浸会中学、绍兴越材中学、梅县广益中学和上海明强中学等七校联办，仿报纸形式，月出两大张。1919年后，改归沪江大学一校承办，恢复杂志形式。1920年，校方提议合办，始为周刊，继为月刊，三年后因经费问题停办。数月后，重新发刊，经费由学生每人每学期出五角，于交学费时缴纳。1920年4月第9卷第4期起，改名为《沪江大学月刊》。1921年第10卷第1期起，由月刊改为周刊。1921年12月第11卷第1期起，又改为月刊，一年后改为半月刊，复名《天籁》，不久停刊。1924年3月15日出版第13卷第1期“复活号”，由沪江大学学生自治会出版部印行，不再另设报社。1926年10月，改名《沪大天籁》。1928年5月，改名《天籁季刊》。1932年兼出《沪大周刊》。1933年4月，改出《沪大月刊》。1934年，学生自治会解散，因经费奇绌，遂于6月15日出版第23卷第3、4期合刊后宣告停刊。一年后，学校当局应学生之要求，重行组织学生理事会和出版委员会，议定出版经费由学生承担，每人每学期一元，开学时由学校当局代收。1935年秋，续出第24卷第1号，名为《天籁》，由出版委员会负责编辑、印行。1937年6月，出至第26卷第1期后因中日战事而自行停刊。1949年8月复刊，仅见第1卷第1期。

1915年5月，徐志摩毕业于杭州省立第一中学。9月，考入北京大学预科。12月5日，回硖石与张幼仪结婚。1916年1

月，“自请退学”。1917年初春，与吴经熊一同应考北洋大学法科特别班。2月，正式进入北洋大学。从1915年底到1917年初，徐志摩主要是在沪江大学度过的。在沪江大学肄业期间，他加入了“天籁社”，开始仅列名“汉文主笔”，后来还担任“汉文书记”。他在《天籁》上共发表11篇文章，均未收入坊间流行的各种徐志摩“全集”或“文集”。2012年4月28日，《海宁日报》所刊《初读徐志摩佚文八篇》(姚静夫)，称徐志摩发表在《天籁》上的文章有8篇:《渔樵问答》、《卖菜者言》、《论臧谷亡羊事》[1];《说发篇一》、《送魏校长归国序》、《沪江春秋》[2];《贪夫殉财烈士殉名论》、《征人语》[3]。这8篇文章的署名，用的都是徐志摩的原名徐章垿。2011年7月28日，《新民晚报》所刊《徐志摩在沪江》(章华明)，也说是8篇。2010年，华东师范大学有一篇硕士学位论文，题为《民国时期教会大学的文学教育与新文学之间的关系——对沪江大学校刊〈天籁〉(1912-1936)的一种考察》(李江)，其附录“《天籁》目录”(不全)中同样只著录了这8篇文章的发表信息。其实，除这8篇之外，徐志摩在《天籁》上发表的文章，还有3篇。这3篇文章分别题为《祀孔纪盛》、《记骆何堃全谊事》和《春游纪事》，均载《天籁》1916年3月第4卷第1号“杂俎”栏内。第4卷第1号至第4号，刊名“天籁”由郑孝胥题写，其内页页眉署“天籁报”，期号承续第3卷，依次为“第五号”、“第六

1 载《天籁》1916年6月第4卷第2号。

2 载《天籁》1916年11月第4卷第3号。

3 载《天籁》1916年12月第4卷第4号。

号”、“第七号”和“第八号”。《祀孔纪盛》一篇，在目录和正文标题下，都署名徐志摩。其他两篇紧接着《祀孔纪盛》，所署都是“前人”，这个“前人”循例当然是指徐志摩。

1914 年，袁世凯通令各省，以春秋两丁为祀孔日，各地文庙由地方长官主祭。1915 年 3 月 17 日是农历二月初二，俗称“龙抬头节”，恰逢丁未日。是日“昧爽”（黎明），追随袁世凯的浙江巡按使屈映光率众举行祀孔典礼。时为杭州一中学生的徐志摩大概参加了当天的祭祀活动，目睹了整个过程，因此才有这篇《祀孔纪盛》的文章。有意思的是，同一天，在教育部社会教育司任佥事兼科长的鲁迅，也参加了北京孔庙崇圣祠的祭祀活动，而且还是正位执事者之一。

《记骆何堃全谊事》叙写了一个真实而带有传奇色彩的故事：1912 年 5 月，骆何堃等百余人乘专轮前往湖北军官预备学校。途中，与其相处得很好的鸳湖人王君突染暑疾，无药救治。临终前，王君一再请求骆子把其尸体运回故乡。王君死后，船长要抛尸江中，骆子“执不可，必全其尸”。同行诸生正在赌博，骆子怒不可遏，“夺具投之江”。听了骆子一番肺腑之言，“众皆感愧”，纷纷集资，凑足棺殓费。薄暮时分，轮船停泊鹉乡，骆子携瓯人登岸，肩扛尸体，终于在一老者的帮助下，将王君埋在山上。第二年，骆子把王君灵柩运回到了鸳湖。全文通过这一件事，将骆何堃“亢节厚谊”、“意气如云”、信义薄天的品格写出来了，字里行间流露出赞赏和敬佩之情。关于这一“莫夜负尸”之事，很有可能是“吾友骆子”亲口讲给徐志摩听的。

骆何堃即何竞武（1894–1961 年），祖籍浙江诸暨。早年就读海宁市硖石镇米业两等学堂第一期，1911 年毕业即参加学生军，半年后入湖北军官预备学校。1916 年，入河北保定陆军军官学校第四期步兵科。1917 年毕业，在北洋军阀部队中历任马步兵巡防、统领、骑兵旅长、骑兵司令、军参谋长。1926 年，任国民革命军东路总指挥部少校参谋，后任国民革命军第一路总指挥部交通处长、津浦路军事管理处处长、国民革命军总司令部野战铁道交通指挥官。1928 年，任骑兵第二师少将副师长。1929 年，任国民革命军编遣委员会鄂西编遣委员，同年改任湖北各部队编遣特派员办事处委员，后升任国民革命军第三编遣区中将主任委员、第八军中将参谋长。1930 年，任铁道部平汉铁路管理局局长，后兼任平汉路运输司令、平汉护路中将司令、国民革命军总司令部副官处中将处长、平汉铁路管理委员会委员长。1934 年，兼任军事委员会北平分会中将委员、蒙古地方自治指导长官公署参赞。1936 年，任陆军中将，后调任军事参议院中将参议、陇海铁路局局长、军事委员会运输统制局西北公路运输处中将处长。1942 年，任西北公路运输局（后改称西北公路管理局）局长。1945 年，调任全国铁道运输副司令。1948 年去台湾。1961 年，在台北病逝，后葬于美国马萨诸塞州列克星敦市。

骆何堃是和徐志摩一起在海宁硖石长大的好友[1]，徐志摩是

1 曾与陆小曼交往甚密的陈巨来在刊于《万象》2002 年第 4 期《安特人物琐忆》一文中说，何竞武“与徐志摩为异母之弟”。

他的女儿何灵琰的干爹。1931年11月18日，徐志摩从上海坐火车至南京，晚上住在骆何堃家。次日，微雨，早餐后，骆何堃因急事离开。等他赶回时，徐志摩所乘坐的“济南号”邮政班机已于八点起飞，不久撞毁在济南附近党家庄的开山上。据何灵琰回忆：“棺木运回南京，父亲抚棺顿足大恸，父亲虽祖籍诸暨，却是在海宁硖石镇生长，和徐干爹不但是好友而又同学，二人友谊深厚，远胜手足。”[1]徐志摩罹难后，骆何堃曾在致胡适信中说：“我为摩惟一武朋友，不想竟为其最后分手之一友。一月来，追想其临别神情，往往发呆。”还说：“惜我因事未及赶上，否则决劝其改期也。”[2]其丧友之痛，溢于言表。

《春游纪事》主要记叙徐志摩自己春日畅游虎跑之所见所闻、所感所想，他“尤不能忘情于虎跑之泉味，与夫寺僧之禅语，以故记之特详也”。

徐志摩1918年8月赴美留学前公开发表的作品，以前仅知有杭州一中校刊《友声》上的《论小说与社会之历史》、《镭锭与地球之历史》等两篇。《天籁》上的11篇文章，大大丰富了徐志摩的研究史料，同时至少可以澄清这么几个事实：一、匠格于资料，目前不能确切地知道徐志摩进入和离开沪江大学的具体时间，但他有在沪江大学求学的经历，则是无可置疑的。二、至迟在1916年3月，徐章垿就开始使用了“徐志摩”这个名字，而非陈从周在《徐志摩年谱》中所说的“志摩二字，离

1 何灵琰：《我的义父母：徐志摩和陆小曼》，美国《中报》1987年4月。

2 见《胡适遗稿及秘藏书信》，黄山书社1994年12月版，第82–86页。

北京大学后，出国始更”[1]。三、在沪江大学读书时，徐志摩还不到20岁，却具有相当深厚的国学及古文功底。《天籁》上的11篇文章都是文言文，不借助于工具书而想逐字逐句地弄明白，洵非易事。

1 陈从周:《徐志摩：年谱与评述》，上海书店出版社2008年12月版，第11页。

# 《政治学报》中的徐志摩佚文[1]

陈建军

徐志摩（1897–1931年）于1918年8月从上海启程赴美国，9月入马萨诸塞州克拉克大学，1919年6月毕业。同年9月入纽约哥伦比亚大学研究院攻读硕士学位，1920年9月毕业，旋即转赴英国留学。迄今为止，尚未见到徐志摩留美期间所公开发表的文字。已知他的游美日记、部分书信和数则随笔、杂记等，大都是其罹难后才被公之于世的。

在美国学习期间，徐志摩主修政治和社会学，曾对社会主义学说发生过浓厚兴趣，购买并阅读了一些有关社会主义的书籍。徐志摩本是怀揣“实业救国”的宏愿前往美国的，但罗斯金和马克思修正了他对“烟囱”的看法。他“同情社会主义”，“立定主意研究社会主义”，被同学戏称为“鲍尔雪微克”[2]即布尔什维克。1920年，他在写给其克拉克大学时的同学李济的信中说：“我近来做了些中文，关于社会主义，想登《政学丛报》的，抄写得真苦，肩膀也酸了，指头也肿了。”[3]《政学丛报》疑

1 原载《新文学史料》2012年第4期。

2 志摩：《南行杂记·二 劳资问题》，《晨报副刊》1926年8月23日第1434号。

3 徐志摩：《致李济并郝更生》，虞坤林编：《志摩的信》，学林出版社2004年7月版，第210页。

为《政学丛刊》(*Political Science Series*)。该刊创办于1920年1月，纽约中国政学社编辑，上海中国政学丛刊经理部发行，上海商务印书馆代印。1921年8月出至第2卷第3期终刊，共七期。我未翻检《政学丛刊》，不知其中是否登载过徐志摩的文字。不过，我在《政治学报》中倒发现了徐志摩的三篇"关于社会主义"的文章。

《政治学报》(*Political Science Quarterly*)由位于北京南池子的政治学报社编辑，编辑干事为万兆芝，上海中华书局印刷兼发行。政治学报社的成员主要有张奚若、金岳霖、徐志摩、王伯衡、王徵、朱中道等，多为时在哥伦比亚大学研习政治学的中国留学生和部分已经回国的留学生。据金岳霖回忆，这份刊物只出了一期，经手人是张奚若的夫人杨景任，那时她在上海读书。[1]甘肃人民出版社1995年7月版《金岳霖文集》第四卷附录《金岳霖年表》中称，《政治学报》共出了三期，但年表中未见著录金岳霖在此学报上的发文信息，文集中亦不见收录金岳霖在此学报上所发表的文章。这些文章也未收入人民出版社2013年12月版《金岳霖全集》(全六卷)。所以如此，大概是编者没有觅到《政治学报》之故。《政治学报》仅见二期，出刊时间分别为1919年12月1日和1920年8月1日。《政治学报》或属稀见刊物，国内图书馆鲜有收藏，兹将各期目次过录于下：

1 金岳霖:《我的最老的朋友是张奚若》，刘培育主编:《金岳霖的回忆与回忆金岳霖》，四川教育出版社1995年7月版，第14页。

## 第1卷第1期目次


论著

主权论沿革 张奚若

共和论 金岳霖

韦罗贝政党论 万兆芷

国际大同盟论 王国钤

责任内阁之片面 朱　经

战时财政说要 陈淮锺

工资支给法之研究 沈　沅

税盐法种类之比较 朱中道

中国政治道德堕落之原因 沈　沅

书评

自由与法律（雷锡 著） 金岳霖

德国政理之大义微言（韦罗壁 著） 万兆芷

公法界之大革命（狄格 著） 张奚若

政权性质论（拉斯克 著） 张奚若

近世币制改良史（喀摩腊 著） 陈淮锺

我之德皇观（黑尔 著） 王国钧

附录

国际同盟规约草章全文

## 第1卷第2期目次

### 论著


社约考论　张奚若

共和论（续）　金岳霖

韦罗贝政党论下（续）　万兆芝

社会主义之沿革及其影响　徐志摩

美国地方自治制度述要　王伯衡

币量与物价学说汇述　沈　沅

读九年预算表感言　朱中道

工资支给法之研究（续）　沈　沅

人民参政议　吴载盛

中国旅美侨民之历史及其状况　瞿桐岗


### 书评


希腊政论　张奚若

国家社会　张奚若

玄想的政国观念　金岳霖

公民责任之要义　金岳霖

歧路中之平民政治　金岳霖

乐土康庄　徐志摩

自由国家之社会 国际联盟之要义及其实施　徐志摩

中日关系之真相　王伯衡

中国海关改良刍议　王伯衡

1920年3月25日，张奚若在致其友人信中云："《政治学报》第一期本不见佳，再加《国际大同盟论》及《中国政治道德堕落之原因》二文，自是愈弄愈糟。而中华书局又要省钱，不肯登广告，销路自然不会好。新出之报若要人知，自非广告告白不可，君以为然否？"[1]中华书局为省钱不肯登广告，致使《政治学报》销路不好；而销路不好，则这份学术刊物的生存自然不会久长。因此，我猜想，《政治学报》很有可能出完第2期就自动停刊了。

由目次可知，徐志摩在《政治学报》上发表了一篇"论著"、两则"书评"，均载第1卷第2期。

两则书评，一是评罗塞尔著《乐土康庄》，一是评马罗著《自由国家之社会》和段耕辑《国际联盟之要义及其实施》。罗塞尔（Bertrand Russell）即罗素，《乐土康庄》即*Proposed Roads to Freedom*，1919年由纽约Henry Holt and Company出版，现通译为《通往自由之路》。20世纪90年代，安徽诗人祝凤鸣曾在合肥一路边书摊购得英文版*Proposed Roads to Freedom*，扉页上方签署："C.H.Hsu,April7,1920.C.U."下方钤"志摩遗书"椭圆形蓝色印章。据祝君考证，"C.H.Hsu"是徐志摩的英文名，这本书是他1920年4月7日在哥伦比亚大学购买的。[2]准此可知，徐志摩关于这本书的评论当作于1920年4月至7月间。马罗即Dwight Whitney Morrow，其《自由国家之社会》（*The Society of Free States*）

---

1 《张奚若致××（残）》，见《胡适来往书信选》下册，中华书局1980年3月版，第516-517页。

2 祝凤鸣：《一本书的自由之路》，《新安晚报》2008年9月22日。

由纽约Harper and Brothers于1919年出版。《国际联盟之要义及其实施》（*The League of Nations: The Principle and the Practice*）是时任万国教育研究会教务长、纽约大学教育学教授段耕（Stephen Pierce Duggan）辑录的，1919年由波士顿the Atlantic Monthly Press出版。

按徐志摩自述，其论著《社会主义之沿革及其影响》共有"数章"，"拟溯论社会主义之昉始，诸家言之概异，及其影响于政治社会。最后窃欲详讨'波尔希微主义'之原委、发展及俄国革命以还内政外交之设施与诸国相互之方策"。全文是否竟稿或悉数刊出，目前无法详知。发表在《政治学报》上的这一部分，占原刊29个页面，约1.6万字，包括"绪言"、"概略"和"第一章　社会主义孕育时期"。第一章除"总论"外，列有五节，即"第一节　鲍勃夫（Babeuf）"、"第二节　嘉培（Etienne Cabet）"、"第三节　圣西门（Count Henry de Saint-Simon）"、"第四节　福利安（Charles Fourier）"和"第五节　欧温罗伯（Robert Owen）"。

徐志摩曾说："我最初看到的社会主义是马克斯前期的，劳勃脱温一派，人道主义，慈善主义，以及乌托邦主义混成一起的。正合我的脾胃。"[1]不少论者据此认定，徐志摩所读有关社会主义的书籍只是"马克思前期"的，他并不了解科学社会主义。新发现的三篇文章特别是《社会主义之沿革及其影响》或可修正这一说法，至于徐志摩对科学社会主义理解正确与否，则是另外一个问题。

1　徐志摩:《南行杂记·二　劳资问题》,《晨报副刊》1926年8月23日第1434号。

# 音乐会奇缘[1]

陈子善

在为数不多的热爱西洋古典音乐的中国现代作家中，徐志摩是特别引人注目的一位。负笈英伦期间，他就观赏了德国作曲家W. R. 瓦格纳（1813–1883年）的歌剧，于1922年5月25日写下《听槐格讷（Wagner）乐剧》一诗，后发表于1923年3月10日上海《时事新报·学灯》，诗末他高度赞美瓦格纳："性灵，愤怒，慨慨，悲哀，/ 管弦运化，金革调合，/ 创制了无双的乐剧，/ 革音革心的槐格讷！"两年以后，徐志摩重游欧洲，1925年6月25日在翡冷翠致陆小曼的信中又说：

> 昨晚去听了一个Opera叫*Tristan et Isolde*。音乐，唱都好，我听着浑身只发冷劲，第三幕Tristan快死的时候，Iso从海湾里转出来拼了命来找她的情人，穿一身浅蓝带长袖的罗衫——我只当是我自己的小龙（指陆小曼——笔者注），赶着我不曾脱气的时候，来搂抱我的躯壳与灵魂——那一阵子寒冰刺骨似的冷，我真的变了戏里的Tristan了！

1　原载《东方早报》2013年6月30日B03版。

那本戏是出名的“情死”剧，Love-Death，Tristan与Isold因为不能在这世界上实现爱，他们就死，到死里去实现更绝对的爱，伟大极了，猖狂极了，真是“惊天动地”的概念，“惊心动魄”的音乐。

徐志摩写下这段话，固然是触景生情，想到了与陆小曼的恋情一波三折，从而对瓦格纳名剧《特里斯坦与伊索尔德》“到死里去实现更绝对的爱”产生强烈共鸣，但他被此剧音乐所深深吸引，以“惊心动魄”喻之，也是不争的事实。

不仅如此，徐志摩还在名篇《我所知道的康桥》中以“萧班（Chopin）[1]的《夜曲》”比喻剑桥康河两岸建筑“脱尽尘埃气的一种清澈秀逸的意境”；在《济慈的夜莺歌》中建议读者聆听“贝德花芬的第六个‘芯芳南’（The Pastoral Symphony）[2]”，因为其中有“夜莺的歌声”；在悼念次子的《我的彼得》中说爱子“有的是可惊的口味，是贝德花芬是槐格讷你就爱”，还提到了“毛赞德（Mozart）”。凡此种种，都进一步说明徐志摩对西方古典音乐涉猎之广、理解之深。

明乎此，那么对徐志摩1923年5月间在北京一手促成奥地利著名小提琴家F.克莱斯勒（1875—1962年）为中国听众演出，也就不会感到奇怪了。这个史实是林徽因首次披露的。徐志摩“云游”之后，林徽因于1931年12月7日在《北平晨报·学

1 “萧班（Chopin）”，即肖邦。

2 “第六个‘芯芳南’（*The Pastoral Symphony*）”，即田园交响曲。

园》发表《悼志摩》，其中说：

> 对于音乐，中西的他[1]都爱好，不止爱好，他那种热心便唤醒过北京一次——也许唯一的一次——对音乐的注意。谁也忘不了那一年，克拉斯拉到北京在“真光”拉一个多钟头的提琴。

五年之后，徐志摩友人温源宁所作《徐志摩——一个大孩子》的中译在《逸经》第 8 期发表，文中说到徐志摩“象小孩搬弄玩具似的玩玩这样，玩玩那样”时，也特别提到“爱尔兰文艺复兴，泰戈尔，梁启超，塞尚（Cezanne）的素描，辟卡梭（Picasso）的油画，梅兰芳，克莱斯勒（Kreisler）——这些都曾给他无穷的快乐”[2]。

然而，无论林徽因还是温源宁的回忆，都未引起应有的关注。徐志摩留英归国之后在北京主催并得到林徽因协助的这次颇为成功的中外文化交流活动，一直未得到徐志摩和现代文学研究界较为全面的梳理。

1923 年 5 月 3 日至 7 日，北京《晨报副刊》连载徐志摩的长文《得林克华德的〈林肯〉》，评论美国霍路会（W. E Holloway）的剧团在北京公演英国诗人得林克华德的历史剧《林肯》。文中批评中国观众尤其是青年学子对“真艺术真戏剧”的“杰作”

1 “他”，指徐志摩。

2 温源宁著，倪爱民译：《徐志摩：一个大孩子》，《逸经》1936 年 6 月 20 日第 8 期。

《林肯》不够热情，5日连载时说道：

> 乘便我可以报告不久有大手琴家克拉士勒Kreisler来京，他是近代有数的音乐大天才，爱真音乐的人，千万不可错过这最最难得的好机会。就是你们耗费了半月的薪水去听他一度的弦琴，结果还是你便宜的。

这是徐志摩首次在文章中提到克莱斯勒，虽然略带广告的性质。文中把小提琴家称之“手琴家”，也颇别致。一位中国青年诗人与一位外国小提琴大师的奇特因缘，就此开始。

克莱斯勒此次中国之行，到了上海、天津和北京。他在上海的演出盛况，本文不详细讨论，只介绍与徐志摩密切相关的北京之行。1923年5月8日北京《晨报》第6版刊登《世界著名手琴家不日来京》的消息，其中说“克氏艺术之价值，曾经徐志摩君于五月五日在本报副刊上略为介绍”。5月18日《晨报》第6版又发表报道《世界的大音乐家喀拉司拉　中国人领略真正音乐之机会》。此文介绍克氏生平甚详，不但认为他“是一个音乐天才”，而且还突出了他一战期间“四周间之战壕生活”和与美国人哈里埃德在战火中的可贵爱情。

紧接着这篇报道，又有一篇《为什么不?》，文末署“（徐志摩）”。换言之，此文出自徐志摩手笔。经查，迄今各种版本的《徐志摩全集》均未收入此文，此文又是徐志摩的一篇佚文。不过，这并非笔者首见。日本学者伊藤德也在《与耽美派相对立的颓废派：1923 年的周作人和徐志摩、陈源》[1]中已经提到。可惜他未意识到这是徐志摩的佚文，是一个可喜的发现。由于《为什么不?》的标题与正文字体一样，很容易被忽略，以致徐志摩这篇为欢迎克氏而作的佚文埋没长达 90 年之久。

徐志摩在文中对“欧化的菁华”的西方古典音乐大加推崇，对中国古代音乐不以为然，批评“我们是没有真音乐的社会”，若放在“五四”反传统的大背景下，当不难理解。但他认为“真音乐是人类理想思想和情绪最高粹的外现”，确实不无启发。他主张应让国人接触真正的西方优秀文化，历史剧《林肯》在北京演出时，他就以未能实现此剧“专为学界再演一次”的愿望而感到“真太可惜”。因此，这次“真大艺术家”克莱斯勒到京，机不可失，他再次“提议”，在克氏已安排的“座位颇贵”的为外国人的专场演出之外“最好道〔设〕法请喀拉司拉君特别为我们学界演艺一次”，并且提出了如何实施的具体办法。

此后未见《晨报》的后续报道。直到 10 天之后，《晨报》第 6 版又在显著位置刊出报道《今日之喀拉士拉提琴演奏会中国人听真正音乐之唯一机会》。文中详细披露了徐志摩等人为争取克氏在北京为中国听众演出所做的种种努力：

喀拉士拉提琴 Violin 演奏会，居然今天下午五时三七时，在真光剧场，可以开演，真为中国人莫大幸福！此事

1　载《现代中文学刊》2013 年第 3 期。

经过情形，记者得诸发起人方面消息甚多，今略为读者谈谈。当一部分爱音乐者，闻喀氏将由东京来京时，即曾开一小小谈话会，商量聘请喀氏演奏事。后因喀氏住址不明，只得待其来京后再议。迨喀氏到津，某君即赶赴磋商，前日与喀氏同道来京，始知喀氏一切行程，均已安排妥帖，不能更改，只有今日下午，尚有余暇，如中国人盼其出演，渠亦极愿意。但据喀氏之书记司脱克云：当喀氏月初在上海演奏数次，听者除外人外，未见一华人影子，甚以为怪。何以中国人对艺术趣味如是之薄？及抵日本，在东京大坂各处演奏八日，无日不满座，且听者十分之九为日人，喀氏因此感觉中日文化程度，相差如是之远。故在日时因平安戏院来电相约，拟来京一行，同时始电询真光剧场，有无意思聘请，不幸真光又无复电，故喀氏遂决定在京只留三天（即二十六至二十八日）。抵津之后，始知中国人方面，亦有切望其为华人演奏者，但现时只剩二十八日（即今日）一日白天有时间，如真光能腾出场所，则喀氏当然亦愿将欧洲文化之精粹，介绍华人云云。某君得此消息，立刻走商真光，幸真光主人慨然允诺，谓喀氏既有此盛意，则彼亦愿提供场所，不收费用。两方面既已说妥，此事自可成功。唯其中又生一困难问题，即喀氏之酬金是，喀氏在日本每次出演得酬金三千五百元日金，此次在京津两次，则为三千元华币。嗣经某君与司脱克磋商结果，喀氏愿减价至二千五百圆，为华人特演一次。而真光座位尽量不过六百人，每位平均以二元计，得价仅一千二百元，所差尚巨。（而酬金以外之各种费用，亦非五六百元不可。）当由某君及某某两女士竭昨日一日之力，向各方面劝募结果，始能勉强凑成此数，而兹事总算成功。吾人今日得晤此钧天之音，不能不感谢此几位奔走之人也。

之所以不厌其烦录下这段文字，无非为了尽可能真切地还原历史。从中至少可以了解六点：一、为了克莱斯勒此次演出，当时召开过"一小小座谈会"，"爱音乐者"徐志摩既"提议"此事，理应参加。与会者还有谁？不得而知，但林徽因很可能在内。二、"某君"曾特赴天津拜访克氏及其助手，并陪同他们到京。L.P.洛克纳1950年在纽约出版的克氏英文传记中专门提到克氏对此事的回忆，中文《小提琴之王克莱斯勒画传》中也有所反映，只是细节上有所出入，访问地点不在天津而在北京：

在北京，我[1]的第一场音乐会在大使馆里举办，听众基本上都是当地最杰出的白人居民。后来有位中国青年来找我，他的英语说得很好，而且一望而知并不属于高级阶层。他说："我们获悉你只为外国人演奏，请你答应也为我们中国人表演一场。"当然很高兴地接受了他的建议。第三天下午，我就为这个中国人专场演奏了巴赫、贝多芬和勃拉姆斯的音乐。在我的演出经历中，很少能为一个如此高

1 "我"，即克莱斯勒。

雅的听众群体演奏。[1]

“某君”，也即“英语说得很好”的“中国青年”，应该就是徐志摩。至于到底到哪里拜访，则待进一步查考。三、克氏对其上海演出没有中国听众深表失望，因而虽然北京行程已经排定，仍对“某君”的恳请欣然接受。四、能否争取克氏为中国听众演出实际已经涉及民族情感，必须以此证明中国人也具有“艺术趣味”。五、经“某君”多方奔走联系，终于妥善安排克氏演出地点、时间。六、“某君及某某两女士竭昨日一日之力”，又解决了演出减低酬金和募集一应费用等事宜，而“某某两女士”之一，也很可能就是林徽因。有趣的是，这篇报道还特别提醒观众“听时千万静肃 演毕始可鼓掌”，大概也是首次对中国听众普及聆赏古典音乐会的常识。

在徐志摩的不懈努力下，克莱斯勒小提琴独奏会终于于1923年5月28日下午在北京真光剧场举行，并取得圆满成功。5月29日《晨报》第6版又以《满场心醉喀拉士拉之妙技　听众如潮全场无立锥余地》为题做了详细报道。时任中华民国总统黎元洪夫妇出席了演奏会。在包厢就座的“概系送赠此次捐款援助之人，如冯耿光，王家襄，王敬芳，林长民，曾牗，卓定谋，梁启超，张嘉璈，章士钊，谈荔孖，邓君翔，钱永铭，张嘉森等”文化界和商界著名人士。特别应该提到的是演出之

1　吴维忠:《小提琴之王克莱斯勒画传》，现代出版社2004年11月版，第178页。

前的开幕式：

> 五时十分喀拉士拉及其夫人莅临，……当由梁启超林长民徐志摩林徽音女士等导其入台后休息室。少顷林徽音女士复导其登台，全场鼓掌雷动，良久始止。由林女士报告聘请喀氏演奏之旨趣，及说明音乐与文化之关系。介绍毕喀氏复向听众道谢由德人某翻译。五时二十分开演，琴声一响，万籁俱寂。[1]

关于克莱斯勒的答谢，音乐会后有人追忆，克氏强调："中西文化很有接近的希望，现在西洋人都很研究中国底哲学和艺术了。"[2]总的说来，这段报道可圈可点，再清楚不过地告诉我们，徐志摩与他老师梁启超、亦师亦友的林长民以及心仪的林徽因一起，在克氏演奏会上扮演了至关重要的角色。林徽因担任的其实是司仪，这应该是她在北京中外文化交流公开场合首次正式露面。《小提琴之王克莱斯勒画传》中对此也有如下记载："在音乐会开始演奏之前，一位曾经留学伦敦的华人女青年站在台上，向听众讲解了聆听西方音乐会的行为规范和注意事项。"[3]以前一直认为"林徽因的才华首次展示于社会是泰戈尔

---

1 《满场心醉喀拉士拉之妙技　听众如潮全场无立锥余地》，《晨报》1923 年 5 月 29 日第 6 版。

2 芳信：《"看"音乐与学时髦》，《晨报副刊》1923 年 6 月 12 日第 154 号。

3 吴维忠：《小提琴之王克莱斯勒画传》，现代出版社 2004 年 11 月版，第 174 页。

访问北京的那些日子，一九二四年的四、五月间”[1]，这个结论现在要改写了。因为早在一年前，林徽因就在克氏演奏会登台亮相，而且这也是徐志摩回国后两人首次成功的合作。

该篇报道以杜甫的名句“此曲只应天上有，人间能得几回闻”来形容克莱斯勒的精妙琴技。演出结束后，京剧艺术家“梅兰芳及该会发起人等[2]，特赠送喀氏三个大花篮，喀氏极为满足”。报道的结尾意味深长，作者认为克氏演奏会获得如此成功，“亦足见近来中国人已一扫其数千年来崇拜官僚军阀之心理，而渐知尊重艺术家矣”。这段话与徐志摩佚文《为什么不?》所提出的观点正相呼应。

到底克莱斯勒在是次演奏会上演奏了哪些西方古典名曲?据后来发现的外文“节目单”，依次计有：贝多芬的《克鲁采奏鸣曲》、门德尔松的《E小调小提琴协奏曲》、格鲁克的《旋律》、莫扎特的《C大调回旋曲》、勃拉姆斯的《圆舞曲》第十五首、斯科特的《安乐乡》，以及克氏自己创作的《维也纳狂想曲》(op.2)和《中国花鼓》。[3]但是，按照该篇报道，音乐会“五时二十分开演”，中场“休息十五分钟”，“七时十分演毕”；按照林徽因的回忆，音乐会只有“一个多钟头”，因此，是否全部演奏是个疑问。

克莱斯勒是次小提琴演奏会是1920年中期北京中外文化交

---

1　陈学勇:《莲灯诗梦：林徽因》，人民文学出版社版2012年4月版，第53页。

2　应指徐志摩等人。

3　参见李岩:《克莱斯勒1923年北京演奏会及相关评论》，《中央音乐学院学报》2001年第1期。

流史上一件努力体现中国人“艺术趣味”和民族情感的颇有意义的活动，徐志摩策划和促成之功不可没，林徽因积极参与也必须提到。遗憾的是，徐志摩与克莱斯勒从此再无交集。他生得比克氏晚，走得却比克氏早。而克氏直到去世，也不知道那位说动他专门在北京为中国人举行一场小提琴演奏会的年轻人是未来的中国新诗祭酒徐志摩。毕竟，克莱斯勒已是名扬四海的小提琴家，而徐志摩还刚刚在中国新诗坛崭露头角。

# 徐志摩：怎样做艺术家[1]

## ——以《清华周刊》所载徐志摩讲演整理稿为中心

肖伊绯

1926年6月11日，《清华周刊》第383期，为丙寅级毕业生纪念专号，刊物中赠言、感想、忆述类文章颇多。清华丙寅级，这批七十余人的毕业生群体，大部分都将赴美国留学。校长曹云祥对此寄予殷切期望，周刊开篇，即刊载他的“丙寅级毕业赠言”，称“诸君将远渡重洋，吸收太平洋新大陆之文明空气，受五年之深造”云云。在毕业生最后一个学期前后半年的时段中，曹校长还为毕业生们安排有多次名人讲演，或为振奋士气，或为激励明志，可谓用心良苦。

1926年1月，徐志摩（1897—1931年）就曾被邀至清华讲演，题目为“文学与美术”。刚从欧洲游历归来的诗人，针对即将留学海外的清华毕业生做讲演，似乎是再合适不过的人选了。讲演当天，他侃侃而谈，对中国美术教育现状及未来展望，都有兴之所至的表达与发挥。

然而，事后由听讲学生整理的讲演稿，交由徐志摩审阅

1　原载《现代中文学刊》2017年第1期。

时，他却认为当天的讲演内容太过松散，既不系统也不严谨，在修改了前半部分之后，建议校方还是不必发表出来了。几经周折，近半年之后，《清华周刊》方面还是坚持要将这次讲演的内容整理发表。发表时，经过徐修改的部分与没有修改的部分均有明确标示，且参与整理者还为此特别撰写了一段颇长的“案语”，以此说明这桩耽搁了半年之久才刊载出来的讲演稿之来龙去脉，读来让人备感亲切，仿佛亲临现场。

然而，此次讲演尚未见有研究者提及，且讲演内容至今也未有全文披露过，堪称“佚文”。据笔者查证，最新两种版本的《徐志摩全集》(中央编译出版社 2013 年版，浙江人民出版社 2015 年版) 均未辑录此次讲演内容。

徐志摩讲演的整理稿三千余字，整理者的“案语”竟也有八百余字。看起来，整理者对此次讲演的整理工作是颇有些抱怨的，只是牢骚带着调侃，没有直接将火气爆发出来而已。整理者署“皑岚”，即罗皑岚（1906-1983 年），本名罗正，别号罗皑岚，笔名山风、山风大郎、岂风等。1922 年考入北京清华留美预科学校，1924 年即开始发表文学作品，随即参加清华文学社。1929 年赴美留学，1934 年学成回国，任南开大学外文系教授。次年与柳无忌、罗念生等人组织“人生与文学社”，出版《人生与文学》杂志和丛书。他的作品，数量不算多，以短小精悍、笔调辛辣的杂文见长。鲁迅曾赞赏其作品《中山装》，也称其“来稿是写得好的，我很佩服那辛辣之处”[1]。

1 鲁迅:《281104 致罗皑岚》,《鲁迅全集》第 12 卷，人民文学出版社 2005 年 11 月版，第 137 页。

由此可见，整理者罗皑岚的怨气，可能来自两个方面。一方面，作为一位年方20岁的青年学子，来整理随兴而谈、内容繁杂的徐志摩讲演，确有学识修为不足、力不从心的困窘。另一方面，罗的左翼文学倾向明显，从内心深处并不认同徐的古典浪漫主义立场，在听讲与整理过程中难免漫不经心，甚至有些勉强为之的心态，所以表现出并不积极、一直拖沓的状态。他自己在“案语”中也声称，是在朱君毅先生催促之下，参照贺麟（清华丙寅级毕业生，后留美专攻哲学）的笔记之后，才勉强整理出来，再予以发表的。

撇开上述这桩“案语”逸事，再来看徐志摩的讲演内容本身，的确也有主题不明、过于随意的诸多问题。讲演主题明确为“文学与美术”，讲演中却很少关涉文学问题，而是大谈美术观念；谈美术观念也并不是常规的去谈美术流派、中西美术比较或美学理念等等，而是直接从艺术家性格、行为及所谓的“艺术气质”去做发挥。当然，这既是此次讲演比较突出的问题，也是其独具一格的特点，这样的思考方式与表达方式，或许才更符合徐的“诗哲”身份。随兴散漫的语言特点，也流露着诗意的感染力，对即将赴美深造的青年学子们，应当还是一定影响力的。

事实上，徐志摩在清华大学的讲演，在20世纪20年代应当有过多次，其讲演主题可能均与艺术、美学相关。除了这一次主题为“文学与美术”的讲演，早在1922年，徐志摩就还在清华大学做过一次主题为“艺术与人生”的讲演。据梁实秋忆述，那一次“艺术与人生”的讲演，似乎与1926年“文学与美术”的讲演有着共同的旨趣，甚至于听众的反应都是相似的。

梁实秋这样写道：

我最初看见徐志摩是在一九二二年。那是我从清华学校毕业的前一年。徐志摩刚从欧洲回来，才名籍甚。清华文学社是学生组织的团体，想请他讲演，我托梁思成去和他接洽，他立刻答应了。记得是一个秋天，水木清华的校园正好是个游玩的好去处，志摩飘然而至，白白的面孔，长长的脸，鼻子很大，而下巴特长，穿着一件绸夹袍，加上一件小背心，缀着几颗闪闪发光的纽扣，足蹬一双黑缎皂鞋，风神潇散，旁若无人。

清华高等科的小礼堂挤满了人，黑压压的足有二三百人，都是慕名而来的听众。与其说“听众”不如说“观众”，因为多数人是来看而不是来听的。志摩登台之后，从怀里取出一卷稿纸，大约有六七张，用打字机打好的，然后坐下来开始宣读他的讲稿。在宣读之前，他解释说：“我的讲题是‘艺术与人生’，Art and Life ，我要按照牛津的方式，宣读我的讲稿。”观众并没有准备听英语讲演，尤其没有准备听宣读讲稿。在牛津，学术讲演是宣读讲稿的，尤其是“诗学讲座”，像柏拉德来教授的讲演，那讲稿异常精彩，代表着多年的研究心得，讲完之后即可汇集付印成书。可是在我国情形便不同了，尽管讲者的英语发音够标准，尽管听者的了解程度够标准，但是在一般学校里尚无此种习惯。那天听众希望的是轻松有趣的讲演，至少不是英语的宣读讲稿，所以讲演一开始，后排座的听众便慢慢

“开闸”。我勉强听完，但是老实讲我没有听懂他读的是什么。后来这篇讲稿经由当时在北平逗留的郁达夫之手发表在《创造季刊》的第二期上，还是英文的。我读过之后，知道那是通俗性的文章，并没有学术研究的意味，实在不必采用“牛津的方式”。无可置疑的，这一回讲演是失败的，我们都很失望。[1]

通过梁实秋的忆述可知，徐志摩早在1922年秋，就曾经以“艺术与人生”为主题，在清华做过一次讲演。只不过那次讲演是以英文宣讲的方式进行的，令“慕名而来的听众”颇为失望，就连梁实秋也称，“这一回讲演是失败的，我们都很失望”。不过，由此可见，徐志摩对艺术问题的兴趣之浓厚，他在清华或别处以之为主题做讲演的频次应当是较高的，无论听众喜不喜欢、接不接受，始终乐此不疲。

返归正题，再来考察这次“文学与美术”的讲演主题。文学与美术，在徐志摩看来，皆是现实社会中“无用”之物，矢志于此者，必须将名利心思放下，方才谈得上学习与提升之道。这种观点，当然无可挑剔，为艺术而艺术，为灵感而灵感的“纯艺术”之道，的确是在“文艺复兴”之后的西方艺术思潮中大行其道的。刚从欧洲游历归来的徐，在讲演中兴之所至要表达的这些观念，当然也是由衷而发，毫无掩饰之意的。但

1 梁实秋:《谈徐志摩》,《雅舍小品》，新世纪出版社1998年10月版，第167–168页。

20世纪20年代的中国教育，浪漫主义必然是要让位于实用主义的，徐在讲演开初也提到，“所以留学生回来，多半是大批的法律政治……化学工程”。这就说明，他是明白现实与理想的距离的，他只是希望在这一现实情势之下，中国还能有那么一些专注于“纯艺术”者继续其事业罢了。他并无改变中国现状的具体想法与实际办法，讲演内容也只代表他个人的观点，对青年学子们、对清华教育取向、对中国教育，他并无对之指导与施加影响的“野心”。

返观当期的《清华周刊》，丙寅级毕业生的去向均已确定，且列有明细表单说明。其中，列入“清华一九二六年级留美学生之学校与选科表”的70名毕业生中，只有一名叫“李唐晏”的学生考入美国耶鲁大学文学专业，一名叫“唐亮”的学生考入美国耶鲁大学美术专业。其余的毕业生，大多仍是考入法律、政治、军事、工程类专业，投入到当时中国社会急需的“有用”的那部分专业领域中的。

换句话说，如果当年徐志摩的讲演，面对的主要听众就正是这70名毕业生的话，那么他的讲演《文学与美学》，只对李唐晏与唐亮这两位学生是直接相关的。那么，这两位学生在日后的文学或美学生涯中，究竟有何表现呢？是否就像徐所担心的那样，“到车马纷扰红尘十丈的支加哥去学美术，谁也知道是不成功的”？或者，还是可以如徐所期许的那样，“穷则独善其身，而达则兼济天下”呢？

据考，唐亮（1904−1944年），字仲明，号君右，江苏吴江人。留美时先在加州理工学院学习一年，后转到芝加哥艺术学院学习，1929 年又到纽约波斯顿大学“艺术学生联盟”学习美术。留美前后三年，又向清华大学教务长郑桐荪先生申请到法国留学。获准后，到巴黎国立高等美术学院深造两年。1933 年学成回国途经上海，柳亚子等特邀吴江同乡及社会名流，为他设宴接风，并举办“唐亮画展”。之后，他接受苏州美专校长颜文樑的邀请，到苏州美专任油画教师，后又赴北平艺术专门学校出任西画系教授。1934 年 2 月，由清华大学和欧美同学会联合主办的“唐亮西洋画展”，闻一多为该画展特撰推介书《论形体——介绍唐仲明先生的画》。1944 年秋病逝，唐氏遗族将其一部分书画遗作捐赠母校，设立“唐仲明艺术基金”。

又考，李唐晏，山西徐沟（清徐）人；获耶鲁大学意大利文学学士、硕士学位。20 世纪 30 年代，在南开大学外文系执教；1944 年任国民党政府驻西藏办事处专员（代表财政部中央信托局）；1959 年在北京外贸学院外文系开设了中国第一个意大利语翻译专业。他还通晓藏文，在考古领域亦有突出成就，为史学家顾颉刚所称道。

如此看来，这两位丙寅级清华毕业生，不仅在“文学与美术”领域卓有成就，也还切实践行了徐志摩“穷则独善其身，而达则兼济天下”的期许，都是同时代学子中的佼佼者，学成归来后在“文学与美术”领域中崭露头角。那么，徐的这次只有两位专业“对口”之讲演，也可算是落地开花，仍有成果的。这篇他原本不愿披露的讲演整理稿，无论是当年的激励之效果，还是今日作为研究者案头的“遗宝”，其文其思，其价值其意义，都还是可圈可点的罢。

# 诗心一颗归何处[1]

## ——关于徐志摩的两篇佚文

金传胜

笔者前不久在查览民国报刊时，于1928年1月1日《新闻报元旦增刊》上看到了一篇署名“徐志摩”的《新年漫想》。《新闻报元旦增刊》除广告外，共有三大张。刊名系著名南社文人王蕴章所题，故该增刊应是他编辑的。与徐志摩文章同页刊登的还有徐的好友、雕塑家江小鹣的《艺术的生命》一文。印象中并没有见到过徐志摩的这一篇文章，于是便去查阅天津人民出版社、浙江人民出版社版的《徐志摩全集》，并对照陈建军先生在《〈徐志摩全集补遗〉编后琐记》[2]一文中披露的佚文目录，发现都没有收载这篇散文。由此，便可基本确定这是徐志摩的一篇尚不为人所知的佚文了。

实际上，同是在1928年1月1日，《申报元旦增刊》刊发了徐志摩的散文《年终便话》。而《新年漫想》堪称《年终便话》的姊妹篇，应该都是作于1927年末。熟悉徐志摩生平的

1　原载《现代中文学刊》2017年第1期。

2　陈建军：《〈徐志摩全集补遗〉编后琐记》，《新文学史料》2015年第3期。

人，大概都知道这一时期诗人的遭遇。1926年徐志摩与陆小曼结婚后，来到上海定居，结识了江小鹣、翁瑞午等人。此二位都是资深的京剧票友，自然与爱好看戏、演戏的陆小曼一拍即合，过从频密。1927年12月6日，江小鹣主办的天马剧艺会在静安寺夏令配克电影院演出《玉堂春》，陆小曼饰苏三，翁瑞午演巡按王金龙，江小鹣配蓝袍刘秉义，徐志摩串红袍潘必正[1]。17日，《福尔摩斯小报》刊出了一篇署名“屁哲”的恶毒文章《伍大姐按摩得腻友》，以捕风捉影、添油加醋的下流笔法影射翁瑞午与陆小曼存在不正当的关系。此文不但对陆小曼大肆攻讦，而且对徐志摩极尽讽刺。不管多么潇洒、开通的人，遇到这样的事件，受到这样的污蔑，都无法淡定如初。徐志摩因此深受打击，郁郁不乐，夫妻之间的感情难免也会受到伤害。在该月27日的日记中，徐志摩这样写道：

> 我想在冬至节独自到一个偏僻的教堂里去听几折圣诞的和歌，但我却穿上了臃肿的袍服上舞台去串演不自在的“腐”戏。我想在霜浓月澹的冬夜独自写几行从性灵暖处来的诗句，但我却跟着人们到涂蜡的跳舞厅去艳羡仕女们发金光的鞋袜。[2]

1 参见陈建军：《关于徐志摩的一则日记》，《掸尘录——现代文坛史料考释》，北岳文艺出版社2015年9月版，第261页。

2 韩石山编：《徐志摩全集》（第五卷），天津人民出版社2005年5月版，第346-347页。

正是因为这一事件的困扰与影响，1928年的到来，并没有引起徐志摩的喜悦。在愁闷的心绪下，《年终便话》、《新年漫想》以相近的感情基调，宣泄了一番苦涩与无奈，反映了当时徐志摩的心境与思想。作为一位追求“爱与美与自由”的单纯的理想主义者，现实却总是无情地把丑陋与腌臜呈现在徐志摩面前，令他生厌。不过正如他自己所说，“冷急了自然只能拿希望劈成小柴生火”[1]。丧气话说多了，似乎既不太公平，又于事无补。因此，诗人转而宽慰自己，纾解心中的郁结。似乎只有在无忧无虑的孩童身上，他还能看到“天真的自由”与“健康的本能”，这是一种难得的安慰，也是一种渐被侵蚀的“天赋的特权”。他想到了东、西方思想家们对自然与童真的一致赞美，以此“指引我们到小草花与孩童中间去领悟真理与实在”。哲人们的启示加上自身的体验，徐志摩不无伤感地发现，现代社会已经显示出了严重的病征。在现代文明的熏染下，人们抛弃了本真，束缚了天性，丧失了自由，过着危险的、堕落的生活。“摆脱物质的累赘，解放性灵的本真，以谋建设健康的优美的活泼的人生”，这才是文化应该努力的方向和达到的目标。至于能不能实现，这是徐志摩拿不准的，也是他抛给所有读者的难题。由于感情的受挫与小报的造谣，徐志摩的心绪固然恶劣，可是诗哲在叫喊“苦恼，烦闷，悲哀”的同时，也不忘用希望的“小柴”爆出一串美丽的哲理的火花。

1928年6月，自感不如意的徐志摩接受了泰戈尔助手恩厚

1　韩石山编：《徐志摩全集》（第三卷），天津人民出版社2005年5月版，第187页。

之（Leonard Knight Elmhirst）的邀请，与王文伯出国旅行，先后游历日本、美国、法国、英国、印度等国，于11月上旬回到上海。回国后的徐志摩曾到多处发表关于此次旅行的公开讲演。12月29日，徐志摩在清华、燕京大学所做的两次演说《漫谈》[1]与《现代中国文艺界》[2]中都谈到了印度之行。次年3月25日，时任上海大夏大学教授的徐志摩在该校发表题为“关于印度”的演讲，专谈自己游历印度后的感想。当时，正在大夏大学读书的青年陈伯吹便是这次演讲几百位听众中的一员。爱好文艺、才思敏捷的陈伯吹，特意挑选了一个前排的座位，以便听清诗人的讲话，并做了详细记录。讲演记录稿后连载于同年4月14日、15日上海《新闻报》副刊《学海》第545、546期，署“徐志摩讲　陈伯吹记”[3]。《关于印度》虽被苏叔迁的《陈伯吹传》（1987年）述及，但该文却一直未被收入各种《徐志摩全集》，故亦系徐志摩的一篇集外文。除了以上演讲，笔者另发现徐志摩1928年12月在南京中央大学、天津南开大学发表关于印度的学术讲演的两则史料。第一则《徐志摩之诗人诗话》载1928年12月13日《新闻报》副刊《快活林》，全文如下[4]：

1 载《国立清华大学校刊》1929年1月16日第34期，孙悦信记录，与“鹏”记录的《庐隐女士的文学漫谈》（《国立清华大学校刊》1929年1月18日第35期）合题为《两篇漫谈》。

2 载《燕京大学校刊》1929年1月11日第17期，署“讲演者徐志摩先生 笔述者李德荣”。

3 参见苏叔迁：《陈伯吹传》，未来出版社1987年4月版，第61–62页。

4 原刊为句读形式，为便于阅读，此处代为标点。

徐志摩氏近自海外游历归来，经美、英、德、俄、印度等国。徐氏乃于上周应中大之请，讲当代之印度。因所经各地，以印度与彼印像最深也。讲室设该校科学馆致知堂。徐氏讲词大意谓：周游各国，美之物质生活，实不能引起予（徐君自称，下仿此）之注意。扰攘匆忙，纯为金钱而已，乃机械之生活也。英人甚文明客气，然予所云者，乃苏彝士运河以西之英人耳。德人形甚愚蠢，然颇刚毅而有生气，社会已复原状，前途颇有希望。法人活泼和悦，然浮伪懒惰，无大进取。印度给予印象最深，其文化、政治、学术、实业，均有足述者。而中国人之误解印度，常建筑在上海租界之印捕之身，殊不知此未可以作印度民族之代表也。如政治界之甘地、文学界之泰戈尔、科学家罗斯Rose[1]，均卓卓之人才。吾人不当误解印度，当有相当认识与联络。因印度与中国有密切之关系：①同在东亚，各有独立久远之文化；②同在帝国主义铁蹄之下；③国境毗连，历史上有很大关系。凡未到过印度者，无论如何不能想像出印度为何情景。印度民族非不能发展者，惟帝国主义者所赐与之政治、经济压迫太深耳。总理所说之衣、食、住、行四者，在印度均不成问题。因印度四季常夏，仅需单衣数套而已，甚有仅披一薄布者。天气既良，土质又腴，菜谷甚丰。且印人多食素，住则土屋，天晴则均在露天作事，行则有天然大路，故其发展甚易也。泰戈

1 “Rose”，疑为“Bose”。

尔办一学校，清早即起，在树林中席地讲学。黎明之时，男女学生围其屋而歌，并采鲜花献之。予亦揩油领略得几天妙音花香也。伊平日甚注意农事运动，办有农场与畜牧场。印度之文化，乃流自喜马拉亚山之恒河，故游印度者不可不游此名山。予亦往游，山顶经年积雪，巍峨之貌，令人起敬与兴奋，而觉自己颇为渺小。印度当局，不愿外人前往调查，故至内地游览，甚非易事。予则再三声明无何作用，方得应允畅游各处也。

由此则报道可知，1928 年 12 月上旬，徐志摩应南京中央大学之请，在该校科学馆致知堂发表公开演讲。结合自己的旅行，徐志摩介绍了美、英、法、德等国社会情形，重点阐述了对于当代印度的观感与印象。这很可能是徐志摩归国后所作关于印度的首次讲演。不得不提的是，四年前的 1924 年 4 月，中央大学的前身国立东南大学曾邀请来华访问的文豪泰戈尔莅校讲演，地点也正是在致知堂，徐志摩则担任了泰戈尔的翻译。所以，当徐志摩面对中央大学师生再次提到泰戈尔这位中国的老朋友时，自然意义独特，可谓是重温一段历史佳话。当徐志摩坐在礼堂中演说时，他追慕泰戈尔于树林中席地讲学的丰采。他后来在光华大学执教时，终于也这样照搬应用，以幕天席地的方式为学生讲课，成为学生们难忘的一帧回忆。[1]

---

1 参见赵家璧:《回忆徐志摩和〈志摩全集〉——纪念诗人逝世五十周年》,《新文学史料》1981 年第 4 期。

1929年1月11日发行的《南开大学周刊》第69期在“校闻”栏目下刊有一则《徐志摩先生　精神的山水》:“廿五日晚,文科学会举行公开演讲于大礼堂,主讲者为中国诗哲徐志摩先生。首由张仲述先生作简单之介绍,次徐先生即就张先生介绍词中‘精神的山水’一语,述最近游印度之感想及观察。甚赞印度人之好美,伟大,有信仰力;谓其对太戈尔甘地等大人物之信仰,有如基督教徒之信仰上帝。又谓印度人对中国之革新运动,极为关怀,亦极表同情云。九时讲演完毕,由新剧团表演《亲爱的丈夫》,以表欢迎,至十一时始散。”此则简讯说明,徐志摩也曾于1928年12月25日在天津南开大学演述游历印度的感想,得到了戏剧教育家张彭春与南开学生的热烈欢迎。

以上两则史料虽然比较简略,但对于我们了解徐志摩1928年至1929年的生平行迹与文学思想是不无裨益的。它们足以表明,徐志摩归国后所做的一系列演讲中,印度是诗人频繁谈及的话题。由于《关于印度》是专谈印度的一次长篇演说,所以集中反映了当时的徐志摩对于印度文化的态度与思考。在这次演讲中,徐志摩首先为听众描绘了一幅动人的图景:泰戈尔创办的国际学校中的女生们在清晨时分会携着满篮的美丽的花瓣,投掷在这位东方诗哲之前,表达尊敬与爱戴之情。这一画面在《徐志摩之诗人诗话》中亦被谈及。随后徐志摩追溯了一千年前玄奘的西游与中印之间的佛教文化交流史,驳斥了所谓的“印度亡国论”,反对以“红头阿三”作为印度人的代表。诗人以自己的亲身经验告诉我们,“中印是兄弟国”,只有印度人“能以兄弟的亲切来对待中华民族”,“对着我们的国民革命，成功的祝福，同情的给予”。尽管处在英帝国主义的压迫下，印度的热血青年仍然极为关心中国的革命事业与社会动态。徐志摩毫不讳言自己对于印度文化的推崇与热爱，他明确表示，“再没有一个国家，再没有一个国家的文化如此的巍峨，像印度样地”[1]，称誉之意无以复加。为什么印度会留给徐志摩如此难忘与美好的印象呢？原来在他看来，“印度的文化自然得可爱”，“他们的文化，依然异常的充实，富有生命的活力。这不是什么，他们的文化与自然紧紧地拥抱着的”。与此形成鲜明对照的是，以欧美为代表的“最高度的工业化物质文明化世界”由于“不能领受自然的伟大与崇高，至于使人没有多量的生命力，活动力”，是缺乏生气、令人失望的文明形态。他直言美国人的生活，“是从机器中生出来的”，“扰攘匆忙，纯为金钱而已，乃机械之生活也”。在《关于印度》和其他演说中，徐志摩都提到了一个民族不能忘记其“自然的根”与“文化的根”，不应盲目或半盲目地追赶与崇拜欧美文明。印度虽受殖民主义的统辖与重压，本土文化与西方文化一度激荡冲突，但它难能可贵地“觉醒了民族的意识，认识了民族的地位”，保存了“印度文化的本真，更容纳外来势力，而有一种健康的新的精神表现出来”[2]。这种“健全的自然的精神”便是与宇宙保持亲和，做“自然的产物”，追求性灵的自由，葆有崇高的信仰，不受物质

1 徐志摩，陈伯吹:《关于印度》,《新闻报》副刊《学海》1929年4月14日第545期。

2 徐志摩，孙悦信:《徐志摩的漫谈》,《国立清华大学校刊》1929年1月16日第34期。

的支配与拜金主义的侵蚀。甘地与泰戈尔便堪称印度民族文化的代表，他们最值得敬佩之处是保存发扬了印度固有的文化，同时发挥博爱精神，关心弱者与弱小民族的命运。徐志摩谈论与赞扬印度文化，并非只是出于个人的喜好。他在将印度与欧美进行比较的同时，亦将印度作为中国的一个有利参照。徐志摩批评国内"念书人的智识阶级，完全与自然隔离，深居简出，不接触一丝的阳光，这毕竟太'城市化'了些"。有感于国人对印度的误解与隔膜，他强调印度可以作为"我们很好的参考"，并建议青年学生们加深对印度社会与文化的了解和联络。他提醒青年要回头审视我们固有的文化精髓与民族特质，指出青年的职责在于"交溶各民族的文化，而结晶全世界的崇高的文化"。演讲的最后，徐志摩呼吁青年们要保持一颗童心，把"活泼的童心，伟大的宇宙"视为青年的财产。这便与《新年漫想》结尾处赞美"小花草，小孩童"形成了某种呼应。

可以说，爱情婚姻的曲折不顺、现实社会的灰暗纷扰，使得20世纪20年代末的徐志摩流露出回归自然、逃避现实的思想倾向。此时的印度恰逢其时地幻化为一种"乌托邦"，变成诗人的向往之所与精神圣地，聊以安放那颗苦楚不安的诗心。通过"想象印度"的方式，徐志摩将印度设定为中国的鉴镜，烛照、反思西方现代工业文明的物化之弊。这一方面缘于倡导返归自然、张扬自我表现的浪漫主义思潮对徐氏的浸染与启迪，以及来自泰戈尔的直接影响，另一方面则是现代都市生活的切身体验与敏锐观察带给诗人的深刻思索。当然，大革命失败后，弥漫在20世纪20年代后期中国知识分子阶层中较普遍的迷茫困惑与对现实的不满，以及文化界关于“中国出路”的探索、讨论，亦是考察徐志摩的“印度想象”与东、西方文化观时不可忽略的背景因素。

# 偶遇徐志摩[1]

黄仕忠

2008年的初春，京都的街头犹是十分寒冷。京大图书馆总馆的书库照例是不开暖气的，冷色的日光灯下，尤显清冷。我要编《日藏中国戏曲综录》，所以遍访日本各图书馆，逐册翻阅，以之为据。京大总馆所藏汉籍中的戏曲书籍，数量上远不如文学部所藏，也无特别珍贵之物。大略以朝川善庵（1781-1849年，江户时代后期儒者）旧藏的《西厢记》最为可喜，因为它可能是朝川所译《西厢记》的底本，日本学者也未曾留意于此。检核完成后，我顺着高高的书架，漫无目标，一排排地浏览书脊，忽然，一函商务印书馆1926年版《寐叟题跋》跃入眼帘，寐叟为沈曾植晚年所用的号，此老学问，在清末民初颇有盛名，然著述其实无多。故信手抽出，随意一阅，发现扉页有一则题跋，观其署名，居然是徐志摩！因喜不自胜。遂摄得书影以归。

今归国转眼已近十载，近日检出照片把玩，觉可作一小文介绍。因录其文如下：

1　原载《南方周末》2017年4月13日C24版。

尘世匆匆，相逢不易。年来每与仲述相见，谈必彻旦，而犹未厌。去冬在北平，在八里台，絮语连朝。晨起出户，冰雪嶙峋，辄与相视而笑。此景固未易忘。仲述此来，偕游不畅，谈亦不尽意。西湖之约，不知何日乃能复践，岂胜枨触。濒行，无以为旅途之赆，因检案头《寐叟题跋》次集奉贻，以为纪念。愿各努力，长毋相忘。

十八年六月十一日早三时，志摩。

［并钤“志摩”朱印］

这是1929年夏天的故事。诗人因友人离去，取书以赠，略加点染，情趣盎然，宛如一则明人小品。巧越为我代检《徐志摩全集》、《徐志摩：年谱与评述》等，未见收录。想是远渡东瀛，杂厕于书库，故无人能知。

检“仲述”，知为张彭春之字，系南开大学创立者张伯苓之弟，行九，人称“九先生”。张彭春生于1892年，是南开学校的第一届毕业生，与梅贻琦同班。1910年考取清华第二届庚款留学生，与胡适、竺可桢、赵元任等71人同船赴美。后获哥伦比亚大学文学硕士及教育学硕士学位，于1916年回国。他在美国读书，课余的兴趣便是研究戏剧，也写作戏剧。最喜挪威剧作家易卜生，称易卜生使他这个学哲学的年轻人爱戏剧胜于爱哲学。归国后，在南开任教，任新剧团副团长，导演了在美所写的剧本《醒》。胡适的剧本《终身大事》曾被称为“中国现代文学史上第一部话剧剧本”，但张彭春此剧的发表，实较胡作早三年。洪深于1922年留美归来，始从事戏剧导演，或称其为“中国最早的导演”，实际上张彭春导演话剧，较洪深要早六年。

1919年南开大学创立。张彭春则赴哥伦比亚大学攻读博士学位。导师为杜威，与胡适同门。1922年，毕业回国。次年9月，迁居北平，任清华大学教授兼教务长。同年11月，次女降生。以所敬仰的诗人泰戈尔著有诗集《新月集》，取名“新月”。当时徐志摩、胡适、梁实秋、陈西滢等文友筹备组织文学社，社名尚未确定。张彭春便把女儿“新月”这个名字推荐给朋友们，大家欣然接受，“新月社”由此诞生。

张彭春本人并没有参加新月社，但与新月社的主要成员是好朋友，与徐志摩更是亲密。1924年，泰戈尔访华，徐志摩全程陪同，并任翻译。泰戈尔于5月8日在北平度过其64岁的生日。新月社为了给泰戈尔祝贺，用英语排演了泰戈尔的话剧《齐德拉》，导演便是张彭春。演出结束，徐志摩满怀深情地说：“我们几个朋友只是一般的空热心，真在行人可说是绝无仅有——只有张仲述一个。”

徐志摩，1896年生，浙江海宁人。中学与郁达夫同班。1915年考入北京大学，并于同年应父命与年仅16岁的张幼仪成婚。1918年赴美留学，1920年赴英国，就读于剑桥大学，攻读博士学位，其间徐志摩于婚外爱恋林徽因，并于1922年3月与原配夫人张幼仪离异。同年8月辞别剑桥启程回国。

1926年，徐志摩与陆小曼结婚，邀请梁启超做证婚人，梁先是拒绝，后经胡适与张彭春说情，乃允。事后，梁启超在给子女的信中说：“我昨天做了一件极不愿意做之事，去替徐志摩证婚。他的新妇是王受庆夫人，与志摩恋爱上，才和受庆离婚，实在是不道德之极。我屡次告诫志摩而无效，胡适之、张彭春苦苦为他说情，到底以姑息志摩之故，卒徇其情。”于此也可见张与徐的交情。

1928 年 12 月 25 日晚，徐志摩在南开大学讲演，畅谈游历英美日印诸国的观感，即是出于张彭春的邀请。此外，张彭春曾经委托徐志摩为南开大学图书馆购买新月书店出版的诗歌与戏剧类书籍，至 1929 年底，已经购买了一百多种。

1929 年，徐志摩在上海光华大学和南京中央大学任教。他在家书中曾说到:“儿本定今日一早去苏州女子中学讲演，惟（张）彭春今日由津到申，即转轮去美，必须一见，故又临时发电改期明日。……十二月十六日。”

张彭春在 1929 年底从上海坐轮船赴美。次年 2 月 16 日，以总导演身份同梅兰芳剧团赴纽约百老汇 49 街剧院举行首演。演出前，张彭春身着燕尾服，以流利的英语向美国观众讲解中国人的演剧观念和中国戏曲独特的表现形式。故梅兰芳赴美演出得以成功，张彭春也发挥了重要的作用。

张彭春此行，曾在芝加哥大学做中国哲学、中国文艺讲座。次年执教于哥伦比亚大学。1932 年 1 月，才回到南开继续任教。而他的挚友徐志摩，已经在 1931 年 11 月 19 日因飞机失事不幸罹难。

此一题跋撰于 1929 年 6 月 11 日，两人一南一北，诚如志摩所说，“尘世匆匆，相逢不易”。每次相见，畅谈彻旦，而犹未厌。此跋书写的时间是在凌晨三点，亦可以为证。

此书于1959年12月23日入藏京都大学图书馆，目录页框右钤有朱印，内填“铃鹿三七寄赠”。铃鹿三七（1888–1967年），查京大书目，知其编有《异本今昔物语抄》（自印本，1920年）、《勅板集影》（小林写真制版所，1930年）、《句集吐根未》（人文书院，1939年）、《现存藏书印谱》（自印本，1959年）等。唯知年长于张彭春四岁，二人是否有所交集，不详。

张彭春从1940年起，担任国民政府外交官。1946年联合国大会期间任联合国经济社会理事会中国代表。1947年7月任联合国安全理事会中国代表。1948年任联合国人权委员会副主席，参与起草《世界人权宣言》。后定居美国。1957年7月19日因心脏病发作，逝世于美国新泽西州，终年65岁。

只是不知道这部书，从徐志摩送给张彭春之后，经历怎样的曲折，到了日本人铃鹿三七手中，最后又存身于京大书库，悄无声息。而历80年后，笔者于无意中得以见之，揭此跋文，并检索得诸人故事如上。或则冥冥中有数存乎？

附记：

此文完成后，我向日本学者请教铃鹿三七的信息，早稻田大学博士班的中村优花同学给了一些新的线索：

铃鹿三七（1888–1967年），出身于著名神道派卜部神道家的一族，是神道研究者、和歌人铃鹿连胤的曾孙。他毕业于京都大学国文学系，曾在皇学馆任教授。被称作是关西书志学的开拓者。文献学相关著作很多。他的夫人是爱媛大学原图书馆长井手淳二郎的令妹，所以在他1967年去世以后，藏书都捐给了爱媛大学图书馆，设有“铃鹿文库”。

铃鹿三七在1959年与《寐叟题跋》二集一起赠予京都大学图书馆的，还有《宋搨雲麾李思訓碑》和《諸寺缘起集》两种。

此外，1959年时，铃鹿三七在巴黎圣母院清心女子大学任教授。

由此可见，铃鹿三七在20世纪50年代活跃于西方汉学界。张彭春于20世纪50年代移居美国，1957年去世。显然，此函有徐志摩题跋的《寐叟题跋》，张彭春始终带在身边，盖睹物如见故友，直到在美国新泽西州去世，然后散出，为铃鹿氏所获，转辗归于京都大学。于此亦可见张彭春对老友之情，终身未曾忘记。

尘世匆匆，相逢不易。信然。

# 徐志摩致胡适三封佚信考释

徐志东

最近，重读虞坤林先生所编的《志摩的信》一书，韩石山先生在序言中写道："早在五六年前，我正在收集资料，还没有动笔写《徐志摩传》时，就应一家出版社之约编《徐志摩全集》。编辑过程中，曾想过先出一本《徐志摩书信集》。这是因为，坊间流通的几种全集、文集中，最为差劲，就数书信部分了。"[1]是的，自良友图书公司于1936年3月排印出版《爱眉小扎》以来，徐志摩的书信整理相对于他的其他文本，一直是弱项。全集的专卷而外，近些年影响较大的书信专集有晨光先生辑注的《徐志摩书信》、傅光明先生编选的《徐志摩书信集》（后增订为《轻轻的我走了——徐志摩书信集》）、虞坤林先生编选的《志摩的信》、韩石山先生编选的《徐志摩书信集》、浙江文艺出版社编选的《爱眉小札及其续编》，以及梁锡华先生编译的《徐志摩英文书信集》与《续爱眉小札——徐志摩致陆小曼私柬》。

诗人的书信集是再三出了，但正如韩石山先生所言，目前

1 韩石山:《〈志摩的信〉序》，学林出版社2004年7月版。

的书信整理，还存在着“搜集不广”与“编订不精”的瑕疵。好在“搜集不广”的遗憾，随着一些佚信的时有浮现，逐渐得到了有益弥补。新近，由胡适先生的儿媳曾淑昭女士公示的徐志摩致胡适的三封佚信便泠泠然浮出了时光的水面，上述数种徐志摩书信集、徐志摩全集书信卷以及《胡适遗稿及秘藏书信》皆失收。

## 一

佚信之一，只一页，带函，写于“平汉铁路管理局用笺”上，收件人信息为“北平后门内米粮库四号，胡适之先生”，发件人落款“天津裕中饭店六号徐志摩”，函封左上角有“快”字样，当属快递。全文谨录如下：

适之：

我和文伯今早到津，寓裕中，已见复初。明日早车到北平，想尚可赶到相晤。老金丽琳处，今晚或明早能为电话通知最好。两年不到北方，颇有归乡之感。此拜

新年

志摩　三日早

太太均候

据查胡适先生生平资料，其居住米粮库四号是1930年11

月28日举家从沪上迁回北平之后，此信无疑当晚于这一时间。从信中“两年不到北方”可以判断，徐志摩此番北上，是一次久违的行程。在落款时间为“二十年二月九日”的致刘海粟的信中，徐志摩向好友倾诉道：“上月北游平沈，重温旧知，欢若平生，比归未及旬，函电交来，迫我北归，为治学计，北光良佳。已商得小曼同意，只身迳去，徐作移家之计。”[1]此番北上，无疑就是致刘海粟信中所说前一个月的平沈之游了。由此可得出此信作于民国二十年一月，加之信中所具的三日早，即可推断出具体写信时间为1931年1月3日。此时元旦初逝，所以在信末有“此拜新年”之谓。据胡适日记1931年1月4日记载，“到《哲学评论》社聚餐，忽然志摩到了”[2]，这便契合了信中所言“明日早车到北平”一说。

信中所提及的“文伯”，指徐志摩与胡适共同的友人王文伯。王文伯是胡适在美国留学时的老朋友，胡适在《新月诗社谜》中曾提到其人，是新月社主要成员之一。因其麻脸，徐志摩在致陆小曼、胡适的信中常戏谑地称之为“麻兄”。1928年6月至10月间，其曾与徐志摩结伴环球远行，先日本，再美国，继而英伦、马赛，最后印度，两人之间关系熟稔。而“老金丽琳”则指逻辑学家金岳霖及其女友丽琳（Lilian Tai-lor）。

“寓裕中，已见复初”中的“复初”，指郭泰祺。据诗人徐志摩《留美日记》之1919年10月5日篇末记述“郭泰祺亦来演

1　韩石山编：《徐志摩全集》（第六卷），天津人民出版社2005年5月版，第30页。
2　曹伯言整理：《胡适日记全编（六）》，安徽教育出版社2001年10月版，第4页。

讲，毫无精彩”[1]，可证早在美国留学期间，两人便有过人生的交集。其人1928年时任国民党中央宣传部上海办事处国际组主任时，曾在中央宣传委员会上，提名胡适、徐志摩两人担任上海市宣传部正副主任，诗人无心赴任，遂作罢。“已见”一说，想来三者之间有谋面之约，而胡适日记1月5日亦载“去裕中饭店看郭复初与王文伯”[2]，进一步佐证了此函的写信时间。“想尚可赶到相晤”，是因为5日下午胡适急于南下参加中华文化基金董事会第五次会议，所以徐志摩当时便发了加急快件。

既然徐志摩北京之行“颇有归乡之感”，又为何“两年不到北方”呢？原因是多重的：一是当时胡适、邵洵美、宋春舫、余上沅等新月文人齐聚上海，新月书店与《新月》月刊风生水起，在徐志摩心底大有“沪间乐，不思平”的念头，后因陆小曼与翁瑞午之间的闲话困扰，加之老大哥胡适回归北大，所以才有北上心绪。二是北平堪称他与陆小曼拼尽一命争取爱情自由的断魂地，寄居着几多悲欢离合与闲言碎语，这座城市在陆小曼看来定然不那么值得眷恋，甚至有点无情，所以管束徐志摩北归也在情理之中。三是因为在北方有着一位陆小曼形同冰火的女子，那就是林徽因，出于保护爱情的本能，陆小曼婚后，一直视曾经与徐志摩花火四溅的林徽因为仇敌。在她心底，徐志摩一旦北上，那座城市便有猛虎细嗅着他俩爱情的玫

1　虞坤林整理：《徐志摩未刊日记（外四种）》，北京图书馆出版社2003年1月版，第124页。

2　曹伯言整理：《胡适日记全编（六）》，安徽教育出版社2001年10月版，第5页。

瑰，所以她一直干涉徐志摩到北平去。因而，徐志摩对陆小曼此次放行，颇为感恩戴德，在给陆小曼的家书中写道：“你能明白我的苦衷，放我北来，不为浮言所惑：亦使我对你益加敬爱。”[1]同时，在致胡适的另一封信中，大大表扬了妻子一番：“我颇感谢小曼，因为她的最难一关居然被我打通了。”

徐志摩的此番奔波，是应胡适规劝，准备回北京大学与北京女子大学担任教职的。此事成行后，确实给脱离“销蚀筋骨，一无好处”上海的徐志摩带来了新的生机。在给陆小曼的信中，他写道：“此次北来，重行认真做事，颇觉吃力。但果能在此三月间扭回习惯，起劲做人，亦未为过晚。”[2]可惜的是，天不假年，当年11月19日，诗人南渡北回，飞机失事遇难，一代天才终竟不归，让人望极春愁。

## 二

佚信之二，一页，无函，写于“清秘阁制”信笺上。全文谨录如下：

大哥：

昨函谅到。文伯今晚去宁，我们星一去，大约星三

1　韩石山编：《徐志摩全集》（第六卷），天津人民出版社2005年5月版，第157页。
2　韩石山编：《徐志摩全集》（第六卷），天津人民出版社2005年5月版，第153页。

走，可以送到你行。然而太可惜了，回头等不到你回，我们又得走。赐函收到，一切面谈。光华的学生邢鹏举有函附上。太太好。

弟志摩 星六

通过抬头这句“昨函谅到”，可知在前一天徐志摩曾有信给胡适，而只有一天时间便问胡适是否收悉，所以两人相去不应太远，要是天南地北，根据当时的条件，“昨函”不会寄达那么迅捷。依据信中“去宁”、“可以送到你行”字样，可以判断胡适当时人在南京。综上所述，及结合徐志摩履居情况推测，诗人多半在上海。

至于写信的确期，徐志摩致胡适的另一封信无形中给出了答案。在徐志摩墨迹中有一封写在“南京安乐酒店股份有限公司用笺”上的致胡适信函（下称“安乐之信”），所涉内容与佚信所言之事颇多契合，根据安乐之信所述“此一星期函电交索，竟弗得圣驾踪迹。今晨到此，乃悉已于廿四日北去，但如果直达则应于廿六日午刻抵平”、“《诗刊》想已见过”[1]之语，结合《诗刊》第1期出版于1931年1月20日之期，及其胡适日记1931年1月24日所载“八时出门，上‘奉天丸’”离开南京，买船北上之事[2]，可知安乐之信写于当月24日之后。再据信中所署“星三”，便可推出具体写信日期为1931年1月28日。从内

1 韩石山编:《徐志摩全集》（第六卷），天津人民出版社2005年5月版，第261页。

2 曹伯言整理:《胡适日记全编（六）》，安徽教育出版社2001年10月版，第471页。

容与时间逻辑关系演算，佚信所署的“星六”，指安乐之信之前一周的周六，写信的确期就此明了——1931 年 1 月 24 日。

据安乐之信可知，星期三早晨徐志摩才到宁，比佚信所说的“我们星一去”晚了两天，此时胡适已经北上，为胡适送行未遂，“一切面谈”的计划也便落空。原定的面谈之事大约与徐志摩离沪北上有关，因为安乐之信中徐志摩说“上海今实如大漠矣，况光华事复如此，再教甚无意思。为我自身言至愿北迁”，又言“文伯想已见谈，甚盼藉彼智囊解我踌躇”[1]。被视为智囊的王文伯，在徐志摩看来，很会出主意。在 1928 年 6 月 25 日致陆小曼的信中，徐志摩写道：“我和文伯谈话，得益很多。他倒是在暗里最关切我们的一个朋友。他会出主意，你是知道的。”[2] 所以徐志摩才有“解我踌躇”的期待。

在“邢鹏举有函附上”之前加上“光华的学生”这一定语，盖因徐志摩与胡适都曾担任光华大学教席，前者在 1927 年春季开学之后，出任光华外文系教授，后者在 1928 年 2 月应光华大学之聘，做哲学讲座教授。不过从语气判断，胡适对邢鹏举应该不是太熟，不然徐志摩也不会在前面加上这么一个称谓。再者，假如熟悉的话，邢鹏举也无须徐志摩将信函交转胡适，以胡适声播遐迩的近人气度，直接寄达就可以了。

邢鹏举，又名邢云飞，是徐志摩在光华大学的学生，后留校任光华附中教员，并负责编辑《光华附中》期刊，后曾担

1 韩石山编：《徐志摩全集》（第六卷），天津人民出版社 2005 年 5 月版，第 261 页。

2 韩石山编：《徐志摩全集》（第六卷），天津人民出版社 2005 年 5 月版，第 138 页。

任过上海师承中学的校长。徐志摩对于后生的提携从来不遗余力，对沈从文如此，对陈梦家如此，对邢鹏举也是如此。从现存的两封分别写于 1930 年 7 月 10 日与 1931 年 11 月 14 日致邢鹏举的信中，诗人对弟子的创作、学习乃至生活起居都表现出了极大的关心。而邢鹏举则对徐志摩表现出亦步亦趋的追随，徐志摩推崇波德莱尔（曾译有波德莱尔《死尸》一诗），邢鹏举便翻译出版了《波多莱尔散文诗》(中华书局 1930 年 4 月版），徐志摩推崇布莱克（曾译有布莱克《猛虎》一诗），邢鹏举便创作出版了《勃莱克》(中华书局 1932 年 4 月版），两者皆收入了由徐志摩主编的"新文艺丛书"，显然这些都是徐志摩为之张罗的结果。徐志摩所写的《波特莱的散文诗》一文，就是为《波多莱尔散文诗》一书所作的序言。

诗人对邢鹏举的提携，当然不限于此，在徐志摩致中华书局编辑舒新城的信中，写道："又邢鹏举君著有《中国近百年史》，材料文字两皆不坏，拟以版权让与中华，如可商，当属将稿呈政。"[1] 徐志摩的那种"到处逢人说项斯"的与人为善，溢于信笺。遗憾的是，诗人的心愿并未达成。《中国近百年史》后来作为"高级中学教本"由世界书局出版，书名的题签者正是胡适，约莫又是徐志摩生前从中穿针引线。1940 年，邢鹏举以邢云飞之名出版了改译自《罗密欧与朱丽叶》的《铸情》一书，在此之前，剧本曾于 1938 年 5 月由上海新生话剧研究社组织在兰心大戏院公演，而此剧徐志摩生前有心翻译却未曾译完，邢

1　韩石山编:《徐志摩全集》(第六卷），天津人民出版社 2005 年 5 月版，第 437 页。

鹏举可谓完成了先师的未竟之志。

无间的师生之谊根源于两者相近的内心。1929年邢鹏举翻译《何侃新与倪珂兰》(*Aucassin et Nicolete*)一书，在译了不到三分之一时，他“一年来精神上的良伴”女友冰雪死了，得到消息时，他正在翻译书中的情人在塔中相会的章节，想想书中恋爱的圆满，而自己的爱情“却留下了无限的悲哀，觉得实在没有继续翻译的勇气”，后来想把书译完，“献给我爱之灵，也算日后的一个记念”，才鼓起勇气把全诗译完，并且在书中加了给故去女友冰雪的献诗。[1] 邢鹏举对待爱情的执着，与其师何其相像。期间，徐志摩不但为之校阅了全文，而且拿到新月书店予以出版发行，并且此书也是在诗人的引导下译成的。徐志摩在《玛丽玛丽》序言中写道：“我在康桥译了几部书。第一步是《涡堤孩》。第二部是法国中古时的一篇故事，叫作《吴嘉让与倪珂兰》。第三部是丹农雪乌的《死城》。”[2] 老师的译本或恐早已泯失于时空，而弟子的译本则在老师的助力中，得以流传。徐志摩遇难后，邢鹏举含悲作《爱俪儿释放了——哭徐师志摩》一文，分别于《光华附中》第5期、第6期上连载，以示哀痛与追悼，并在徐志摩逝世一周年之际，亲赴硖石祭奠先师，师生情谊不可谓不深。

1　邢鹏举：《〈何侃生于倪珂兰〉译者序言》，新月书店1930年4月版。

2　徐志摩：《〈玛丽玛丽〉序》，新月书店1927年8月版。

## 三

佚信之三，两页不全，无函，用“国立中央研究院用笺”写就，现将残篇谨录如下：

> 适之兄嫂：
>
> 你们去了十多天，还不曾通信，一切想都安好。北京对你们的欢迎是可想而知的，上海少了适之，就少了狠多，平社比方说就不曾开过会。笔会这星期日开会，沈雁冰、达夫等都允到，你在北京亦可着手组织。上海一班文人似乎颇吃醋，有一张攻击我，说我一人包办，这是《申报》宣传的反响。我意思以后此项宣传可以无须，我们自己多出几个真够“笔员”资格者是真的。说起诗刊第一期，定于年内出版，你赶快寄东西来，还赶得上。我狠想你加入，因为一来助兴，二来你是前辈英雄，不可不到。中大两个小诗人陈梦家、方玮德十分起劲也……

此信虽残，但包含着较多信息。透露出胡适举家北迁，徐志摩筹备国际笔会以及被上海文人攻击，徐志摩拉胡适入伙《诗刊》与提携举荐诗人陈梦家、方玮德之事等旧事。

上文说过，胡适从沪上迁回北平时值 1930 年 11 月 28 日，从信中“你们去了十多天”，以及“笔会这星期日开会”，可推算出此信写于 1930 年 12 月 8 日至 13 日之间。因为当月的星期日分别是 7 日、14 日、21 日、28 日，而 7 日、21 日、28 日，则与“你们去了十多天”不符，时间不是太短就是太长，所以会期所指的星期日当是14日，故此信写于8日至13日之间。

正如徐志摩所说“北京对你们的欢迎是可想而知的”那样，胡适重回北平后，北大为他举行了欢迎会，北大代理校长陈大齐、哲学系主任张真如、学生代表余锡嘏分别在会上致欢迎辞，受到极为隆重的礼遇。

“笔会这星期日开会”是指徐志摩一干人筹备国际笔会中国分会之事。徐志摩曾为此专门写过一篇《笔会缘起》，以示心志，开头写道：“‘笔会是我们给‘P.E.N’在中国的译名。P.E.N是一九二一年道生司各德夫（Mrs.Dawson-Scott）在伦敦发起的一个作家聚餐会。”[1] P.E.N由Poets（诗人）、Essayists（散文家）和Novelists（小说家）三个单词的头一个字母组成，实际上笔会会员还包括文学评论家、文学翻译家和编辑，从中国分会人员组成来看，亦是如此，人员纷杂。据邵绡红《我的爸爸邵洵美》一书记载，国际笔会中国分会成立于1930年11月16日。笔会成立后选出理事7人：蔡元培、叶誉虎、徐志摩、郑振铎、邵洵美、戈公振、郭有守。互选蔡元培为理事长，戈公振为书记，邵洵美为会计。而据《遐庵年谱》所载，理事除了蔡元培、叶誉虎而外，“余为胡适之、徐志摩、徐訏等”[2]，两者名单各各不同，盖因记述者承记有误。

信中所谓“沈雁冰、达夫等都允到”，当是对方的托词，因为在徐志摩出任北京大学外文系教授北行之前，给郁达夫的信

1　韩石山编：《徐志摩全集》（第三卷），天津人民出版社2005年5月版，第359页。
2　参见陈从周：《徐志摩：年谱与评述》，上海书店出版社2008年12月版，第91页。

中写道:“笔会再三相请，未蒙枉驾。”[1]说明郁达夫并未列席笔会活动。至于沈雁冰（茅盾），从存世资料来看，也未与笔会产生太大瓜葛。

徐志摩为笔会事宜大力奔走的目的，意在提醒作家们“更正确的文学的任务”，消灭“各系各派间的成见与误解”，因为诗人“看了近年国内文学界的分裂又分裂，乃至相与敌对相与寻仇的现象，觉得有些寒心”。在《笔会缘起》一文中徐志摩感喟道:“非得到仇恨与怨毒象剑戟似的插满了人道的营垒才能发生彼此原是同根的觉悟吗?”[2]是的，在现代文学史上，派系之间无谓的攻讦与谩骂触目可见，要是能消弭相互的成见与误解，取得更正确的文学任务，那我们便可记取更多的真正的文学作品。遗憾的是，统观现代文学史全盘，笔会的影响与调剂作用并不明显。

信中“说起诗刊第一期，定于年内出版”这句话，并非确事。事实上，第1期《诗刊》延宕至次年1月20日才得以出版。“你赶快寄东西来，还赶得上，我狠想你加入。”当非客套，在徐志摩随后在南京致胡适的那封安乐之信中，又一次向胡适约稿:“二期务期惠稿，诗、散均佳，要不可阙”。同时，徐志摩很想邀请加入的不止“前辈英雄”胡适，其他好友也没落下。徐志摩在1931年4月28日致时在青岛的梁实秋的信中写道:“《诗刊》二期单等青方贡献，足下、一多、令孺，乞于一星

1 韩石山编:《徐志摩全集》(第六卷)，天津人民出版社2005年5月版，第219页。
2 韩石山编:《徐志摩全集》(第三卷)，天津人民出版社2005年5月版，第360页。

期内赶寄吾，迟则受罚。”[1]可见徐志摩对新生刊物经营的苦心。

当时，徐志摩因陆小曼的生活铺张，家资已是十分困顿，偏偏花费时力去经营一份纯文学刊物，原因为何？答案大抵只有通过信中“中大两个小诗人陈梦家、方玮德十分起劲也”这句话来解答了，更多的是为了提携和勉励后生。此证在1930年11月份致梁实秋的信中，有最直接的表述：“《诗刊》已中大新诗人陈梦家、方玮德二子最为热心努力……我辈已属老朽，职在勉励已耳。”[2]陈梦家在《纪念志摩》一文中记述：“十九年秋天，我带了令孺九姑，和玮德的愿望到上海告诉他，我们再想办一个《诗刊》。他乐极了，马上发信四处收稿，他自己在沪宁路的颠簸中，也写成了一首长叙事诗——《爱的灵感》，他对年轻人的激励，使大家永不忘记。”[3]文中所说的“马上发信四处收稿”，在上述11月份致梁实秋的信中得到进一步佐证，徐志摩让其转述向闻一多约稿时表示“多诗不到，刊即不发”，不写新诗达两三年之久的闻一多，后来被催生出一首《奇迹》，成为他的代表作之一，而徐志摩自己的长诗《爱的灵感》，则被胡适誉为“近年的第一长诗”，是“一篇杰作”。

陈梦家与方玮德是徐志摩1930年到中央大学外文系任教时的学生。陈梦家因出版《梦家诗集》与《铁马集》两本诗集，以及编选《新月诗选》而确立了新月派诗人的声名，后来转入古文字与考古方面的研究，1966年受红卫兵迫害，自缢身亡。

---

1 韩石山编：《徐志摩全集》（第六卷），天津人民出版社2005年5月版，第417页。
2 韩石山编：《徐志摩全集》（第六卷），天津人民出版社2005年5月版，第415页。
3 陈梦家：《纪念志摩》，《新月》月刊1932年11月1日第4卷第5期。

方玮德生于1906年，1935年病逝，只活了29年，生命之花比徐志摩更早凋零。生前与徐志摩保持着极好的私谊，在徐志摩遇难后的短短3年间，共写了《哭志摩》、《再念志摩》、《志摩周年祭》、《再谈志摩——并质吴宓先生》、《志摩怎样了》、《追伤志摩》6篇诗文，对先师的缅怀情深至极。在方玮德去世后的次年3月，好友陈梦家为他编选了《玮德诗文集》，列为“新诗库”丛书“第一集第一种”，由另一位新月诗人邵洵美的上海时代图书公司出版发行。

在《志摩的信》一书的序言中，韩石山先生这样形容对徐志摩书信的阅读感受：“时过境迁，我们此刻读来，比当年的受信者，又多了一份沧桑的感觉，赏析的快乐。”诚然，斯人已远，是文字的力量将诗人徐志摩的往事深深刻在了片片纸笺上，刻在时光隧道的乌衣巷中，任由后来人心怀各异地前来凭吊，领略他前尘往事中最璀璨的那一部分。遗憾的是，虽则我们多重忖度诗人的故事，但他再也无从亲口告知我们最真实的史实了。

# 编后记

徐志摩于1931年11月19日罹难以后，陆小曼发愿搜罗、整理、编辑、出版徐志摩遗文。她在赵家璧的协助下，好不容易编就八卷本《志摩全集》，终因时局不靖，未能如愿出版。所幸的是，当时由商务印书馆制作的纸型和打印的清样，虽几经曲折，却奇迹般地全部保留了下来。现今，清样收藏在中国国家图书馆，纸型保存于上海图书馆。

据我所知，自20世纪60年代以来，坊间印行的徐志摩全集多达十几种。台湾的大东书局、文化图书公司、正言出版社、综合出版社、大方出版社、雷鸣出版社、博元出版社、大孚书局、文翔图书公司、阳明书局和香港的文化图书公司等，都曾出版过《徐志摩全集》。但这些所谓的全集，大多名不副实，离“全”字不可以道里计。真正称得上是全集的，仅有以下五种版本：

一是传记版。1969年1月，台湾传记文学出版社出版六辑本《徐志摩全集》，由张幼仪赞助，徐积锴负责搜集资料，蒋复璁、梁实秋主编。2013年3月，中央编译出版社出版的六卷本《徐志摩全集》，是以传记版为底本重新排印的。

二是商务版。1983年10月，商务印书馆香港分馆根据《志摩全集》的纸型和清样出版五卷本《徐志摩全集》。1992年7

月，又出版四卷本《徐志摩全集补编》，由陆耀东、吴宏聪、胡从经主编，赵家璧、陈从周、徐承烈审校。1988年1月和1994年2月，上海书店先后重印了商务版的全集本和补编本。1995年8月，上海书店将这两种本子合在一起，推出九卷本《徐志摩全集》。

三是广西版。1991年7月，广西民族出版社出版五卷本《徐志摩全集》，由赵遐秋、曾庆瑞、潘百生合编。

四是天津版。2005年5月，天津人民出版社出版八卷本《徐志摩全集》，由韩石山编。

五是浙江版。2015年2月，浙江人民出版社出版六卷本《徐志摩全集》。其中，散文卷、诗歌卷、评论卷、书信卷、日记卷由顾永棣编，小说戏剧卷由顾永棣、顾倩合编。

这五种版本中，后出的浙江版是“目前国内外出版的收录徐志摩相关作品最全的版本”，“有来自徐志摩亲友的第一手资料，未曾正式出版的日记全本，徐志摩鲜为人知的与妻子、友人往来的信件，更有编者花费二十多年苦心收集、整理、考证得来的徐志摩作品”（当当网“编辑推荐”语），但仍有遗珠之憾。

近十年来，徐志摩的一些佚文、佚诗、佚简陆续被发现。我所发现的就有三十余篇，其他人发现的也不少。

早在2012年5月，我把自己所经眼过的徐志摩集外佚作编了一份简目，寄给山西太原的韩石山先生。6月4日，徐志摩国际学术研讨会在山东济南举行，石山先生在题为《越来越近的〈徐志摩全集〉》（收入《寻觅康桥的诗魂——2012中国济南徐志摩国际学术研讨会论文集》，上海交通大学出版社2015年9月版）的发言中，针对这份目录专门介绍了我搜集徐志摩散佚作品的情况。7月，石山先生来信说，北京商务印书馆拟出他的《徐志摩全集》修订本，不想无端地将我发现的佚作收入，希望我编一册徐氏佚作集，先行出版。在石山先生的鼓动下，我开始着手整理徐志摩佚作。

2013年4月，辽宁沈阳春风文艺出版社编辑姚宏越兄来信告诉我，江苏徐州有个叫徐志东的，也搜集了不少徐志摩的佚作。得宏越兄指引，我给志东君去了一信，诚邀其与我合编徐志摩佚作集。志东君慨然允诺，并于8月间，把整理好的佚作发给了我。志东君乃“80后”青年才俊，是徐志摩的“铁杆粉丝”，收藏有关徐志摩的各类图书达四百多种，还在徐州创办了公益性民间机构“徐志摩图书馆”。他也是徐志摩研究专家，撰有《续爱眉小札》等著作，曾担任中央电视台摄制的纪录片《徐志摩》的顾问。因此，能和对徐志摩情有独钟的志东君合作编辑徐志摩的佚作集，也算是一种难得的缘分。

2014年岁末，我把志东君的整理稿与我的整理稿汇编在一起，将书名定为《徐志摩佚文集》，后更名为《远山——徐志摩佚作集》。全书所收徐志摩佚作共141篇（首），大体分为诗歌、散文、日记、书信和其他等五个部分。其中诗歌7首（含译诗1首），散文（包括论文、书评、附注、题字、更正等）36篇，日记1种，书信76通，其他21篇（含演讲记录稿7篇、翻译记录稿10篇、启事2则和戏曲曲词、唱词整理稿2篇）。征得部分佚文发现者同意，特将他们的相关文章作为附录置于本书末，并做了不同程度的修订。

“全集不全”、“全集难全”，这似乎是一切“全集”的宿命。《远山——徐志摩佚作集》虽号称是对已版各种《徐志摩全集》的补编，但其本身肯定也是不全的。有的文章明明知道是全集失收的作品，而且题名甚至出处俱在，可就是无法找到原文，如《五月来居处之历史》(1918年12月作，见陈从周《徐志摩年谱》)、英文《月照与湖》(1922年11月在南京为林徽因作，见徐志摩日记《西湖记》)、《徐志摩张幼仪离婚通告》上半部分（载《新浙江·新朋友》1922年11月6日“离婚号”)、英文讲演稿“Personal Impressions of H. G. Wells, Edward Carpenter, and Katherine Mansfield”(1923年5月、6月间在文友会讲，见徐志摩《〈落叶〉序》)等。又，中国社会科学院近代史研究所胡适档案内还有徐志摩数通函件，尚未被发掘出来。徐志摩后人处，保存有徐志摩致张幼仪信札数十通，都不曾公开披露过。

《远山——徐志摩佚作集》出版后，希望能有人对其再作补遗。因为这不仅对我和志东君有益，更对石山先生修订、出版《徐志摩全集》有益。能看到一部离“全”字“越来越近”的《徐志摩全集》，想必是包括我在内的众多读者和研究者的共同期盼！

感谢责任编辑林烟霞女史！女史编校之精审，学养之深厚，尤其是外语功底之扎实，着实令人倾佩。这本书能经女史之手出版，无疑是我等的幸运！

陈建军

2017年夏于珞珈山麓

**图书在版编目(CIP)数据**

远山:徐志摩佚作集/陈建军,徐志东编.—北京:商务印书馆,2018
ISBN 978-7-100-15462-8

Ⅰ.①远… Ⅱ.①陈…②徐… Ⅲ.①文艺—作品综合集—中国—现代 Ⅳ.①I216.2

中国版本图书馆CIP数据核字(2017)第255060号



**远　山**
**徐志摩佚作集**
陈建军　徐志东 编

商 务 印 书 馆 出 版
(北京王府井大街36号　邮政编码100710)
商 务 印 书 馆 发 行
山东临沂新华印刷物流集团印刷
ISBN 978-7-100-15462-8

2018年3月第1版　　开本 889×1194 1/32
2018年3月第1次印刷　　印张 13⅛ 插页 4

定价:68.00元